Roman Kempf

Schöner Wein

*Pater Abels
erster Criminalfall*

LOGO VERLAG Eric Erfurth
Obernburg am Main

I

Nichts deutete darauf hin, dass etwas Besonderes geschehen sollte. Man schrieb das Jahr 1781. Der März hatte frostig und stürmisch begonnen, aber jetzt, zum Ende des Monats, sah es aus, als wäre der Winter endgültig vorbei. Es war der zweite Sonntag nach Josephus, einer von vielen Sonntagen, die Pater Abel wie einen gewöhnlichen Werktag begonnen hatte. *Am siebten Tage aber sollst du ruhen!* Doch der Mönch wollte Gottes Gebot nicht gelten lassen. Schon in aller Frühe war er aufgebrochen.

Auf einem Hügel, weit vor den Toren Miltenbergs, zügelte er seinen Wallach, hob die Hand gegen die aufgehende Sonne und schaute hinunter auf das Städtchen. Eingebettet zwischen Spessart und Odenwald schmiegte es sich ans linke Ufer des Maines. Der Mönch beobachtete eine Weile den Rauch der Kamine, dann holte er tief Luft. Im dritten Jahr war der Dreißigjährige jetzt schon Cellerarius des weit berühmten Benediktinerklosters Amorbach und nach dem Abt der ranghöchste Mönch. Als Cellerar hatte er für die Vorräte in Keller und Speicher zu sorgen und musste die Arbeiten auf den Ländereien überwachen.

Das war harte Arbeit. Manchmal kam er tagelang nicht vom Pferd, da er in dem verstreuten Besitz des Klosters nach dem Rechten sehen musste; zu lange hatte sein Vorgänger dem Schlendrian dort zugesehen. Doch das Amt gewährte ihm auch Privilegien. So hätte er sich jederzeit bequem mit dem Zweispänner fahren lassen können. Meist aber schwang er sich lieber aufs Pferd, ritt alleine, soweit er wollte, und blieb über Nacht, wo immer er es für angebracht hielt.

Ora et labora, bete und arbeite, war einst der Wahlspruch des Ordensstifters Benedikt von Nursia gewesen. Abel selbst hielt es mehr mit der Arbeit und überließ das Beten seinen Mitbrüdern. Die Abtei zählte auf ihn, denn Abt Külsheimer hatte Pläne: Einen Neubau wollte er errichten, für den Konvent, mit einem repräsentativen Saal und einer eben solchen Bibliothek. Dazu brauchte das Kloster Geld. Viel Geld. Und Abel sollte es beschaffen.

Der Mönch war unter einem Apfelbaum stehen geblieben. Er richtete sich im Sattel auf, strich mit der Hand über seinen kahlen Schädel und zupfte an der Tonsur, als hätte er noch immer seine schwarze Lockenpracht. Dann zog er den Umhang etwas enger. Er blickte über sich und griff nach einem Zweig. Die Blüten zeigten nur ihre Spitzen. Auch die Winzer würden nicht um ihre Trauben fürchten müssen, obwohl die Maifröste *Pankratius* und die *Kalte Sophie* noch nicht vorbei waren.

»Brrr.« Das Pferd schnaubte und scharrte mit der Vorderhand. Der Reiter tätschelte ihm den Hals: »Schon gut, Alter, gleich geht's weiter.« Abel sah, dass das Stadttor noch geschlossen war. Er war zu früh und konnte gemächlich auf die Stadt zureiten. Hier würden sich die Tore nicht eine Minute vorzeitig öffnen, gleichviel, wer Einlass begehrte — schon gar nicht heute, am Sonntag.

Abel reckte sich: Liefen da nicht Leute vor den Mauern auf und ab? »Die ersten Pilger! Jetzt ist das Frühjahr nicht mehr weit.«

Beim Weg hinab in die Stadt ließ er seine Blicke schweifen, hinweg über den Main, dorthin, wo das Winzerdorf Großheubach lag. Er musterte den Hang unterhalb des Klosters Engelberg, wo die besten Weinberge der Gegend lagen. Abel dankte Gott, dass die Brüder dieses Klosters Bettelmönche des Heiligen Franziskus waren und nicht, wie die Benediktiner seiner Abtei, über Land verfügen durften. Sonst könnte er gar nicht davon träumen, einmal dort, an den Hängen des Spessarts, Weinberge zu besitzen.

Sein Blick kehrte zurück zum Fluss und folgte ihm aufwärts gegen die Sonne nach Miltenberg. Dort, bei den Häusern hinter den Mauern, riefen soeben die Glocken von *Maria uff den Staffeln* träge zur Messe. Jetzt müssten sie in Miltenberg auch die Tore aufmachen. »Zeit für den Gottesdienst, Alter«, sprach er zu dem Wallach und trieb ihn an.

Der Mainzer Bischof hatte die Stelle am linken Mainufer gut gewählt, als er hier auf einer engen Landzunge 1226 zunächst eine Burg bauen und dann, etwas später, die Stadt gründen ließ. Das Bauwerk war als Grenzfeste und Sicherung der eigenen Lande gegen die Herrschaft der Würzburger Bischöfe gedacht. Niemand kam hier ungesehen vorbei, weder zu Land noch auf dem Wasser. Ein Ort, der sich bestens für eine Zollstation eignete.

Die Menschen lebten vom Handel. Man schachterte mit allem, was über den Main von Würzburg oder Frankfurt herangeschifft oder über die alte Handelsstraße aus Nürnberg herbeigekarrt wurde. Im Austausch verkaufte man den Wein der Gegend in alle Welt. Mit Frankenwein ließ sich gutes Geld verdienen.

Und mit den Pilgern. Jahr für Jahr zog eine stetig wachsende Zahl Wallfahrer von Köln den Main herauf, belagerte für einige Zeit das Städtchen und zog dann weiter zur Gnadenstätte *Heiliges Blut* nach Walldürn. Waren sie verschwunden, widmete man sich wieder dem Handel. Abel brauchte die Stadt, vor allem ihre Händler: Farben, Mennige und Glas für die geplanten neuen Klosterbauten, Butter und Öl für die Küche, Pergament für die Schreibstuben — alle diese und noch viele weitere Wünsche konnten die Miltenberger Händler erfüllen.

Der Miltenberger Pfarrer war ein guter Prediger; trotzdem nickte Abel ein. Erst beim *Credo* wachte er wieder auf. Endlich war der Gottesdienst zu Ende. Der Mönch beeilte sich, mit den Ersten die Kirche zu verlassen; er wollte ins *Lamm*, zur Jahrestagung der Winzerzunft. Wer in Miltenberg nicht Handel trieb, war Winzer. Häcker nannten die Weinbauern sich hier. Ein hartes, entbehrungsreiches Gewerbe, denn siebenmal im Jahr musste der Winzer um jeden Weinstock herumgehen. Und im Herbst nahm die Arbeit überhand. Es galt, die Trauben zu ernten, sie in Butten die steilen Staffeln hinunter zu schaffen und mit Handkarren, Fuhrwerk oder Schelch nach Hause zu holen. Dort wurden sie in große Bottiche gestopft, getreten, gestampft und in Pressen gequetscht, bis die Spindeln stöhnten und ihnen der letzte Tropfen Saft genommen war.

Schon bevor er nach Amorbach gerufen worden war, wusste Abel, dass man an den Hängen des Mains vorzüglichen Wein anbaute. Es war mit ein Grund gewesen, dass er sich auf seine neue Aufgabe so gefreut hatte: Er liebte diesen erdigen, fruchtig-würzigen Geschmack des Frankenweines. Es hatte ihn aber überrascht, dass der Orden bei diesen Winzern Wein bezog, statt die eigenen Hänge mit Reben zu bepflanzen. Von Anfang an hatte er darum gekämpft, dies zu ändern. Doch er verstand nicht viel vom Weinbau. Die jährliche Vollversammlung der Häckerzunft in Miltenberg war die beste Gelegenheit, sich kundig zu machen.

»Gelobt sei Jesus Christus, Pater.« Abel suchte den Mann, der ihn angesprochen hatte. Noch hatten sich seine Augen nicht an das Halbdunkel in dem Wirtshaus gewöhnt. Der Raum besaß nur drei kleine Fenster, die sich zu einem Gässchen hin öffneten.

Jetzt entdeckte er das breite, gerötete Gesicht des Zunftmeisters. Man sah es neuerdings immer öfter, dass die Männer, so wie jener, zwar bartlos daher kamen, ihre Koteletten aber fast bis zum Unterkiefer wachsen ließen. Das spärliche Haupthaar hatte der Zunftmeister nach hinten gekämmt, wo es nur ungenügend einen wuchtigen Nacken verbarg.

Abel schob eine Bank beiseite und ging auf den Mann zu. Er musste sich bücken, um nicht mit dem Kopf an die Deckenbalken zu stoßen. »In Ewigkeit Amen, Meister Weihrich«, grüßte er zurück und gab ihm die Hand.

»Schön, Sie zu sehen, Pater. So früh schon auf den Beinen?«

»Der frühe Vogel fängt den Wurm!«

»Wie wahr, wie wahr, Pater … Ah, da kommt ja auch der Schultheiß!«

Abel war froh, dass Weihrich ihn stehen ließ. Er mochte den Zunftmeister nicht. Dieser war ihm zu freundlich, sah doch auch er den bevorstehenden Konflikt: Je mehr Trauben im Amorbacher Tal wachsen würden, umso weniger Wein könnten dessen Winzer dorthin verkaufen.

Die Häcker benahmen sich ehrlicher. Mit einem knurrigen »Gott zum Gruß, Herr Pater« gingen sie an ihm vorbei und beachteten ihn nicht weiter. Abel kümmerte es nicht, er wartete auf seinen Freund Waldemar Wolf, den Miltenberger Schultheiß, der ebenfalls den Zunftmeister begrüßte. Die beiden konnten unterschiedlicher nicht sein. Jetzt, wo sie beieinander standen, fiel es Abel besonders auf, wie mager der Schultheiß war. Den Hut in der Linken, fuhr er sich mit der freien Hand mehrmals durch das Haar. Keine Barbierskunst hatte es bisher verstanden, die schwarze Mähne zu bändigen. Er musste ein wenig zu seinem Gesprächspartner aufsehen. Wie meistens lächelte er auch jetzt unentwegt, was dem schmalen Gesicht ein wenig die Strenge nahm.

»Musst du wieder den Amtmann vertreten?«, fragte Abel den Freund, nachdem dieser mit Weihrich fertig war.

»Kennst doch den Horn. Der gibt sich nur mit großen Dingen ab.« Waldemar lachte und gab Abel die Hand.

»Und lässt sich dabei viel Zeit.«

»Du meinst euren Miltenberger Klosterhof?«

»Morgen bin ich deswegen beim Amtmann.«

»Du weißt, an mir liegt es nicht. Den Magistrat habe ich mehrheitlich davon überzeugen können, dass euer Vorhaben der Stadt nicht schadet.« Der Schultheiß wurde ernster. »Vorausgesetzt, es bleibt dabei, und ihr treibt nicht selber Handel. Lediglich einen Umschlagplatz für die eigenen Waren — so war es ausgemacht!«

»Der Abt ist mit den Forderungen der Stadt einverstanden. Schade, Waldemar, dass du nicht der Amtmann bist.«

»Mir genügt es, Schultheiß zu sein.«

Der Wirt ging herum und machte Licht. Noch immer drängten Männer herein. Man saß oder stand in Grüppchen beieinander und unterhielt sich.

Die Häcker hatten Sorgen. Spätfröste und fehlende Niederschläge hatten im vergangenen Jahr den Austrieb der Reben verzögert. Im August hatten Hagelkörner, groß wie Taubeneier, viele Weinstöcke zerschlagen, und was das Unwetter verschont hatte, war von Krankheiten und Schädlingen befallen worden. Kaum ein Haus, in dem das Geld nicht knapp geworden war. Auch in diesem Jahr waren in einigen Lagen die Blüten erfroren. Die Häcker flehten noch inbrünstiger als sonst zu Ihrem Schutzheiligen Urban, er möge sie vor Frühjahrsfrösten bewahren und für eine gute Ernte sorgen.

»Dunnerkeil«, blaffte einer von ihnen, »mir Häcker senn Kummer gewöhnt. Abber noch so e Johr ...«

»... un mer senn alle am Orsch!«

»Mer bräuchte widder so e Johr wie anno sechsefünfzisch.«

»Un dann? Wenn's viel Wei gibt, haun uns die Händler übers Ohr, un mer senn genauso nass.«

»Recht host de. Mir senn immer die Dumme.«

»Ruhe!« Der Zunftmeister griff zur Glocke und gab dem Wirt ein Zeichen, Wein nachzuschenken.

»Brüder«, begann er seine Rede, »ihr habt doch gehört, was der Pfarrer uns bei seiner Predigt ans Herz gelegt hat. Von unserem Glauben an Gott hängt es ab, wie das Jahr wird. Seid nicht so kleinmütig, vertraut auf den Allmächtigen. *Deus omen avertat*, der Himmel möge uns schützen.«

Abel nippte an seinem Becher und verzog den Mund. Wie konnte der Zunftmeister nur so ein Gesöff ausschenken lassen? Ging es den Winzern schon so schlecht? Im Amorbacher Kloster würde solcher Essig nicht einmal zur Armenspeisung gereicht. Die Farbe des Gebräus war fuchsig, deshalb wohl tranken die Winzer den Wein auch aus Krügen und Bechern.

»Später gibt's was Besseres«, murmelte Waldemar.

Plötzlich stand ein Häcker auf. Weihrich unterbrach seine Rede. Pater Abel kannte den Mann, oder besser, er wusste, wo er herkam. Er stammte aus Großheubach, dem Ort unterhalb des Klosters Engelberg. Hofmeister hieß er, Albert Hofmeister. Pater Abel war aufgefallen, wie der Mann schon seit dem Beginn der Zusammenkunft auf seinem Platz hin- und hergerutscht war und mit den Fingern auf den Tisch getrommelt hatte.

Sein Alter war schwer zu schätzen. Irgendwo um die vierzig Jahre dürfte es liegen, dachte Abel, denn er sah, dass die schwarzen Haare schon grau durchzogen waren. Der Mann stand da, ohne Jacke, die Ärmel des Leinenhemdes zurückgeschlagen und schaute mit stechenden Augen auf den Zunftmeister. Dunkel und tief lagen sie in den Höhlen und ließen seine Habichtsnase noch stärker aus dem hageren Gesicht hervortreten. Hofmeister war knochig gebaut und etwa einen halben Kopf größer als Abel.

»Meister und Brüder, hört zu!«, begann er.

»Oho, der Obstbauer«, stichelte einer der Häcker, »wieder die alte Leier!« Der Mann saß an Hofmeisters Tisch und hatte Abel den Rücken zugekehrt. Wie die meisten Winzer trug er einen blauen, bis zu den Knien reichenden Kittel, der wie ein Hemd über das Unterzeug geworfen wurde. Beifall heischend schaute er in die Runde. Ein solch pockennarbiges Gesicht hatte Abel noch nie gesehen. Der Mann zog die wulstigen Lippen zu einem Grinsen auseinander. Als er merkte, dass der Mönch ihn beobachtete, drehte er sich weg.

»Das ist der Götz«, flüsterte der Schultheiß Abel ins Ohr.

»Hört, Brüder«, sprach Hofmeister weiter, »wahr ist's, wir leben in einer harten Zeit: Alles wird teurer, und unsere Arbeit kann selbst den Fleißigsten nicht mehr ernähren. Wir schneiden und hacken, aber die Trockenheit lässt nichts wachsen. Wir binden die Reben auf und der Hagel drückt sie wieder nieder. Wir opfern Kerzen und beten zum Heiligen Urban, aber Krankheiten und Schädlinge nehmen nicht ab.« Beifälliges Gemurmel. Der Mann schaute in die Runde, holte Luft und sprach dann doch so leise, dass Abel fast die Hand ans Ohr halten musste.

»Aber Brüder, bedenkt: Schlechtes Wetter ist Gottes Wille, doch schlechter Wein ist unsere Schuld!«

Ohne Umschweife war der Großheubacher zur Sache gekommen. Er sprach flüssig, in gewählten Worten und nicht im Dialekt dieser Grenzregion, jenem eigentümlichen Gemisch von fränkischer, badischer und hessischer Färbung.

Die Männer begannen zu murren. Wo eben noch Zustimmung geherrscht hatte, sah Pater Abel nun Zorn und Abkehr in ihren Augen. Aber der Redner überging die Zeichen. Weihrich öffnete den obersten Knopf seines Hemdes und wischte mit dem Handrücken über die Stirn. Abel schien, als wäre das rote Gesicht des Zunftmeisters noch eine Spur dunkler geworden.

»Jeder Flecken Land«, sprach Hofmeister jetzt eindringlich, »der sich auch nur halbwegs zum Anbau von Wein eignet, wird umgegraben und bepflanzt, wo doch jedes Kind weiß, dass nur gute Lagen guten Wein bringen. Kein Platz mehr für Gerste, Hafer und Bohnen und die anderen Dinge, die wir zum Leben brauchen. Alles müssen wir teuer zukaufen. Wir sind abhängig vom Wohl und Wehe unserer Trauben. Brüder, wir müssen umdenken! Lasst uns den Reben nur die besten Lagen geben, und wir werden besten Wein ernten! Auf allen anderen Flächen lasst uns pflanzen, was wir sonst noch brauchen: Linsen, Rüben, Kohl — und vor allem Äpfel!«

Abel hörte gespannt zu. Das klang alles sehr vernünftig, was der Obstbauer von sich gab. War das der Mann, den er suchte? Er wusste, dass dieser als Baumpelzer über die Dörfer zog, den Leuten die Bäume veredelte und sie den Baumschnitt lehrte. Hätte Pater Abel auch nur geahnt, dass der Mann mehr zu sein schien, als nur ein einfacher Bauer, er hätte ihn sich schon längst näher angeschaut.

Mit dem letzten Wort erwachte der Saal und es wurde laut. Nur die Männer, die bei Hofmeister saßen, hielten sich zurück. Es war deutlich zu sehen, der Obstbauer hatte nur wenige Freunde.

»Willst uns wohl zu Bauern machen, was?«, schrien sie ihn an.

»Wie Affe uffn Boom klettern?«, bellte der Häcker Götz. »Net mit uns!«

Nun wurde auch der Großheubacher laut. »In Frankfurt«, rief er, »zahlen sie im Herbst für ein Pfund gutes Obst mehr als für einen halben Eimer Wein. Wenn es uns gelingt, die Äpfel schnell und sauber über den Main nach Frankfurt …« Seine Wangen glühten, immer leidenschaftlicher verfocht er seine Idee vom Obstbau, der den Weinbau ersetzen sollte.

Als er wieder anfing zu erläutern, wie er unfruchtbare Bäume und schlechte Sorten in reich tragende Goldgruben umveredeln könne, da war es dem Götz dann doch zuviel: »Noch kee drei Johr debei und weeß scho alles besser«, brüllte er ihn an.

»So? Was, bitte schön, ist falsch an dem, was ich sage?«

»Alles! Die Bauern uff der Höh konnscht vielleischt mit deine Zaubersprüch beeindrucke ...«

»Trink von meinem Wein und sauf die firnerne Brühe hier, und du weißt, dass ich Recht habe. Lass die Kinder in meine Äpfel beißen und gib ihnen dann deine: Wie Wasserspeier werden sie spucken!«

Der Obstbauer griff in seine Tasche, holte einen Apfel hervor, polierte ihn kurz an seinem Ärmel und warf ihn dann dem Häcker an die Brust. Das ging sehr schnell, und Götz war so überrascht, dass er ihn tatsächlich auffing. Verdutzt schaute er auf seine Hände. Einige um ihn herum fingen an zu lachen.

Da knallte Götz den Apfel auf den Tisch, dass er in Stücke zerbrach und schrie: »Pah, halt's Maul, alles nur Hexerei. Iss scho deine Vorfahre net bekumme!«

Mit einem Schlag war Ruhe. Die Männer starrten Götz und Hofmeister an. Gefragt, ob er an leibhaftige Hexen glaube, hätte jeder mit dem Kopf geschüttelt, und an die letzte Hexenverbrennung in Miltenberg konnte sich auch keiner mehr erinnern. Aber jüngst erst hatte ihr Mitbürger Franz Österlein vor Gericht gegen den Bäckermeister Schmitt geklagt, der ihn und seine Frau der Hexerei beschuldigt hatte. Überall sprach man von dem Prozess, und es wurde von Folter und Henker, Buhlgeist und Hexenschmier getuschelt. Abel wusste es von seinem Freund, dem Schultheiß. »Scheint, als wollten längst vergangene Zeiten wieder auferstehen«, hatte dieser ihm neulich anvertraut. »So richtig glaubt ja niemand mehr an Hexen«, hatte er gemeint und dann doch bedeutungsvoll den Kopf hin- und herbewegt, »obwohl, wenn ich genau darüber nachdenke, sieht mir so manches merkwürdige Ereignis ganz nach Schadenszauber aus.« Abel hatte dies als gedankenloses Gerede abgetan.

»Jawohl, Hexerei!«, blaffte Götz in die Stille hinein. Niemand rührte sich, den Zwischenrufer zurechtzuweisen.

Also fuhr er fort: »Ich weeß's von meim Vatter. Die alte Hofmeisterin ist verbrennt worn, domols anno sechzehnhunnertundnochwas. Sie hot's mit dem Teufel getriebe und Kinner gschlacht.«

»Barmherzige Mutter Gottes«, flüsterte Abel.

Der Obstbauer schrie auf: »Du Sauhund! Du erbärmlicher, versoffener Sauhund! Nimm das zurück!«

Noch ehe der Angesprochene erwidern konnte, fuhr Hofmeister über den Tisch, ergriff Götz am Kragen und riss ihn von der Bank. Beide Häcker standen jetzt Kopf an Kopf. Plötzlich rotzte Götz dem Hofmeister ins Gesicht. Dieser, für einen Augenblick überrascht, stieß den Lästerer zurück und rieb sich das Auge. Da traf ihn dessen Fausthieb auf der Nase. Hofmeister flog unter die Tische und riss die hinter ihm Sitzenden mit sich.

Jetzt kam Bewegung in die Häcker und einige Beherzte warfen sich auf den Schläger. Sie hatten Mühe, Götz zu bändigen, der weiter auf Hofmeister losging. Schließlich ergriff ein Zunftbruder seinen Krug und schlug ihn dem Tobenden auf den Schädel. Götz sackte in die Knie und fiel vornüber. Dann rührte er sich nicht mehr. Alle schrien nun durcheinander.

Endlich besann sich der Zunftmeister auf seine Pflicht und rief zur Ordnung: »Ruhe!«, brüllte er und hieb mit der Hand auf den Tisch. »Ruhe! Verdammt noch mal! Ruhe! Wollt ihr euch beruhigen!«

Die Luft war zum Schneiden dick: Kerzenruß, vermischt mit dem Geruch von saurem Wein, Tabakqualm und den Ausdünstungen der Männer, machte das Atmen schwer. Waldemar öffnete seine Weste. Abel beneidete ihn. Er selbst war in der Mönchskluft gefangen. Die Fenster zu öffnen, wäre sinnlos gewesen. Dies hätte nur die ersten Fliegen hereingelockt.

»Brüder, hört doch zu!« Wieder schlug der Zunftmeister auf den Tisch, und der Lärm ebbte ab.

»Ja, wir haben, weiß Gott, schlechte Zeiten hinter uns. Die Protokollbücher in unserer Zunftlade«, hierbei zeigte Weihrich auf die vor ihm stehende Holzkiste, »legen dafür Zeugnis ab. Doch *post nubila phoebus*, nach Wolken kommt auch wieder Sonne. Auch in der Bibel folgten auf sieben magere Jahre wieder sieben fette.« Er schaute an dem Benediktiner vorbei in die Runde. Es unterbrach ihn kein Zwischenruf, der ihn darauf aufmerksam machte, dass es umgekehrt war. Weihrich blickte nur in offene Münder. So fuhr er fort. »Es war der Glaube an Gott und seine allmächtige Güte und Weisheit, der den Menschen von Alters her Not und Elend ertragen ließ, und nicht die Anmaßung Ungläubiger, in ein gottgegebenes Schicksal eingreifen zu wollen.« Scharf schaute er seinen Vorredner an. Abel spürte, da wurde ein Kampf ausgetragen: Hier der Zunftmeister als Verteidiger eines Berufsstandes, der eine Region geprägt und über Jahrhunderte hinweg den Menschen Brot und Arbeit gegeben hatte — doch nun waren die guten Zeiten vorbei. Auf der anderen Seite stand ein Mann mit neuen Ideen, verlockend zwar, aber sie zwangen zum Umdenken, und die Aussicht auf Erfolg war ungewiss. Die Augen der Häcker huschten zwischen den beiden hin und her. Wem sollten sie vertrauen?

»So steht es in der Bibel«, fuhr Weihrich fort, »*Du sollst in deinem Weinberg keine anderen Pflanzen anbauen.*«

»Wir alle«, sprach er, »haben unser Handwerk von unseren Vätern gelernt. Und diese wiederum von den ihren, bis in unendliche Zeiten zurück. Aus Wein wird bei der Heiligen Messe das Blut Christi. Und Wein reichte am Abend vor seinem Tode unser Heiland seinen Jüngern. Eines der größten Wunder unseres Erlösers war die Wandlung von Wasser in Wein. Wer will da bestreiten, dass der Wein ein Getränk Gottes ist? Und wer stellt ihn her?« Weihrich machte eine Pause. »Wir sind es, die Winzer, wir sind seine Diener.« Dabei klopfte der Redner mit dem Zeigefinger mehrmals auf seine Brust. »Was lesen wir bei Jesus Sirach?« Wieder schaute er in ratlose Gesichter. Auch Pater Abel kannte die Bibelstelle nicht. »›Was ist das für ein Leben‹, so spricht die Heilige Schrift, ›wenn man keinen Wein hat, der doch von Anfang an zur Freude geschaffen ist?‹«

Zustimmendes Gemurmel. Der Zunftmeister hatte die richtigen Worte gefunden. Gewichtig fuhr er fort: »*Exempla docent*, Beispiele lehren. Jesus selbst sprach von der Arbeit im Weinberg des Herrn. Also, nicht nur die Not, unsere Familien ernähren zu müssen, zwingt uns hinaus in den Weinberg, sondern auch unsere Christenpflicht, den Wein als Symbol des Heils zu ehren und zu mehren. Wer anders spricht, ist des Teufels.«

Für seine Verhältnisse ein begnadeter Redner, dachte Abel. Geschickt hatte Weihrich die Behauptung vermieden, sie, die Häcker, seien die Wächter des Glaubens. Aber mit der Vorstellung hatte er sie beeindruckt, ihr Stand sei etwas Besonderes und es sei vornehmste Christenpflicht, ihr Handwerk fortzuführen und ihre Tradition zu pflegen.

»Hört, hört«, riefen einige.

»Genauso iss es! Ich bin der Weischtock, ihr seid die Rebe! Vom Obstbau kee Reed!«

Noch rätselte Abel, wohin die Rede führen sollte.

»Ja, genau, es war Jesu Christi Wille, eine unzertrennliche Verbindung herzustellen zwischen Gottes ewiger Gnade und dem Wein. Versündigt sich denn nicht der, der einem wurmstichigen Apfel den Vorzug gibt?« Weihrich starrte den Hofmeister herausfordernd an. »Hat nicht schon Eva mit dem Apfel den Adam verführt? Was war die Folge?« Weihrichs Stimme erhob sich. »Die Vertreibung aus dem Paradies! Ein Sündenfall reicht!«

Aber der Zunftmeister war immer noch nicht zu Ende. Bemüht, seiner Stimme einen besonders tragenden Ton zu geben, holte er aus zum entscheidenden Schlag.

»Ich sage es noch einmal. In unserem Stand zeigt sich der Wille Gottes. Wer uns entgegentritt und uns vom rechten Pfad wegführen will, der verrichtet das Werk des Teufels! Vielleicht war die vergangene Missernte schon seine Tat! *Absit omen*, möge dies kein schlechtes Vorzeichen sein.«

»Oh!«, entfuhr es den Staunenden. Die Zuhörer rückten von dem Obstbauern ab, als wäre dieser der Leibhaftige. Dem Geschmähten aber verschlug es die Sprache.

Weihrich stand hoch aufgerichtet hinter seinem Tisch, die Hände auf die Zunftlade gelegt und streckte sich. Was würde jetzt kommen?

»Es reicht«, fuhr er nun den Hofmeister an und wies zur Tür. »Raus! Jetzt und für immer! Wir dulden kein zunftschädigendes Verhalten!«

Abel schaute sich um. Niemand rührte sich.

»Das also war es, worauf du die ganze Zeit hinaus wolltest, du verfluchter Saukerl!« Hofmeister hatte die Sprache wieder gefunden. »Du Lump! Du elender Pharisäer! Wenn einer ein Teufel und Hexenmeister ist, dann bist du das. Du und dein Starrsinn, ihr seid der Tod der Winzer!«

Mit jedem Wort war der Obstbauer lauter geworden, und der Zunftmeister duckte sich erschrocken.

Da flogen die ersten Krüge. Gebeugt, die Arme über den Kopf, floh der Obstbauer aus dem Saal. Derbere Flüche waren kaum je einem Mann hinterher gerufen worden.

Pater Abel schaute noch lange durch die offene Tür.

II

»Achtung!«

Der Schultheiß riss Abel zurück. Im gleichen Augenblick klatschte der Inhalt eines Nachttopfes auf die Straße.

»Danke!« Erschrocken schaute Abel an sich hinunter: Einige Spritzer hatten ihn getroffen. Er blickte nach oben, wo eilig ein Fenster geschlossen wurde.

»Die alte Bötz!« Waldemar war sich sicher, die Frau erkannt zu haben. »Der werd ich helfen! Abel, du machst Zeuge! Diesmal gibt's eine Geldbuße.«

»Wegen eines Nachttopfes?«

»Aus Prinzip! Es muss endlich Schluss sein damit, alles auf die Straße zu werfen. Riechst du nicht, wie es hier stinkt?« Abel hatte den Schultheiß noch nie mit so einem roten Kopf gesehen.

»Ist in Amorbach auch nicht anders«, versuchte er den Freund zu beruhigen.

»Mag sein. Aber hier wird es anders — hier muss es anders werden! Enge Gassen, Obergeschosse, die hervorkragen, nachträglich angebrachte Außentreppen — da fällt kaum noch Licht auf die Straße. Bei Regen kriecht die Feuchtigkeit die Hauswände hoch und wenn's brennt …, ich will gar nicht daran denken.«

»Ich werd trotzdem nicht zeugen gegen eine alte Frau … wegen eines Nachttopfes!«

»Ja, ja, die Courage«, seufzte Waldemar.

»Da ist der Hofmeister aus anderem Holz, was?«

Waldemar wollte entgegnen, doch dann lächelte er. Sie waren bei ihrem Freund Lothar angekommen. Abel hob grüßend die Hand. Auch er freute sich jedes Mal aufs Neue, wenn sie sich trafen: Gute Gespräche, guter Wein … und Marie, Lothars Tochter. *Te Deum* nannten sie despektierlich ihre Treffen.

Lothar Gutekunst stand in feinem Seidenrock vor seinem Haus und hieß die beiden willkommen. Der Sechzigjährige mochte in seinen besten Jahren gut sechs Fuß groß gewesen sein; aber Abel kannte ihn nur als gebeugten Mann, der die Schultern hängen ließ und häufig über Schmerzen klagte. Haupt- und Barthaare waren schlohweiß. Nur die Augen trotzten dem Alter: Blau und klar schauten sie in die Welt, und nichts entging ihnen. Haus, Kleidung, Bauch — alles zeigte stolz Wohlhabenheit.

»Hereinspaziert«, sagte der Freund und deutete einen Bückling an. Abel trat mit Waldemar ein. Obwohl er schon häufig in diesem Haus gewesen war, erstaunte ihn erneut dessen lichte Bauweise: Ein etwa sieben Ellen breiter Gang führte von der Eingangstür quer durchs Haus, geradewegs zur anderen Seite. Dort öffnete sich, wie ein Spiegelbild, eine ebenso große Tür hin zum Hof. Abel spürte den Luftzug an seiner Wange. Es roch nach gebratenen Zwiebeln und Speck, durchmischt von einem Hauch Vanille. Ihm fiel ein, dass er heute noch nichts gegessen hatte.

Rechts und links der beiden Haustüren ließen mannshohe Fenster das Licht einfallen. Da war nichts von der Düsternis zu spüren, die in den Häusern der Häcker und Tagelöhner herrschte. So ähnlich stellte sich Abel die Erschließung des neuen Konventbaues vor — nur alles deutlich größer.

Zu beiden Seiten des Ganges gingen, in hellem Grün gestrichen, Türen ab: Dienst- und Lagerräume des Handelshauses. Lothar geleitete seine Gäste zur Treppe. »Ich hoffe, ihr habt Hunger mitgebracht.«

»Du weißt, ich kann immer essen«, antwortete Abel und grinste. Er war etwas größer als Waldemar, deutlich kräftiger, aber immer noch mit einer feinen Konstitution. Anders als Waldemar besaß er breite Schultern und Hände, die auch zupacken konnten. Farbe und Spannung seiner Gesichtshaut verrieten Gesundheit und guten Appetit.

»Dann lasst uns nicht länger warten«, sagte Waldemar und schob den Freund nach oben.

»Schöner Tag heute, nicht wahr«, bemerkte Lothar etwas kurzatmig, als er die letzte Stufe erklommen hatte. »Es geht aufs Frühjahr zu. Gott sei Dank.« Lothar tat sich mit dem Treppensteigen schwer. Die Gicht saß ihm seit einigen Jahren in den Knochen, einer der Gründe, warum er sich immer mehr aus dem Geschäft zurückzog. Wären da nicht die Aufträge der Abtei gewesen, er wäre schon längst nur Privatier — der Weinhandel, mit dem er groß geworden war, warf schon lange nicht mehr das ab, was man früher erzielen konnte.

Sie standen in der *guten Stube*, drehten die Weingläser in der Hand und sahen zu, wie Marie um den Tisch ging und das Besteck richtete. Die neue englische Mode schien für sie wie geschaffen. Weich und schmal fiel der Rock über ihre Hüfte und machte die Taille auch ohne aufwändiges Schnüren sichtbar. Marie verzog den Mund und blies eine Strähne aus dem Gesicht. Abel gefiel es, wie sie ihr Haar neuerdings nicht mehr unter einer Haube versteckte, sondern die dunkelblonde Lockenpracht offen fallen ließ, nur im Nacken zu einem Knoten gebunden. Ob sie wusste, wie gut dies zum Rot ihres Jäckchens passte?

Ein Silberlöffel schien Marie nicht zu gefallen. Sie hauchte ihn an und rieb ihn an ihrer Schürze blank. Dabei warf sie dem Mönch einen Blick zu und lächelte. Die Grübchen in ihren Wangen lächelten mit. Abel brachte das Gespräch auf die Häckerversammlung.

»Ich mag ihn nicht.«

»Wen?«

»Den Weihrich.«

»Lieber Abel, als Gottesmann solltest du deine Zuneigung etwas gleichmäßiger unter den Menschen verteilen!« Lothar war gut aufgelegt, wie immer, wenn er seine Freunde um sich hatte.

»Es gibt eben Menschen, die hat man weniger lieb als andere«, entgegnete Abel.

»Was hast du denn gegen den Zunftmeister?«, fragte Waldemar.

»Hast du's nicht bemerkt, der Streit war doch eine abgekartete Sache, von Anfang an!«

»Wie kommst du darauf?«

»Ich habe den Blick gesehen, den Weihrich dem Götz zugeworfen hatte, bevor dieser auf den Hofmeister losgegangen war. Außerdem hatte der sich ihm ganz bewusst gegenübergesetzt.«

»Bist du Hellseher?«, fragte Waldemar.

»Nein, aber ich habe Augen im Kopf. Der Streit, um den es ging, ist doch nicht neu, die Häcker kennen sich. Die Gleichgesinnten hatten sich zusammengetan. Es waren drei Lager. Die Mehrheit saß vorne beim Zunftmeister, dann ein paar wenige Unentschiedene in der Mitte, und weiter hinten ein weiteres, kleineres Grüppchen um den Hofmeister geschart. Hier saß auch der Götz als einziger Andersdenkender genau dem Obstbauern gegenüber.«

»Der Abel, blitzgescheit wie immer«, lobte Lothar.

Wolf bekam zum zweiten Mal an diesem Morgen einen roten Kopf.

»Der Zunftmeister? Gemeinsame Sache mit einem Säufer? Abel, du irrst!«

»Weihrich ist ein Politikus. Hast du bemerkt, wie andächtig ihm die Häcker gelauscht haben? Mit seinen lateinischen

Brocken hat er sie besoffen geredet. Geschwätz war es, mehr nicht. Aber ihm haben sie geglaubt.«

»Du musst aber zugeben, dass alles ein wenig nach Hokuspokus klingt, wie der Hofmeister den Leuten den Obstbau schmackhaft machen will. Auch Zufall?«, fragte Waldemar.

»Für mich klang alles einleuchtend.«

»Seine Großmutter, sagen die Leute, soll hingerichtet worden sein. Hast's ja selber gehört. Sie sei der Hexerei angeklagt gewesen, habe gleich dreimal auf den Teufel bekannt und jedes Mal widerrufen. Am Ende sei sie dann doch auf dem Scheiterhaufen gelandet.«

»Ganz Schultheiß, der Waldemar. Immer das Ohr am Mund der Leute«, meinte Lothar.

»Nicht nur die Folter, auch das Feuer, so erzählt man in der Stadt, soll ihr nichts ausgemacht haben. Mitten aus dem lodernden Flammenmeer habe der Gottseibeiuns sie höchstpersönlich herausgeholt.«

»Dann lasst uns doch ein wenig Hexenblut trinken, wenn wir schon beim Thema sind.«

Lothar versuchte zu beruhigen und zeigte auf die Karaffe mit dem Rotwein. Marie kam und schenkte nach.

»Jetzt aber zu Tisch«, forderte sie die Männer auf. »Oder wollen die Herren kalt essen?«

»Ihr seht, Alma ist schon fünf Jahre tot, aber es hat sich nichts geändert. Jetzt ist es meine Tochter, die den Ton angibt«, lachte Lothar und führte die Freunde an die Tafel.

Das Essen war ein Festmahl. Nach Kalbsbries in saurem Gelee ließ Marie gebratene Gans auftischen, mit einer wunderbaren goldbraunen Kruste. Warum bekam man so etwas nicht auch in der Klosterküche hin, dachte Abel.

»Köstlich, Marie! Einfach köstlich!«, schwärmte Waldemar begeistert.

»Ja, sogar kochen kann sie wie ihre Mutter«, strahlte Lothar.

»Die Füllung, Marie! So etwas habe ich mein Lebtag nicht gegessen. Sagt, was habt Ihr da hineingezaubert?«, meldete sich nun auch Abel.

Maries Augen leuchteten. Sie schaute auf ihren Vater und holte Luft: »Also, man nimmt vier hart gekochte Eier, dazu Bröckel vom Weißbrot, Kümmel, ein wenig Pfeffer und Safran — aber wirklich nur wenig, Ihr wisst, wie teuer er ist — dazu drei Hühnerlebern. Dann mahlt man alles zusammen und macht es mit einem herben Wein und Hühnersud sauer. Man schält Zwiebeln, schneidet sie dünn und gibt sie in einen Hafen, dazu Schmalz oder Wasser — besser ist Schmalz. Sie müssen tüchtig sieden, damit sie weich werden. Als nächstes nimmt man saure Äpfel und schneidet die Kerne heraus. Sind die Zwiebeln gar, wirft man die Äpfel dazu, damit auch sie weich werden. Jetzt kommt das Gemahlene mit den Äpfeln und Zwiebeln zusammen in eine Pfanne. Noch einmal kurz erhitzen und dann stopft man alles in die Gans. Wenn sie gebraten ist, legt man sie in eine Schale, gießt das Condiment darüber und trägt sie auf.«

»Brav, brav«, klatschte Waldemar Beifall. »Jetzt ist's gut, Marie«, mahnte der Hausherr. »Bring uns den Wein!«

»Ein Prachtweib, deine Tochter«, lobte Waldemar erneut. Auch er blühte auf, wenn er Marie sah.

»Jung, rund und viel Tiefe.« Lothar begann, den Wein zu besprechen. Er war der Gastgeber, er suchte die Weine aus und er stellte sie auch vor, mit einem Wortschatz, der die vielen Jahre verriet, die er mit Wein verbracht hatte. In einer Winzerfamilie aufgewachsen, hatte er es schon bald verstanden, mit seiner flinken Zunge und seinem Spaß am Handeln nicht nur den Wein seines Vaters zu verkaufen, sondern nach und nach auch den der Nachbarn und später den der halben Stadt — meist zu besseren Preisen, als jeder Einzelne das gekonnt hätte. Am Ende war aus dem Sohn eines einfachen Häckers der reichste Mann der Stadt geworden.

»Ein Roter! Immer noch gute Verbindungen nach Italien?« Pater Abel wusste: Lothar ließ sie gerne nach der Herkunft seiner Weine raten.

»Gemach, gemach, lieber Abel. Sag mir erst, was du von ihm hältst!«

Abel griff zum Glas. Waldemar hatte das seine schon am Mund. »Hm. Nicht übel«, murmelte dieser. »Scheint mir aber kein Südländer zu sein. Nicht so … sättigend.«

Abel war unsicher. Im Gegensatz zu Lothar, der es verstand, einen Wein so lange zu *kauen*, bis jener ihm verriet, wo er herkam und von welcher Rebe er stammte, tat sich der Mönch schwer, einen Wein zu beurteilen. Wenn Abel ehrlich war, konnte er nur sagen, ob er ihm schmeckte oder nicht. Aus den Augenwinkeln sah er nach seinen Freunden. Ob sie wussten, dass er den Weinkenner nur spielte?

Was hatte Abel sich schon bemüht, es Lothar gleichzutun. Vollmundig, fleischig, rund und wie sie noch alle hießen, die ungezählten Merkmale, die sein Freund dem Wein zuschreiben konnte. Abel fehlte die Fantasie.

Vor drei Jahren, als sich ihre Runde zum ersten Mal traf, hatte er entdeckt, wie man es genießen kann, einen Wein nur zu öffnen. Lothar hatte die Flasche umschwärmt, hatte sie in die linke Hand gelegt, war mit den Fingern der rechten an ihr auf- und abgefahren, hatte ihren Bauch gestreichelt und an ihrem Hals geschnüffelt. Dabei war Lothar so aufgewühlt gewesen, als wäre er verliebt. Dessen Aufregung hatte sich auf ihn übertragen, als der Freund mit zusammengekniffenen Brauen endlich die Flasche öffnete, die Nase über das kleine Loch hielt und tief die Luft einsog. Abel hatte mitgefiebert, hatte zu früh ein banges »Und?« gerufen, weil er die Anspannung nicht länger aushalten wollte. Lothar hatte mit der freien Hand abgewehrt, noch einmal tief Luft geholt, und dann hatte er entspannt ausgeatmet: Gott sei Dank, der Wein war nicht verdorben gewesen.

»Ein guter Wein ist wie eine schöne Frau, Pater!« hatte Lothar damals geschwärmt. »Auch wenn Ihr mit dem Vergleich nichts anfangen könnt.« Da hatten sie sich noch gesiezt.

»Woran erkennt man ihn denn, den guten Wein?«, hatte er ihn gefragt.

»Hm? Schwierige Frage.« Der Freund hatte sich Zeit gelassen.

»Also«, sagte er dann, »wenn Sie mich fragen würden, Pater, wie weit es von Miltenberg nach Frankfurt ist, oder nach Würzburg, oder meinetwegen nach Köln und Amsterdam, das könnte ich Ihnen sofort sagen. Aber einen guten Wein? Ja verdammt noch mal, woran erkennt man ihn? … Das ist wie mit der Liebe, Pater, schwierig zu beschreiben. An der Blume natürlich, am Duft, der einem aus der Flasche oder dem Glas entgegenströmt. Schlecht ist, wenn überhaupt kein Duft da ist. Wenigstens flüchtig, zart, eben duftig sollte er sein. Besser noch, er röche fruchtig oder würzig. Stellen Sie sich vor, Pater, wie viele Früchte und Gewürze es gibt, und Sie haben die ganze Liste der Gerüche, die Sie umfließen können. Aber es darf nicht zuviel davon sein. Dann ist da der Geschmack: Hat er Säure, oder überwiegt die Süße? Ich bevorzuge den ausgeglichenen, harmonischen Wein, ein wenig bissig und doch weich — harmonisch eben. Das bringt auch seinen Körper am besten zur Geltung. Je nachdem, auf welchem Boden die Trauben gewachsen sind — Urgestein, Buntsandstein wie bei uns oder Muschelkalk — ist er kräftig, saftig oder ölig schwer. Hängt auch vom Klima ab. Und wenn er dann noch mit einem glatten, eleganten Abgang in der Kehle verschwindet«, so hatte Lothar einst getönt, »dann wird auch ein Milchtrinker erkennen: Das war ein guter Wein.«

Abel erinnerte sich an diesen Auftritt, nahm erneut einen Schluck, rollte ihn im Mund hin und her, ließ ihn über die Zunge gleiten und zog die Luft ein.

»Stimmt. Rund und tief«, ahmte er Lothar nach. »Aber mir scheint, er ist auch ein wenig rau, fast wie ein Franke.« Das war geraten.

Lothar wiegte den Kopf und grinste.

»Na, Waldemar, was meinst du?«

»Du hast Recht. Leicht samtig … ja, und ein wenig erdig. Habe mal einen Großheubacher getrunken, der war ähnlich, vielleicht nicht ganz so …«, er beugte sich über das Glas und schnüffelte ausgiebig, »… so duftig, meine ich. Wenn ich nicht wüsste, dass du uns mit Vorliebe Ausländer auftischst? Auf der anderen Seite … du bist ja immer für eine Überraschung gut.«

Lothar grinste noch mehr, nippte erneut von seinem Glas, gurgelte und gluckerte, als nähme er Medizin.

Die Tür zur Küche stand einen Spalt weit offen, weit genug, dass Abel Marie beobachten konnte. War es Absicht gewesen, sie offen stehen zu lassen? Die Hüfte an den Waschtrog gelehnt, das rechte Bein geknickt und nach hinten gestellt, so dass es nur auf Zehenspitzen ruhte, stand sie da und tat, als könnte er sie nicht sehen. Das angewinkelte Bein hatte den Rocksaum gehoben — nicht viel, aber Abel sah den nackten Knöchel. In seinem Nacken stellten sich die Härchen.

»Er träumt«, hörte er Waldemar sagen.

Abel zuckte zusammen.

»Waldemar will sich nicht festlegen. Was meinst du, Abel?« fragte Lothar.

»Äh! Verteufelt guter Tropfen.«

»Ja«, lachte Lothar, »Waldemar hat Recht, es ist ein Großheubacher. Und soll ich euch sagen, von wem? Na? Ihr kommt nicht drauf! Er stammt von eurem Hexer, dem Hofmeister.«

Beinahe hätte Waldemar ins Glas gespuckt. Abel grinste höflich.

»Dass ihr …, dass ihr mir nicht auch noch den Hofmeister

der Zauberei anklagt, nur weil er einen so teuflisch guten Wein hat!« Lothar lachte noch immer.

Abel hob abwehrend beide Hände: »Ich glaube nicht an Hexen.«

»Ich auch nicht!«, antwortete Waldemar. »Aber die Leute. Ich nehme sie nur ernst, schließlich gibt es den Teufel wirklich.«

»Den Teufel schon, lieber Freund«, gab Abel zurück, »aber nicht die Hexen. Davon steht nichts in der Bibel.«

Waldemar stellte sein Glas ab. »Sag's den Leuten, nicht mir. Sie zweifeln, ob alles mit rechten Dingen zugeht, wenn einer …«

»… alles besser kann?«, fiel Abel ihm ins Wort.

»Ja, wenn einer alles besser kann und alles besser weiß.« Waldemars Ton wurde hart.

»Aber du musst doch zugeben, wenn …«

»Versteh doch, Abel, Waldemar ist Schultheiß, er muss ein bisschen wie die Leute reden«, mischte sich Lothar ein. »Aber der Obstbauer hat Recht. Das Geschäft mit dem Wein wird immer schwieriger, ich sehe es bei mir. Wenn unsere Winzer nicht aufpassen, werden andere ihnen den Rang ablaufen.«

»Stimmt nicht! Ich rede nicht wie die Leute, ich rede wie ein Schultheiß. Der Handel blüht, unsere Zinseinnahmen sind gut, besser sogar als die Aschaffenburgs!«

»Zinsen hin, Zinsen her«, blieb Lothar hartnäckig, »heute werden mehr Weinberge verkauft als je zuvor, ein untrügliches Zeichen, dass es den Winzern schlechter geht. Und Zeiten der Not waren schon immer Zeiten des Unverstandes. Das Volk will Erklärungen für das, was es nicht versteht — und es sucht Schuldige für das Unerklärliche. Würde mich nicht wundern, wenn jetzt erst recht Hatz auf den Hofmeister gemacht wird. Der hat alles, was ein Sündenbock braucht.«

Lothar zog aus der Seitentasche seines Rocks etwas Rundes hervor, nicht größer als ein Hühnerei, nur flacher, und aus Gold. Er nahm es in die Hand. Auf sanften Druck hin sprang mit leisem Klick ein Deckel auf. Es war seine englische Taschenuhr, das Modernste, was es in Miltenberg zu sehen gab.

»Zeit für den Nachtisch … und eine Zigarre«, sprach er. »Und kein Wort mehr von Zauberei!«

III

Abel trat aus Lothars Haus, wo er übernachtet hatte. Er machte sich auf den Weg zum Amtmann. Dort hatte er sich bereits durch einen Boten ankündigen lassen. Heute musste es ihm gelingen, den letzten Stein in ein sorgsam errichtetes Bauwerk zu setzen. Endlich würde er den Amtmann soweit haben, einer Niederlassung der Amorbacher Abtei hier in Miltenberg zuzustimmen. Nach anfänglichem Zögern war die Mehrzahl des Magistrats doch noch umgeschwenkt. Unzählige Gespräche und viele Gefälligkeiten seitens des Klosters waren dazu notwendig gewesen. Abel sortierte im Geiste noch einmal das Für und Wider, er wollte gewappnet sein.

»Hosianna!« Ein Mann hatte ihn aus seinen Gedanken gerissen. Bunt wie ein Harlekin hopste dieser um ihn herum: Ein Pilger! »Hosianna. Hosianna«, rief der Mann immerzu und sprang von einem Bein aufs andere. In den nächsten Tagen würden die Straßen bis hinein ins letzte Gässchen überfüllt sein mit Gläubigen aus dem Rheinland. Abel griff in die Brusttasche, holte drei Kreuzer hervor und warf sie dem Gaukler in die vorgehaltene Mütze. Unter den Wallfahrern war man erfinderisch, wenn es ums Betteln ging. »*Gloria in excelsis deo*«, flötete der Mann und tänzelte weiter. Vom Kirchturm schlug es zehn Uhr. Der Amtmann erwartete ihn in einer halben Stunde. Die Sonne stand jetzt schon so hoch, dass erste Strahlen zwischen den Giebeln auf die Straße fielen und helle Flecken auf das Pflaster malten. Abel genoss die

Wärme. In wenigen Tagen schon würde er die Stiefel gegen Sandalen eintauschen können.

Beim Gasthaus *Zum Riesen* blieb er stehen. Aus der Schankstube drangen Flüche der Wallfahrer. Aber dafür konnte das Haus ja nichts. Für Abel war es die schönste Herberge überhaupt. Über vier Stockwerke hinweg sprangen die Geschosse hervor, mit grau und grün bemalten Rähm- und Schwellenbalken, die Eckständer mit Ornamenten und Fratzen verziert. Doch hier in der Hauptstraße glänzten auch Bürgerhäuser mit aufwändigem Fachwerk. Im Handel liegt der Profit, nicht im Erzeugen, hatte ihm Lothar anvertraut.

Abel wich einem Pilgergrüppchen aus, das sich an einer sonnigen Stelle zusammengerottet hatte, und wechselte die Straßenseite. Dort im Schatten, wo sich kaum Leute befanden, kam er besser voran. Außerdem wollte er nachdenken. Was er da bei der Häckersitzung erlebt hatte, beschäftigte ihn noch immer. Warum waren die Winzer so über den Obstbauern hergefallen? Auch wenn Abel kein Winzer war, soviel verstand er doch: Falsch war das nicht, was der Mann vorgebracht hatte — das sah ja auch Lothar so. Zumindest hätte er ernsthaftere Antworten verdient und nicht diese albernen Vorwürfe des Hexenzaubers. Abel war gespannt, wie der Amtmann darüber denken würde.

Er näherte sich dem Marktplatz. Wo er nun hintrat, Pilger. Überall drang ihm ungewohnter Dialekt entgegen. Am Schnatterloch, wie die Miltenberger ihren Marktplatz wegen des alljährlichen Auflaufs der geschwätzigen Pilger scherzhaft nannten, waren Garküchen eingerichtet worden. Sie mussten die Massen verköstigen, da die Gasthäuser an solchen Tagen überlaufen waren. Schwer lag der Geruch von gedünstetem Kohl in der Luft. Abel zog die Kapuze über und schob sich weiter.

Hier am Marktplatz, überragt von der bergseits thronenden Mildenburg, standen die schönsten Bürgerhäuser. In einem weiten Rund reihten sie sich um den gepflasterten Platz, an vier gegenüberliegenden Stellen von einmündenden Straßen durchbrochen. Das Haus des Amtmannes beherrschte den Marktplatz. Solide gebaut, mit einem Sockel aus dem in Miltenberg reichlich vorhandenen roten Sandstein, stand es an den Berg gelehnt und präsentierte sein verziertes Fachwerk. Die Putzflächen der Gefache, aus einer Mischung von Ocker, Umbra und Rot, hoben sich vornehm von den mit Ochsenblut gestrichenen Eichenbalken ab. Alleine die beiden Erker, ebenfalls verschwenderisch mit Schnitzereien verziert, mussten ein Vermögen gekostet haben. Der kleinere schmückte das linke Hauseck — der größere aber wuchs über zwei Stockwerke hinweg in der Mitte des mächtigen Giebels nach oben. Zugleich ragte er gut eineinhalb Ellen tief in den Marktplatz hinein.

»Machen sie jetzt schon Platz für neuen Wein?«, fragte Abel einen Mann, der aussah, als wäre er von hier, und zeigte auf den Kellerabgang unterhalb des großen Erkers. Dort rollten soeben Männer ein Holzfass heraus. »Is für die Pilscher«, kam knapp die Antwort. »Saufe mehr, als se bete.« Die Amtsknechte rollten das Fass zur nächsten Bude, wo ein grölender Haufen den Nachschub beklatschte. »Ein Geschenk des Amtmannes Horn, als Wiedergutmachung für das Essen!«, verkündete ein Diener. Die Menge ließ Horn hochleben und begann, freche Trinksprüche zu singen.

Endlich erreichte Abel die Hofeinfahrt der Amtskellerei. Die großen Eichenholzflügel waren weit geöffnet. Im Hof herrschte reges Treiben. Bürger und Pilger standen bunt gewürfelt vor dem Hauseingang. Einige stritten heftig miteinander, andere versuchten nach vorne zu drängeln. Jeder wollte als erster mit seinem Anliegen beim Amtmann sein. Abel kamen Zweifel, ob dies der richtige Zeitpunkt für sein Vorhaben war. Aber er hatte keine Wahl. Er hatte sich angekündigt, und sein Abt wartete auf eine Nachricht.

Da entdeckte er den Amtsdiener. Abel kämpfte sich zu ihm durch und flüsterte ihm etwas zu. Missmutig beäugten die Umstehenden die Szene. Was wollte der Mönch von dem Beamten? Doch sie verloren sogleich das Interesse, als der Büttel unschlüssig die Schultern hob und wortlos im Haus verschwand. Aber es dauerte nicht lange, und er erschien erneut unter der Haustür, stellte sich auf die Zehenspitzen und rief über die Menge: »Pater Abel! Ist der hier?«

Ein Maulen und Pfeifen begleitete den Mönch, als dieser sich an den Wartenden vorbeischob. Der Diener trat zur Seite und ließ ihn eintreten. Doch Abel musste erneut warten. Hier im Erdgeschoss befanden sich nur Amtsräume. Bestimmt wohnte der Hausherr mit seiner Familie im oberen Geschoss — wie beim Weinhändler Gutekunst. Eine gewendelte Steintreppe führte nach oben. Plötzlich öffnete sich links eine Tür, und ein Pilger verließ unter ständigen Bücklingen rückwärts den Raum. »Der Nächste!«

Jetzt war Abel an der Reihe. Er war schon mehrmals beim Amtmann gewesen, aber noch nie in diesem Zimmer. Das Audienzzimmer wurde es vom Volk genannt. Nur an besonderen Tagen empfing der Amtmann hier die Bittsteller. Abel war überrascht, wie hoch der Raum war. Es war das Zimmer mit dem Mittelerker. Die Ausstattung hätte auch einem Fürsten gut zu Gesicht gestanden. Er blieb einen Augenblick stehen und tastete nach der Wand. Sie war bis auf die halbe Höhe getäfelt. Eine Stuckdecke schloss den Raum nach oben hin ab. Der Kronleuchter klirrte. Andächtig setzte Abel die Füße auf den schmalen Läufer, darauf bedacht, ja nicht daneben zu treten und mit seinen groben Stiefeln auf das Ahornparkett zu geraten. Bald wird man Ähnliches im Refektorium unserer Abtei finden, dachte er.

Linker Hand lehnte ein Schreiberling an einem Stehpult und drehte den Federkiel in der Hand. Der Amtmann stand in der geräumigen Nische des Erkers, ein paar Stufen erhöht, und blickte von seiner Empore aus hinunter auf den Marktplatz. Er hielt die Arme hinter dem Rücken verschränkt, ein Schnäuztuch in der Hand — der Mann hatte immer Schnupfen. Er war nach französischer Mode gekleidet. Die offenen Ärmel seines Justaucorps waren mit aufwändigen Umschlägen versehen und die Schöße in der Taille zusammengerafft. Der Rock ging ihm bis über die Schenkel, sodass Abel das dunkle Rot der Kniehose hervorspitzen sah.

Plötzlich begann der Amtmann, auf den Zehenspitzen zu wippen. »Hoffentlich ist der Spuk bald vorbei«, murmelte er. »Wie die Heuschrecken in der Bibel, diese Pilger. Meint Ihr nicht auch, Schreiber?«

»Gewiss, Herr Amtmann. Eine Landplage, wie sie im Buche steht.« Der Mann hinter dem Schreibpult straffte sich, legte den rechten Arm auf den Rücken und verbeugte sich Richtung Empore.

»Naa, was gibt's? Draußen warten noch mehr!« Der Amtmann wippte immer noch. Der Schreiber räusperte sich.

»Besuch aus Amorbach«, sagte Pater Abel.

Horn fuhr herum. »Gott, Ihr? Hätte Euch beinahe vergessen! Seid willkommen, Pater, endlich ein angenehmer Besuch.« Der Amtmann streckte beide Arme aus und stieg die Stufen des Erkers herab. »Ihr seht mich ungnädig, Pater. Glaubt mir, die Sorgen des Volkes sind mir nicht einerlei — im Gegenteil, ich leide, leide unter meiner Aufgabe, ihnen auch noch den letzten Tropfen Blut aus den Adern pressen zu müssen. Aber was soll ich tun?« Horn warf hilflos die Arme hoch und sein Schnäuztuch flatterte durch die Luft. »Ich kann es nicht ändern, höchstens etwas abmildern, meine Leute anweisen, nicht allzu streng den Zehnten einzufordern. Aber statt dankbar und zufrieden zu sein, kommen sie zu mir, mit ihren lächerlichen Zänkereien, als gäbe es nichts Wichtigeres auf dieser Welt als ein gestohlenes Huhn oder den schiefen Blick des Nachbarn. Verzeiht mir, Pater, aber dieses Geknottere und Lamentieren ist schwer erträglich. Und ich mache auch keinen Hehl daraus: Die Pilger sind auch nicht besser!«

Jetzt erst entdeckte Abel einen weiteren Besucher. Dieser stand am Ofen in der Ecke und rieb sich die Hände. Aber es schien kein Feuer zu brennen, Abel jedenfalls empfand es als etwas kühl. Der Amtmann war geizig. Obwohl ständig verschnupft, sparte er am Brennholz. Es würde sicherlich noch eine halbe Stunde dauern, bis die Sonne soweit herumgewandert wäre, dass sie auch diesen Raum erwärmen würde.

Der Mann am Ofen war in Abels Alter. Blonde Schlangenlocken fielen ihm bis auf die Schultern und umrahmten ein mageres Gesicht. Als Abel ihn ansah, hörte er auf, die Hände ineinander zu reiben und deutete eine Verbeugung an. Der Mann muss einen guten Schneider haben, dachte Abel, denn dessen Rock saß tadellos um die schmale, fast jünglingshafte Gestalt. Eine gelblederne Hose, maßgeschneidert wie der Rock, umschloss die Beine bis zu den Knien. Der Mann trug Stulpenstiefel, und, ohne zu fühlen, hätte Abel gewettet, dass er in ganz Miltenberg kein weicheres Leder gefunden hätte. Unwillkürlich schaute der Mönch an sich hinunter.

»Darf ich bekannt machen: Rupprecht Fleckenstein.« Horn hätte den Mann nicht vorstellen müssen, Abel kannte ihn vom Hörensagen.

»Angenehm«, bemühte sich der Mönch, »Pater Abel, Benediktinerabtei Amorbach.«

»Ich weiß, ich weiß. Und Freund der Gutekunsts«, antwortete Fleckenstein freundlich.

Abel hätte mit dem Amtmann lieber unter vier Augen verhandelt.

Dieser meldete sich sogleich zu Wort: »Ein erfolgreicher Händler und jetzt auch Magistrat, frisch gebacken sozusagen. Ich vertraue seinem Rat.« Abel war irritiert, er wusste nichts von einem Wechsel in der Besetzung des Rates. Waldemar hatte ihm doch versichert, dass … Doch dann sah er in das bartlose Bubengesicht Fleckensteins und beruhigte sich.

»Habt ihr schon gehört?«, begann Abel. »Der Hofmeister! Sie haben ihn hinausgeworfen!«

Der Amtmann seufzte und zeigte auf seinen Gast: »Rupprecht hat mir berichtet. Doch erzählt! Wie habt Ihr es erfahren?«

»Ich war bei der Versammlung dabei, zusammen mit dem Schultheiß.«

»Ist es wahr, dass Hofmeister auf Götz losgegangen ist?«

»Der Hofmeister? Auf Götz? Nein, Amtmann, umgekehrt. Der Winzer hat den Obstbauern beleidigt. Eins kam zum anderen, Götz ist auf den Großheubacher losgegangen und wurde dann niedergeschlagen. Nicht von Hofmeister, sondern von einem anderen Zunftbruder. Alles war ein einziges Durcheinander. Am Ende hat Weihrich Hofmeister hinausgeworfen.«

»Kam mir gleich seltsam vor, dass Hofmeister zugeschlagen haben sollte«, meldete sich Fleckenstein.

Horn sah den Mann von der Seite an und begann, durchs Zimmer zu laufen. »Als hätt ich's geahnt«, schniefte er. »Hab ich ihn nicht gewarnt? Dutzendmal, ja hundertmal hab ich ihn ermahnt, bei den Winzern vorsichtig zu sein.«

»Scheint mir ein heller Kopf zu sein«, warf Abel ein.

»Vielleicht ein wenig zu hell«, mischte sich erneut Fleckenstein ein.

»Wie meint Ihr das?«

»Nun ja, Wein anbauen ist eben alles, was die Leute können. Mit Trauben haben schon ihre Großväter und Urgroßväter Geld verdient. Auch heute noch kann ein tüchtiger Häcker seine Familie damit ernähren. Warum sollte er das alles lassen und von heute auf morgen zum Obstbauern werden? Nur, weil die Zeiten schlecht sind? Es hat schon immer Missernten gegeben — auch beim Obst! Der Mann ist ein

Träumer, der schwebt über den Dingen. Kein Weinbauer versteht ihn.«

Abel war überrascht: So hatte er es noch nicht gesehen!

»Lass die Finger von den Winzern!« Horn wurde lauter. »Wie oft hab ich ihm das gesagt. Den Tagelöhnern und Kleinbauern, denen sollte er helfen. Aber doch nicht den Winzern etwas einreden!«

»Nun ist das Problem gelöst«, meinte Rupprecht.

»Von wegen gelöst«, fuhr der Amtmann auf. »Hofmeister ist ein sturer Kopf.«

»Ladet ihn vor, widerruft Eure Ernennung zum Baumpelzer und schickt ihn zurück, dorthin, wo er hergekommen ist!«

»Ihr selbst habt ihn zum Baumpelzer bestellt?«, fragte Abel.

»War ein Versuch. Hat sich auch gut angehört. Hätte mir gut getan, wenn ich Mainz besseres Obst hätte liefern können. Dort schielt jemand nach meinem Stuhl. Aber lieber noch als Obst ist denen Wein. Wenn der Kerl weiterhin keine Ruhe gibt und die Winzer Furore machen …«

»Ach was, das legt sich«, warf Fleckenstein ein.

»Wie seid Ihr auf Hofmeister gekommen?« Abel wollte Näheres über den Obstbauern erfahren.

»Er kam zu mir. Er hat mir vorgeschwärmt vom Bodensee, wo es Baumpelzer gäbe, die nichts anderes machten, als im Auftrag der Obrigkeit die Leute im Obstbau zu unterweisen. Das ist dort tatsächlich so. Hab mich erkundigt … Verdammt, es hätte so schön sein können.«

»Woher hat er sein Wissen?«

»Vom Vater, nehme ich an. Der war auch schon Obstbauer. Vielleicht hat er es sich auch selber beigebracht. Schlau ist er ja.« Der Amtmann schniefte.

Vor der Tür wurde es unruhig. »Ruhe da draußen«, bellte Horn und fasste Abel am Arm. »Aber Ihr seid ja wegen eines anderen Anliegens hier. Kaffee? Heute Morgen frisch eingetroffen!«

»Tja, wie soll ich es sagen, mein lieber Abel?« Der Amtmann hatte Abel und Fleckenstein an einen Tisch in der Ecke geführt. Er saß vor seiner Tasse und umschloss das Porzellan mit beiden Händen, so dass nur Daumen- und Fingerspitzen die Außenwand berührten. »Also, Ihr wisst, Pater, ich schätze Euch sehr. Ihr seid ein liebenswürdiger Mensch, weltgewandt und gottesfürchtig, ein geschickter Händler und dabei doch ehrlich. Das findet man heutzutage selten. Auch Eure Abtei ... Gott weiß, wie froh wir sind, dass sie wieder prosperiert, haben wir doch ebenfalls Vorteile dadurch. Aber seht, wie soll ich sagen, seht, wenn wir ...«

»Der Amtmann meint, dass es mit dem Klosterhof nichts wird.« Lächelnd war Fleckenstein dem Amtmann ins Wort gefallen.

»Wie?« Abel blickte ungläubig auf Horn, der weiter mit seiner Tasse spielte. »Aber ... Ihr selbst habt doch vor einigen Wochen ... da sah doch alles noch so aus, als ob ...«

»Sehen Sie, Herr Pater, die Kaufmannschaft von Miltenberg«, der Amtmann schaute auf Rupprecht, »... nun ja, Euer Kloster zahlt dann keine Steuern mehr. Von den Gewinneinbußen der hiesigen Händler gar nicht zu reden, wenn Ihr selbst in das Geschäft einsteigt.«

»Aber es war doch alles besprochen. Ihr habt die Zusage von Abt Külsheimer, dass nur fürs Kloster bestimmte Ware eingeführt wird. Kein zusätzlicher Handel, kein Kaufmann muss um seine Kundschaft fürchten. Einzig Lothar Gutekunst, der muss mit Einbußen rechnen, weil er uns bisher am meisten lieferte — und in geringem Umfang noch zwei, drei andere Händler. Aber mit denen sind wir uns einig. Außerdem hat ja auch der Magistrat ...«

»Der Rat hat seine Meinung geändert«, gab Fleckenstein dazwischen.

»Er hat was?«

»Die Meinung geändert … oder besser gesagt: Die Mehrheiten haben sich geändert.«

»Wofür Ihr gesorgt habt, nehme ich an?« Abel sah kalt auf Fleckenstein.

Dieser hob beide Hände abwehrend hoch. »An mir lag es nicht«, sagte er. »Ich habe für Euch gestimmt, glaubt mir. Es waren andere, die geklagt haben, man hätte sie gedrängt, Eurem Antrag zuzustimmen. Da musste der Amtmann handeln und den Beschluss aufheben.«

Abel blickte auf Horn. Dieser hatte sich von seiner Tasse gelöst und die Hände rechts und links daneben abgelegt.

»Ist das Euer letztes Wort, Amtmann?«

Horn schaute Abel an und seufzte. Einen Augenblick noch zögerte der Mönch. Dann sprang er auf. Sein Stuhl stürzte um. Er ließ ihn liegen und stürmte grußlos hinaus.

IV

Abel war auf dem Heimweg ins Kloster nach Amorbach und hatte immer noch rote Flecken im Gesicht. Der Wallach spürte seine Wut. Wie angenagelt saß der Mönch auf dem Pferd, hielt die Zügel straff in der Hand und drückte ihm die Schenkel in die Flanken, als wäre er ein Anfänger. Wochenlang hatte der Amtmann ihn hingehalten, diese und jene Bedenken vorgebracht, und er, Abel, hatte sie alle ausgeräumt. Und dann endlich hatte er Horn die Zusage abgerungen, dass dieser dem Antrag der Abtei zustimmen würde, wenn auch der Stadtrat einverstanden wäre. Abel hatte sich große Mühe gegeben. Hier ein Seidenschal für die Dame des Hauses, dort eine silberne Schnupftabakdose für einen wackeligen Kandidaten — mein Gott, was hatte er es sich kosten lassen, die Mehrheit auf seine Seite zu ziehen. Zum Glück kannten Lothar und Waldemar die geheimen Schwächen der Herrschaften.

Vielleicht stimmte es ja gar nicht, was Horn behauptet hatte, vielleicht hatten die Räte ihre Einstellung gar nicht geändert? Waldemar hätte ihm doch sicherlich etwas gesagt. Abel riss am Zügel und zwang seinen Wallach zum Stehen. Er musste in Ruhe nachdenken! Horn hatte sich ja noch nie viel um die Meinung der Stadtväter geschert. Auch bei dem Wunsch der Abtei nach einer Niederlassung hatte dieser den Rat nur vorgeschoben, um eine zusätzliche Hürde aufzubauen — Abel wusste es von Waldemar. Und jetzt hatte ihn dieser schniefende mainzische Statthalter erneut reingelegt.

Warum nur war er selbst so schnell auf und davon? Er hätte die Sache klüger angehen, dem Amtmann die Namen der Räte, die umgefallen waren, entlocken sollen. Hätte, hätte, hätte. Feuerteufel hatten sie ihn in der Schule genannt, wenn er mit blutrotem Gesicht auf seine Mitschüler losgegangen war.

Abel ließ das Pferd wieder antraben. Er würde nicht klein beigeben. Notfalls musste der Abt seine Beziehungen nach Mainz spielen lassen.

Als der Mönch die alte Bess sah, wurde ihm bewusst, dass er auf seinem Weg im Mudtal bereits Weilbach erreicht hatte. »Sollte noch schnell bei den Tagelöhnern vorbeischauen, bevor ich nach Amorbach weiter reite«, dachte er. Hier, bei dem Dorf, lagen die neuen Weinberge der Abtei. Er hatte einige Männer aus der Gegend beauftragt, die Ruten zu schneiden. Wuchsen ihm die Aufgaben nicht langsam über den Kopf? Mittlerweile musste er sich um alles kümmern, was nichts mit Gottesdienst und Liturgie zu tun hatte. Wenn jetzt auch noch die Baumaßnahmen am Konvent begannen, würde er dann überhaupt noch ins Bett kommen?

»Gott mit Euch, Mutter Bess!«, grüßte er das alte Mütterchen am Wegrand.

»Gelobt sei Jesus Christus, Pater!«

Abel beugte sich zu ihr hinunter, um sie besser zu verstehen. »Was machen die Knochen heute?«

Die Alte griente und machte drei Bücklinge. »Ihr habt genug getragen in Eurem Leben«, sprach Abel und griff nach dem Reisigbündel auf der Schulter der Alten. »Ich leg es Euch vor die Tür.«

Abel wünschte sich, seine Mitbrüder würden gelegentlich die Welt auch außerhalb des Klosters zu Gesicht bekommen, bestimmt wären sie dann zufriedener. Gemessen am Dasein der Leute auf dem Land lebten sie in der Abtei wie Würmer im warmen Mist. Besonders dieser Frau hier hatte das Leben übel mitgespielt. Erst hatten kurmainzische Soldatenwerber ihren Sohn mitgenommen, dann war die einzige Kuh an der Magerseuche verreckt, und als wäre dies nicht Leid genug gewesen, hatten sie eines Tages auch noch ihren Mann auf der Trage nach Hause gebracht. Er war beim Holzfällen unter einen Baum geraten. Tagelang hatte sie nichts anderes getan, als blutiges Leinen zu waschen, hatte alles Gesparte dem Wundheiler gegeben. Aber die Mühe war umsonst gewesen. Am Ende war er doch dem Fieber erlegen. Danach konnte sie auch den Hof nicht mehr halten und musste ins Armenhaus ziehen. Seitdem lebte sie vom Holzsammeln und der Hoffnung, ihr Sohn käme zurück.

Abel ritt zu der Hütte am Ortseingang und stellte das Reisigbündel vor die Tür. Dann suchte er in der Satteltasche nach etwas Essbarem. Wenn er wusste, dass er nach Weilbach kommen würde, hatte er immer ein Päckchen für die alte Frau dabei. Trockenpflaumen liebte die Bess über alles. Meistens legte er noch ein Stück Blutwurst oder etwas Butter dazu. Aber heute waren die Taschen leer. Auf dem Rückweg würde er sich etwas im Dorf besorgen.

Abel war zufrieden: alle Reben auf Zapfen geschnitten, immer zwei Augen stehen gelassen, genau so, wie man es ihm in Miltenberg empfohlen hatte. Jetzt waren die Männer beim Hacken. Nur noch fünf Zeilen, dann würden sie fertig sein. Er würde ihnen etwas mehr als den vereinbarten Lohn geben. Wenn das Wetter mitspielte, würden sie von diesen Stöcken heuer den ersten Wein ernten.

»Vielleischt reiße mer ja alles widder raus?«, meinte einer der Tagelöhner.

»Wieso?«

»Der Obstbauer wor do. Is jetzt unne beim Hock. Schneid die Böhm und schennt uff die Winzer.«

War das ein Fingerzeig Gottes? Jedenfalls wollte Abel sich diese Gelegenheit nicht entgehen lassen.

Albert Hofmeister stand am Wiesenhang hinter dem Hockschen Anwesen und köpfte die Apfelbäume, die er zwei Jahre zuvor als Setzlinge gepflanzt hatte. Sie hatten den letzten Sommer über gut getrieben. Fünf Fuß hoch standen sie jetzt da, mit einem kräftigen Stamm, bereit zum Veredeln. Der Bauer hatte sich hinzu gestellt und gab Acht, dass ihm kein Handgriff entging. Bei ihm stand seine sechsjährige Tochter Elisa. Pater Abel schaute aus einiger Entfernung zu.

»Autsch!«

»Jetzt habt Ihr Euch weh getan«, piepste das Kind.

Der Obstbauer drückte den verletzten Daumen an seine Lippen und sog das Blut auf. Das Kind schaute ihn sehr neugierig an, denn im Gesicht Hofmeisters sah man noch die Spuren von der Auseinandersetzung mit Götz. Dick wie eine Kartoffel thronte die Nase über den gleichfalls geschwollenen Lippen. »Halb so schlimm, Kleines«, sagte er freundlich. »Davon stirbt man nicht.«

»Schneidet Ihr Euch oft?«

»Hm. Es geht.« Er zeigte dem Kind seine schwielige Hand mit den vielen Narben. Die Wunde blutete kaum. Er begnügte sich damit, sein Schnäuztuch um den verletzten Daumen zu wickeln. Dann fuhr er mit seiner Arbeit fort.

»Was macht Ihr jetzt?« Das Mädchen stellte sich auf die Zehen, um besser sehen zu können. Der Bauer bückte sich und nahm seine Tochter auf den Arm.

»Jetzt pfropfe ich ein Edelreis auf diesen Baum«, gab Hofmeister bereitwillig Antwort. Er hatte es gerne, wenn sich jemand für seine Arbeit interessierte.

»Was ist pfropfen?«

»Pfropfen ist, wenn man auf einem Baum das Holz eines anderen Baumes veredelt. Man nimmt einen dünnen Zweig, das so genannte Edelreis, und steckt es einem Ast des alten Baumes hinter die Rinde. Schau, so!« Er drehte sich ein wenig zur Seite und ließ das Kind zusehen. Mit seinem Messer ritzte er das Ende des Baumstumpfes ein und löste vorsichtig die Rinde vom Holz. Dann bückte er sich nach einem Bündel vor seinen Füßen, zog daraus einen dünnen Zweig hervor und schnitt ein etwa spannenlanges Stückchen ab. »Man muss darauf achten, dass eine lange, schräge Schnittstelle entsteht, damit die Fläche, die mit dem Baum verwachsen soll, möglichst groß wird«, sagte er. Dann steckte er das Edelreis hinter die Rinde.

»Warum blutet der Baum nicht, wenn Ihr seine Haut aufschneidet?«

»Bäume können nicht bluten«, belehrte sie der Vater. »Außerdem heißt die Haut beim Baum Rinde.«

»Stimmt nicht ganz, Bauer«, verbesserte ihn Hofmeister. »Bäume bluten auch, nur ist ihr Saft nicht rot, sondern hell wie Wasser. Wir brauchen auch dieses *Bluten*, sonst würden unsere neuen Äste nicht anwachsen können.« Während er sprach, griff er in seine Ledertasche und holte ein Bündel Bast heraus. Er schnitt einen Faden ab und umwickelte mit geübten Griffen den Stumpf, aus dem jetzt drei Zweigstücke ragten. »Damit die Edelreiser nicht wieder abfallen«, erklärte er dem Mädchen. Er musste lächeln, als er sah, wie ihn die Kinderaugen musterten. Erneut griff er in die Tasche.

»Baumharz«, gab er ungefragt Auskunft. »Damit verschmiere ich jetzt das Holz zwischen dem altem Baum und dem neuen Edelreis, damit die Schnittstellen nicht austrocknen.«

»Warum braucht man Edelreiser?« Das Mädchen war immer noch neugierig.

Der Obstbauer überlegte kurz. Wie sollte er einem Kind erklären, was viele Erwachsene nicht begriffen? Er tippte mit seinem vom Harz klebrigen Zeigefinger dem Mädchen auf die Stupsnase. »Das ist für unseren kleinen Naseweis«, foppte er. Auch der Vater musste lachen, als das Kind vergeblich versuchte, den Papp abzuwischen.

»Elisa, schau, das ist so: Wenn ich von einem guten Apfel die Kerne nehme und sie in die Erde lege, wachsen — wenn alles gut geht — viele kleine Apfelbäumchen daraus hervor. So wie es in eurem Haus viele Kinder gibt. Und so, wie nicht alle Kinder gleich sind, du zum Beispiel hast helle Haare, dein Bruder dunkle, so sind auch die neuen Apfelbäumchen nicht alle gleich. Die einen tragen gut, die anderen schlecht, die einen sind im Sommer schon reif, die anderen schmecken im Herbst noch sauer. Manche Früchte sind rot und süß, andere gelb und klein, wieder andere grün und schrumpelig. Dumm ist nur, dass man erst nach vielen Jahren, wenn die Bäume zum ersten Mal tragen, weiß, was man gepflanzt hat. Daher nehme ich die Zweige eines Baumes, dessen Früchte ich kenne, und setze sie anderen Bäumen ein, damit sie genauso wachsen wie mein guter Baum.«

»Könnt Ihr das auch bei Menschen machen? Mama sagt immer: Hätte ich doch nur dein Haar.«

Hofmeister lachte. »Nein, Kleines, das kann ich nicht.«

»Das kann nicht einmal der liebe Gott.«

Die Männer fuhren herum. Bauer Hock fing sich als erster. »Ihr, Pater Abel?«

»Tut mir leid, Bauer. Wollte nur ein wenig zuhören, wenn es erlaubt ist.«

»Ich versteh nicht viel vom Obstbau, Pater. Hier ist der Mann, von dem Ihr alles lernen könnt. Hab ihn eigens aus Großheubach kommen lassen.«

Abel reichte Hofmeister die Hand.

»Habe Euch bereits kennen gelernt. Gestern, bei den Häckern in Miltenberg.«

Die Miene des Obstbauern verfinsterte sich. Pater Abel hätte sich am liebsten geohrfeigt. Er wollte den Mann nicht verärgern. »Eure Rede hat mir gefallen«, lenkte er ein. »Hätte mich gerne mit Euch ein wenig darüber unterhalten.«

Der Obstbauer schaute misstrauisch auf den Mönch.

»Noch zwei Bäume, dann bin ich fertig«, sagte er endlich.

»Gut, ich warte.«

Pater Abel hatte dem Bauern sein Pferd übergeben und mit dem Baumpelzer den Hof verlassen. Still gingen sie nebeneinander her. Der Mönch brach als erster das Schweigen.

»Die Winzer mögen Euch nicht! Was habt Ihr den Leuten getan?«

Der Mann schaute ihn mit seinen dunklen Augen an. »Nichts«, kam die Antwort. »Hab nur versucht, sie von Fehlern abzuhalten.«

»Wovon genau wollt Ihr sie abhalten?«

Hofmeister schaute ihn erneut an, unschlüssig, ob er antworten sollte. »Kennt Ihr das, Pater«, sagte er plötzlich, »wie das ist, wenn man von lieb gewordenen Gewohnheiten lassen soll? Ihr müsst es kennen, gehört doch selbst einer Institution an, die mit Gewalt am Alten festhält.«

»Verstehe nicht, was Ihr meint.«

»Ihr versteht nicht? Nun gut, ein Beispiel. Sagt, was meint Ihr, dreht sich die Erde um die Sonne oder umgekehrt?«

»Seit Gott die Erde erschaffen hat, dreht sie sich um die Sonne.«

»Nein! Das heißt, doch, aber die Kirche hat das nicht immer so gesehen und sieht's auch heute noch nicht gerne. Es gab Zeiten, da riskierte man sein Leben, wenn man allzu laut die Wahrheit sagte.« Pater Abel kannte die Geschichte von Papst Robert, der Galilei mit der Folter gedroht haben sollte.

Plötzlich kam der Obstbauer ins Reden. Er sprach von Kindern, Frauen und Männern, die im Namen der Kirche gequält und bei lebendigem Leib öffentlich verbrannt worden seien, nur weil nicht sein durfte, was die Kirche nicht wollte. Weil man vom Teufelskult nicht lassen konnte und alles, was man nicht verstand, als Hexerei ansah.

»Aber das sind doch Ammenmärchen, mit dem einzigen Zweck, der Kirche zu schaden«, gab Abel zurück.

»So! Ammenmärchen, meint Ihr? Ist es nicht auch heute noch so, dass die Angst die Menschen in die Gotteshäuser treibt und nicht ihr Glaube? Ihr habt ja gehört, was dieser Götz und der Zunftmeister mir vorgeworfen haben. Pfaffen wie Ihr halten doch den Hexenglauben am Leben!«

Abel war verblüfft. »Pfaffen wie ich? Was soll das, Mann? Ich bin ein Diener Gottes. Die Gewalt, von der Ihr sprecht, ist das Werk des Teufels!«

»Werk des Teufels, sagt Ihr? Und wer hat den Teufel erschaffen? Ich sage Euch eins. Es ist ein gewalttätiger und rachsüchtiger Gott, dem Ihr da dient.«

»Hofmeister, versündigt Euch nicht!« Scharf fiel ihm Pater Abel ins Wort.

»Wen der Herr liebt, den züchtigt er, heißt es im Neuen Testament. Wer Gewalt ausübt, der liebt. Ist Euch dieser Unsinn noch nie aufgestoßen, Pater?«

»Aber es gibt auch den Gott der Gnade neben dem des Zorns und den Gott der Liebe neben dem des Hasses«, gab Abel zu bedenken. Es ärgerte ihn, dass er theologisch nicht sonderlich bewandert war.

Er musste dem Gespräch eine Wendung geben. Aber der Obstbauer kam ihm zuvor.

»Ich will doch nur, dass die Leute lernen nachzudenken«, sagte er. »Aber sie machen aus mir einen *advocatus diaboli*, einen Anwalt des Teufels. Sie hassen mich, weil sie Angst haben, Gewohntes aufgeben und Neues lernen zu müssen.«

»Wo habt Ihr all das Wissen her?«

»Es gibt Bücher«, knurrte der Mann. Er blieb stehen. »Mit dem Wein ist es zu Ende. Der Obstbau wird kommen!«

Auch Abel blieb stehen und zeigte mit dem Arm auf seinen Weinberg. »Was sagt Ihr? Mit all dem soll's ein Ende haben? Traubenstöcke, soweit das Auge reicht. Und wie sie so willig treiben in der kräftigen Frühjahrssonne. Seid mir nicht böse, guter Mann — aber Ihr seht wirklich schwarz.«

»Jahr für Jahr zahlen die Händler weniger für unseren Wein. Der Pfälzer ist billiger — und besser, sagen sie. Hätten wir keine schlechten Erntejahre gehabt, unsere Keller wären übervoll. Zwei, drei normale Jahre hintereinander, und wir ersaufen im Wein. Es stimmt, noch kaufen die Händler. Noch! Aber wir haben zu viel schlechten und zu wenig guten Wein.«

»Aber viele Flächen sind doch für den Weinbau schon zu klein«, gab Abel zu bedenken. »Wie soll das mit Bäumen besser gehen?«

»Mit Euch kann man reden, Ihr habt Verstand«, lobte ihn Hofmeister. »Es stimmt, das Mainzer Erbrecht lässt nicht nur die Äcker und Wiesen, sondern auch die Weinberge immer kleiner werden. Die Bauern müssten sich zusammentun und ihr Land gemeinsam bewirtschaften; dann entstünden wieder große, ertragreiche Flächen.«

Der Benediktiner musste lächeln. Natürlich hatte der Mann Recht, aber wer sollte die Bauern dazu überreden, ihr Eigentum aufzugeben und sich zusammenzuschließen? Für viele wäre dies eine neue Form von Leibeigenschaft. Ihm wurde immer klarer, warum sein Gegenüber wie ein Verstoßener durch die Welt irrte und auch mit guten Worten kein Gehör fand.

Hofmeister fuhr fort: »Der Feldobstanbau muss verbessert werden. Vor allem müssen die Abstände, in welchen man die Bäume pflanzt, größer werden. Daher meine Forderung nach Zusammenschluss. So könnten neben Obst auch noch andere Feldfrüchte angebaut werden. Der Obstbaum ist gewissermaßen nur dazu da, den Luftraum auszunutzen, um so dem Ackerland einen doppelten Ertrag abzugewinnen. Schaut Euch um! Wo Ihr Obstbäume seht, stehen sie so dicht, dass Unterkulturen nicht möglich sind. Dann sagt der Bauer mit Recht: Der Obstbaum verdirbt das Ackerland. Tatsächlich aber könnten sie durch richtigen Obstbau die Erträge verdoppeln. Vorausgesetzt natürlich, man achtet darauf, dass nur die besten Sorten angepflanzt werden — und die geeignete Pflege erfolgt.«

»Und die wäre?«

»Das fängt schon bei der Pflanzung an. Dass genügend Platz vorhanden sein muss, habe ich ja schon gesagt. Aber es ist auch zu bedenken, dass der Baum ein Lebewesen ist, das gepflegt und umsorgt sein will. Die Wurzeln zum Beispiel müssen leicht in den Boden eindringen können. Das ist nur dann möglich, wenn der Boden gut und tief gelockert ist. Mindestens zwei Fuß tief muss die gesamte Fläche vor dem Pflanzen rigolt werden. Die Bäume wachsen dann noch mal so schnell.«

»Ich staune immer mehr über Euer großartiges Wissen. Wo seid Ihr in die Lehre gegangen?«

»Den Beruf des Obstbauern gibt es nicht. Noch nicht. Meine Kenntnisse stammen von meinem Vater und von einem Lehrbuch, das Pfarrer Johann Christ geschrieben hat. Mir scheint, die Pfaffen verstehen sich besser auf Ackerbau und Viehzucht, denn aufs Retten armer Seelen.«

Abel hatte Mühe, mit dem Mann Schritt zu halten. Jetzt erst wurde dem Obstbauern gewahr, dass der Benediktiner außer Atem gekommen war. Er verlangsamte seine Schritte.

»Hab ich Euch gelangweilt?«

»Nicht im geringsten!«

Pater Abel war erstaunt, wie der soeben noch vor Lebendigkeit sprühende Mann verstummte. Aus tief liegenden Höhlen stierte er geradeaus. Schweigend schritten sie nebeneinander her.

Abels Gedanken rasten. Das schien tatsächlich der Mann zu sein, den er brauchte. Der könnte ihm die Last mit den Weinbergen abnehmen — mehr noch, der würde auch dafür sorgen, dass künftig bessere Weine im Keller lägen. Nicht nur der Abt würde das zu schätzen wissen. Auch die Sache mit dem Obstbau könnte Abel sich durch den Kopf gehen lassen.

Die meisten Flächen des Klosters lagen im Odenwald, da waren die Winter länger und härter als im Maintal. Einem vernünftigen Weinanbau wären hier Grenzen gesetzt, wie er inzwischen wusste. Wenn er aber mit Hilfe Hofmeisters den Obstbau fördern könnte und die Obstbäume hier bald die gleiche Bedeutung hätten wie die Reben am Main ... Selbst wenn der Obstbauer nur die Hälfte seiner Vorstellungen verwirklichen würde ... Abel kam ins Träumen. Andererseits, der Mann hatte seinen eigenen Kopf — und eine scharfe Zunge. Was soll's, er würde ihn schon bändigen.

»Wollt Ihr mir helfen?«, hörte er sich sagen.

»Helfen? Wobei?« Der Obstbauer war überrascht.

»Den Weinanbau auf unseren Flächen zu verbessern?«

Hofmeister starrte den Mönch entgeistert an.

»... und den Obstanbau auch?«, lockte Abel.

»Hab ich Euch richtig verstanden? Ihr meint, ich soll in den Dienst des Klosters treten?«

»Warum nicht?«

Hofmeister blieb stehen und malte mit den Stiefeln kleine Kreise in den Straßenstaub. »Mich wundert«, sagte er zögerlich, »dass Ihr mich fragt. Habt doch selbst einen hervorragenden Obstbauern in Eurer Abtei.«

»Bruder Barnabas? Ihr kennt ihn?«

»Mein Vater kannte ihn noch besser. Die beiden haben viele Sorten untereinander getauscht. Euer Prioratsgarten ist doch voll von Obstbäumen, die es wert wären, in größerem Umfang angebaut zu werden. Barnabas weiß vom Obstbau mindestens so viel wie ich.«

»Er ist alt, tut sich beim Gehen schwer und sieht neuerdings auch schlecht.«

»Und die Jungen? Er könnte sie anleiten.«

Pater Abel winkte ab. »Wir brauchen neue Ideen ... und einen wie Euch, der sie umsetzt«, sagte er. »Für einen anständigen Lohn, versteht sich.«

»Ihr wisst, dass man mich für einen Hexer hält?« Zum ersten Mal sah Abel den Großheubacher lächeln.

»Ich glaube nicht an Hexen ... Der Abt auch nicht.«

»Fromm bin ich auch nicht!« Der Mann lächelte immer noch.

»Ihr sollt arbeiten, nicht beten.«

Hofmeister schwieg.

»Ihr seid kein Zunftbruder mehr. Ihr werdet es in Zukunft schwer haben«, schob Abel nach.

»Hm!«

»Kein Stickelholz mehr, schlechte Lesetermine, Behinderung beim Weinverkauf! Weihrich wird Euch jede Menge Knüppel zwischen die Beine werfen.«

»Also gut«, sagte der Obstbauer. »Für ein Jahr. Erst einmal!«

Abel rieb sich die Hände. Lothar und Waldemar würden staunen.

Vom Bauern Hock in Weilbach erbat sich Abel ein Stück Schinken und einen Kanten Brot für die alte Bess. Dann nahm er den Weg zurück nach Amorbach. Zwei Frauen am Straßenrand wunderten sich über den Benediktiner, der lächelnd in der Nachmittagssonne ritt.

V

In sanft geschwungenen Linien wichen die Hänge des Odenwaldes zurück und schufen eine weite Ebene, während sie weiter westlich wieder fast bis an das Flüsschen Mud herantraten. Abel sah seinen Heimweg nach Amorbach, die Wiesen, Felder und die tausend Fuß hohen Berge mit anderen Augen. Die Mud schlängelte sich nun als munter gurgelnder Bach, dessen silbrig glitzerndes Wasser die Forellen so liebten. Hofmeister würde ihm, dem Cellerar, sagen, welche Hänge dieses Tales er roden und wo er Wein anpflanzen lassen sollte. Im Wiesengrund aber würden nach dem Rat des Baumpelzers Obstbäume wachsen. Und zwar nicht diese windschiefen Krüppel, wie sie noch hier entlang des Weges standen, sondern Apfelbäume, aus besten Sorten gezogen, mit kerzengeraden Stämmen, hoch genug, dass jedes Fuhrwerk bequem darunter hindurchfahren könnte. Er hörte das Summen der Bienen, wenn im Frühjahr die Bäume blühten, sah die Zugochsen im Sommer, wie sie deren Schatten suchten, und roch den Herbst, wenn die Äpfel reif zur Ernte wären. Pater Abel schloss die Augen und holte tief Luft. Obstbäume, soweit das Auge reichte — und überall hatte das Kloster Besitz.

Der Weg folgte dem Bach aufwärts, Amorbach entgegen. Schon sah Abel die Zwillingstürme der Abteikirche vor sich. So sehr er es liebte, die Klostermauern hinter sich zu lassen, so gerne kehrte er auch wieder zurück. Bodo hörte ihn als Erster. Bellend fuhr der Hund hoch und sauste ihm entgegen.

Abel nahm sich die Zeit, stieg ab und kraulte den Rüden hinter den Ohren. Inzwischen hatte ihn auch einer der Stallburschen bemerkt und kam herangerannt. Abel übergab ihm die Zügel. Wenn er sich beeilte, würde er den Abt noch vor der *Komplet* antreffen. Er brannte darauf, ihm von dem Baumpelzer zu berichten. Dies würde die Absage des Amtmannes etwas mildern.

Im Kreuzgang sah Abel die ersten Brüder. Die Kapuze über dem Kopf und die Arme in den Ärmeln versteckt, schritten sie dem Seitenportal der Kirche entgegen. Abel wusste, dass die Zeit trotzdem reichen würde. Dies waren die ganz Frommen, die sich schon lange vor dem ersten Läuten auf den Weg machten.

»Wer da?«

Abel steckte den Kopf durch die Tür.

»Ach, Ihr seid's, Cellerar. Zurück aus Miltenberg?«

»Soeben eingetroffen!«

»Und?«

Abel schloss die Tür hinter sich. Er stand in einer Zelle, gerade zwölf mal fünfzehn Fuß groß, vollgestopft mit Büchern, Pergamentrollen und den Briefbündeln seiner Vorgänger. In den Holzgestellen war schon lange kein Platz mehr, so dass vieles in wackeligen, verstaubten Stößen unregelmäßig im Zimmer verteilt herumstand.

Beschämend klein für das Herz einer Abtei, die eine der größten und bedeutendsten im Mainzer Herrschaftsgebiet ist, dachte er sich. Immerhin herrschte der Abt über fünfundvierzig Mönche, fast vierzig Novizen und Laienbrüder sowie über eine ordentliche Zahl von Gesinde. Dazu waren dem Kloster sechzehn Dörfer untergeordnet, in denen der Abt die Vogteirechte ausübte. Neben dem Eigenbetrieb bezog die Abtei in weiteren siebzig Ortschaften Einnahmen aus Fruchterträgen und Lehenszins. Außer beim Wein waren selbst in schlechten Jahren die Einkünfte aus Korn, Fisch,

Fleisch und Heu größer als der Eigenbedarf. Sie konnten meist mit stattlichem Gewinn weiterverkauft werden. Auf andere Weise ließen sich die weitläufigen Klosteranlagen auch nicht unterhalten. Der Umbau der alten romanischen Abteikirche in die jetzt dreischiffige, prachtvoll ausgestattete barocke Basilika mit ihrer so beeindruckenden Giebelfassade aus rotem Buntsandstein wurde zwar noch unter seinem Vorgänger abgeschlossen, aber alleine der Schuldendienst dafür fraß einen Großteil des erwirtschafteten Gewinns. Und die Ausgaben stiegen weiter: Das neue Orgelwerk der Abteikirche aus den berühmten Stummschen Werkstätten suchte zwar seinesgleichen unter den Klöstern der weiteren Umgebung, aber mit 5000 Gulden hinterließ diese Anschaffung auch ein gewaltiges Loch in der Klosterkasse. Und ein Ende der Bautätigkeiten war nicht in Sicht: Der alte Konventbau genügte schon lange nicht mehr den Anforderungen eines aufstrebenden Klosters und musste, zuzüglich einiger Nebengebäude, dringend erweitert werden.

»Eine gute und eine schlechte Nachricht«, sprach Abel zu der Gestalt hinter den Papiertürmen.

»Die schlechte zuerst!«

»Horn spielt nicht mit. Er ist jetzt doch gegen eine Niederlassung.«

Abel berichtete von seinem Gespräch mit dem Amtmann. »In Mainz scheint Horn nicht sonderlich gelitten zu sein«, sagte er. »Er bangt um sein Amt. Vielleicht wagt er es deswegen nicht, sich für uns zu entscheiden. Ihr solltet selbst einmal mit ihm reden, Abt, Euch wird er nicht so leicht vor den Kopf stoßen.«

»Oder ich spreche gleich mit Mainz.«

»Ich könnte für morgen die Kutsche richten lassen.«

»Gemach, gemach, Abel, so sehr eilt es auch wieder nicht.« Abt Külsheimer war inzwischen aufgestanden und ans Fenster getreten. Er starrte hinunter in den Hof. Trotz seiner zweiundsechzig Jahre war der Abt noch erstaunlich rüstig. Allein die Falten in dem kantigen Gesicht verrieten sein Alter. Nur wenige wussten, dass er, sorgsam verdeckt durch die Kutte, Schuhe mit spannenhohen Sohlen trug. Eine kleine Eitelkeit, seiner geringen Körpergröße geschuldet. Gott würde ihm sicherlich verzeihen.

»In Mainz sägt man also an Horns Stuhl?«, fragte er zum Fenster hinaus.

»Jedenfalls hat er so etwas angedeutet.«

»Mehr wisst Ihr nicht?«

Abel hob die Schultern. »Wie gesagt, es war nur eine Andeutung.«

»Werde mich ein wenig umhören. — Aber habt Ihr nicht auch etwas von einer guten Nachricht gesagt?«

»Oh ja!«, strahlte Abel und legte los. Er berichtete von Hofmeister, lobte dessen Verstand und Tatkraft, schwärmte von den vielen Vorteilen, die dieser dem Kloster brächte, und beschrieb in farbigen Worten, wie in einigen Jahren das Amorbacher Tal ein einziger blühender Garten wäre, in dem Milch und Honig flössen. Große Keller sollten das Erntegut lagern, um auch Missernten zu überstehen. Niemand müsste mehr hungern, dort, wo die Abtei das Sagen hatte.

»Milch und Honig, sagtet Ihr? Und das alles wegen eines einzigen Mannes? Meint Ihr nicht, dass Ihr da ein wenig übertreibt?«

»Nicht durch ihn allein natürlich, aber mit seiner Hilfe. Wenn Ihr sehen würdet, wie er die Leute begeistern kann, würdet Ihr mir zustimmen.«

»Ich dachte, die Winzer in Miltenberg wären nicht sonderlich beeindruckt gewesen?«

Abel spürte die Kühle in den Worten des Abtes.

»Ja schon«, wich er aus »… aber das ist etwas anderes … da fehlt der nötige Mut, etwas Neues zu wagen … vielleicht ist auch Neid im Spiel und …«

»Eine unrühmliche Vergangenheit.«

»Wie?« Abel vergaß, den Mund zu schließen.

»Ich habe da was gehört von Hexen und Schadenszauber. Keine schönen Dinge, Abel.«

»Aber … Abt Külsheimer … woher?«

»Gleichviel!« Der Abt hatte sich umgedreht und mit einer Handbewegung die Frage zur Seite gewischt.

»Abt, das ist ein Gerücht. Zudem liegen die Ereignisse Jahrzehnte zurück!«

»Hexen und Zauberei, Cellerar, sind etwas für Dumme, ich weiß. Nichts für Euch und nichts für mich. Aber das Volk, es glaubt daran, ob es uns gefällt oder nicht. Meint Ihr nicht, dass ein Mann mit solch einem Leumund mehr schadet als nützt? Keine zwei Wochen geb ich und jeder hier bei uns weiß, welch Geistes Kind er ist. Soll ja auch den Klerus mit ketzerischen Fragen reizen.«

»Er reizt niemanden, wenn man ihn in Ruhe lässt!«

»Wird man ihn denn in Ruhe lassen? Wer garantiert uns, dass es nicht auch hier einen Weihrich oder Götz gibt? Nein, Abel, wir lassen erst einmal Gras über die Sache wachsen. Es wäre auch nicht klug, die Miltenberger herauszufordern. Wie sähe das aus, wenn wir hier bei einen Mann hofierten, der dort als Ketzer verschrien ist? Erst die Niederlassung in Miltenberg und dann, wenn der Staub sich gelegt hat, Obstbäume in Amorbach. Habt Ihr eigentlich schon mit Frater Barnabas darüber geredet?«

»Der Gärtner? Abt, Ihr wisst …«

»Versucht es. So, und jetzt ab in die Kirche!«

Abel musste nicht lange warten. Wie gewöhnlich trat Bruder Barnabas nach der *Komplet* durch die kleine Seitentür, die den inneren Klosterbereich mit dem Prioratsgarten verband. Abel hatte den Obstbäumen hier bisher keine besondere Beachtung geschenkt. Mit dem Bruder Gärtner war er vor kurzem sogar einmal im Streit gelegen, weil er vorgeschlagen hatte, einige Bäume zugunsten des neuen Konventbaues fällen zu lassen. Barnabas hütete diese wie seinen Augapfel, obwohl er, wie Abel damals bemerkt hatte, ja kaum noch sähe, ob er vor einem Apfel- oder Birnbaum stünde. Und weit und breit sei niemand da, der die Arbeit des Gärtners einmal fortführen würde. Später hatten ihm die Worte Leid getan, und er hatte Bruder Barnabas um Verzeihung gebeten. Im Grunde mochte er ihn, denn dieser gehörte, wie er selbst, nicht zu den Frömmsten in der Bruderschar und griff lieber zum Spaten als zum Gebetbuch. Jetzt sollte Abel mit dem halbblinden Bruder das umsetzen, was er eigentlich mit dem Baumpelzer vorhatte.

Der Kies auf dem Weg knirschte unter dem Gewicht des Gärtners. Der Abt hatte es schon lange aufgegeben, ihn zu ermahnen, sich beim Essen zu mäßigen. Abel hustete leise, um auf sich aufmerksam zu machen. Barnabas trat dicht vor ihn hin. Er musste zu seinem Mitbruder aufschauen. So nahe war Abel dem Gärtner noch nie gewesen. Der Kopf war kahl, aber an den Augenbrauen erkannte er, dass der Bruder einmal blond gewesen sein musste. Barnabas rieb sich das schwammige Kinn. Dann huschte ein Lächeln über sein bartloses Gesicht.

»Oho, der Herr Cellerar persönlich. Was verschafft mir die Ehre?«

»Der Abt meint, wir sollten mehr zusammenarbeiten.«

»Ihr und ich? Wollt Ihr Gärtner werden?«

Trotz seines Missmutes musste Abel lachen. »Nein, keine Angst, Bruder, ich nehme dir die Arbeit nicht weg.«

»Irgend jemand wird es tun müssen«, meinte der Alte. »Die Augen, Cellerar, die Augen, sie wollen nicht mehr. Habt's ja selbst deutlich genug gesagt.«

Abel schluckte. »Immer noch keinen unter den jüngeren Fratres gefunden, den du unterweisen könntest?«

»Jüngere Brüder?« Der Gärtner hieb mit seinem Stecken

auf die Buchseinfassung. »Von denen will kaum einer arbeiten!«

Das war für Abel nichts Neues. Selbst einfache Bauernburschen, die um Aufnahme in den Konvent baten, glaubten, mit Gottesdienst alleine genug zu arbeiten. Kaum einer wollte sich noch die Hände schmutzig machen. Es hatte sich nichts geändert seit den Zeiten des Heiligen Benedikt. Schon der Ordensgründer hatte damit zu kämpfen gehabt, dass seine Mitbrüder sich der körperlichen Arbeit verweigert und nichts von *ora et labora*, vom Beten *und* Arbeiten, hatten wissen wollen. Nein, auch Abel arbeitete lieber mit Leuten aus der Bevölkerung. Es gab viele brauchbare Burschen unter den Bewohnern des kleinen Städtchens, das vor den Toren der Abtei entstanden war. Lieber mit jenen die Brüder durchfüttern, als diesen das Arbeiten beibringen.

»Hast du es schon einmal mit einem Laien versucht? In der Stadt gibt es genug Arbeit suchende Männer.«

»Daran gedacht habe ich schon, aber es ist beim Gedanken geblieben.«

»Kennst du den Hofmeister aus Großheubach?« Abel fand, dass es an der Zeit war, zu seinem eigentlichen Anliegen zu kommen.

»Den Albert? Schon lange nicht mehr gesehen.«

»Du kennst ihn also?«

Barnabas lachte. »Der war schon als Kind hier bei mir, hier in diesem Garten — mit seinem Vater. Hervorragende Obstbauern, alle beide.«

»Du hast sie im Obstbau unterwiesen?«

»Sagen wir lieber: Wir haben voneinander gelernt ... seht, hier!« Bruder Barnabas drehte sich um und deutete die Baumreihe entlang. »Dort hinten, der vorletzte Baum, ein *Borsdorfer*. Stammt aus Borsdorf, einem kursächsischen Dorf bei Leipzig. Gibt gutes Tafelobst und noch besseren Wein. Ihr könnt es nicht wissen, trinkt ja nur Traubenwein.«

Abel lächelte.

»Oder«, fuhr der Alte fort, »hier drüben der *Gold Pepin* oder *Englische Goldmatt*, wie manche auch sagen, einer der herrlichsten Äpfel überhaupt, mit delikatem Geschmack und zartem gelblichen Fleisch. Beide hat mir der alte Hofmeister besorgt. Hab ihm dafür andere Sorten gegeben.«

»Ich war schon einige Male hier in diesem Garten, Bruder, aber erst jetzt fällt mir auf, wie viele Obstbäume hier stehen.«

»Einhundertzweiundneunzig Stück genau. Alle namentlich festgehalten und ausführlich beschrieben. Nicht jeder taugt etwas, aber man soll nicht vorschnell urteilen. Habe festgestellt, dass manche Sorte zwar mäßig trägt, aber dafür die Befruchtung der anderen Bäume fördert. Es ist wie bei den Menschen, Cellerar: Keiner lebt umsonst. Vielleicht versteht Ihr jetzt, warum ich Eurer Absicht, einige von ihnen zu fällen, so heftig widersprochen habe.«

Abel überhörte den letzten Satz. »Ich begreife«, lobte er stattdessen. »Deine Arbeit gleicht einer Wissenschaft.«

»Einer Wissenschaft? Wie wahr. Und vieles ist noch unentdeckt.«

»Schade, dass solch Wissen im Verborgenen blüht.«

»Wie meint Ihr das, Cellerar?«

»Nun ja, wenn du doch weißt, welche Sorten gut oder weniger gut sind, dann könntest du doch die Besten der Besten vermehren und auch außerhalb dieser Mauern pflanzen lassen. Ich meine nicht zehn, nicht hundert, ich meine tausende. Ich würde dir dabei helfen.« Gespannt schaute Abel in die trüben Augen des Gärtners.

»Ihr kommt zu spät, Cellerar. Zu spät für mich. Hofmeister, der könnte es packen.«

»Külsheimer zögert, ich war schon bei ihm.«

Barnabas begann zu kichern: »Ist ihm wohl nicht fromm genug, dem Herrn Abt. Auch ein wenig zu aufgeklärt, was?«

»Hm. Könnte man so sagen.«

»Wie sein Vater, der hat sich auch nichts vormachen lassen, hat nie etwas einfach nur nachgebetet. Dabei war der frommer als manch anderer, der beim Gottesdienst in der ersten Reihe kniet — auf seine Art, versteht sich. Der hatte Achtung vor der Schöpfung Gottes, hat deswegen auch viel von ihr verstanden. Sein Sohn ist aus dem gleichen Holz geschnitzt. Wahrlich kein Mann für unsere Abtei.«

»Also keine Hilfe von dir?«

»Fragt mich, was Ihr wollt, Cellerar, jederzeit. Ich sage Euch, was ich weiß, aber mehr könnt Ihr von mir nicht erwarten. Seht doch selbst, was mit mir los ist!« Dabei fuhr er mit der freien Hand über seine Augenlider und blinzelte dahin, wo er Abel vermutete. »Haltet Euch an Hofmeister. Der ist der Richtige für Euch!«

Abel hatte es geahnt. Ziellos trottete er über den Hof und nahm nicht einmal von Bodo Notiz. Er scheuchte zwei Arbeiter in den Speicher, das Getreide wenden, stieg in den Keller, wo er Bruder Helmut anraunzte, der Wein für die Küche holte, und verschwand danach im Stall. Dann, wieder auf dem Hof, lief ihm ein Hahn über den Weg. Er trat nach dem Tier, verfehlte es aber mit seinen schweren Stiefeln. Laut gackernd stob es davon. Erstaunt blickte Abel ihm hinterher, fuhr sich mit der Hand über den Kopf und stahl sich dann fort in seine Zelle. Dort warf er sich auf seine Pritsche und starrte zur Decke, bis er einschlief.

Bei der Morgenmesse war er der Letzte, der in seiner Nische Platz nahm. Abt Külsheimer schaute missbilligend zu ihm hin. Wie nur schafften die Anderen es immer wieder, vor ihm in der Kirche zu sein, dachte sich Abel, die Glocken läuteten doch für alle zur gleichen Zeit!

Spärlicher Kerzenschein kämpfte gegen das Dunkel der Abteikirche. Das Chorgestühl war bis auf den letzten Platz besetzt, zwei Patres mussten sogar in separaten Stühlen sitzen. Der Abt hatte diese eigens in die Kirche schaffen lassen. Für Abel war das ein gutes Zeichen. Die Abtei war wieder gefragt. Man konnte es sich sogar leisten, um Aufnahme ersuchende Jünglinge auf andere Klöster zu verweisen. Dies war auch sein Verdienst. Seit er den Wirtschaftsbetrieb leitete, gab es nicht nur Arbeit für die Leute aus dem Städtchen, sondern es sprach sich auch herum, dass die Mönche in Amorbach wieder das ganze Jahr über satt wurden.

Abel fröstelte. Er hatte in der Eile vergessen, die Strümpfe anzuziehen. Er versteckte die Hände in den Ärmeln und lehnte sich zurück — Gott, war er müde. Er konnte es sich nicht erklären, aber um drei Uhr in der Nacht fiel es ihm bedeutend leichter aufzustehen als um fünf Uhr in der Frühe. Kaum war man nach der Mette ins Bett gekrochen, schreckten einen die Glocken zu *Laudes* wieder hoch. Er würde sich nie daran gewöhnen.

»*Gegrüßet seist Du Maria, voll der Gnaden …*« Abel hatte die Augen geschlossen und murmelte die Gebete mit.

Abels Gedanken drehten sich im Kreis; er fand keinen Anfang und kein Ende. Woher nur wusste der Abt von Hofmeister? Külsheimer verließ doch so gut wie nie die Abtei. Abel müsste künftig mehr darauf achten, wer bei seinem Vorgesetzten ein- und ausging. Er würde sich bei Gelegenheit Bruder Bernward vornehmen. Der Schreiberling hatte Zugang zum Abt und hörte das Gras wachsen.

Die Niederlassung in Miltenberg würde kommen, so oder so. Vielleicht, dachte Abel, könnte man Mainz auch mit einem Stück Land ködern. Es gab doch da dieses Rittergut, eine uralte Schenkung an das Kloster, auf das der Fürstbischof schon lange ein Auge geworfen hatte.

Doch wie sollte es mit dem Obstbauern weitergehen? Abel musste zugeben, dass der Abt Recht hatte. Das Gerücht um Hofmeisters Familie würde bald auch in Amorbach die Runde machen. Nicht für alles in der Welt könnte ihn Külsheimer dann noch für die Abtei arbeiten lassen. Es gab nur eine Möglichkeit: Abel musste herausfinden, was wahr war an dem, das über Hofmeisters Vorfahren erzählt wurde. Er würde Waldemar bitten, ihm zu helfen. Dann, vielleicht, könnte er noch einmal mit dem Abt reden. Und diesmal wäre er besser vorbereitet.

Külsheimer liebte feine Morgenröcke wie ein Junker die Jagd. Noch so eine kleine Sünde, die Gott dem Abt verzeihen mochte. Hatte Abel nicht neulich bei seinem Freund Lothar diese hauchdünne Seide aus Lyon in der Hand gehalten, deren Farbe sich von Grün in Blau änderte, je nachdem wie die Sonne darauf fiel? Sündhaft teuer, aber er würde sich ein paar Ellen zurücklegen lassen …

Nach dem Gottesdienst war Abel den Brüdern ins Refektorium gefolgt. Doch kaum war das Morgenmahl beendet, hatte er sich zurückgezogen. Er saß in seiner Schreibstube über ein leeres Blatt gebeugt. Es wollten ihm nicht die rechten Worte einfallen. Er hasste es, Mahnbriefe und Reklamationen zu schreiben. An der Stuckrosette im Empfangszimmer des Abtes hatten sich Teile gelöst. Kein großer Schaden, Abel hätte darüber hinweggesehen. Aber der Abt drängte auf Nachbesserung. Schließlich seien es noch nicht einmal zwei Jahre, seit das Zimmer neu hergerichtet worden sei. Und 96 Gulden für die Stuckarbeiten seien viel Geld gewesen.

Der Mönch schaute zum Fenster. Es schien ein schöner Tag zu werden. »Später«, dachte er und legte das Papier zur Seite. Besser, er sah draußen nach dem Rechten. Böse Briefe konnte man auch bei Regen schreiben.

Im Hof stand ein fremder Wagen. Die Fuhrleute machten sich an der Deichsel zu schaffen. Es kam häufig vor, dass Durchreisende im Kloster Station nahmen, ihre Pferde versorgten, einen Schaden reparierten oder der Gottesmutter in der Kirche eine Kerze stifteten.

Abel grüßte die Fuhrleute freundlich und fragte nach dem

Woher und Wohin. Es waren drei Männer aus einem dieser Dörfer, die weit hinter der Abtei im Odenwald lagen. Sie waren früh am Morgen aus Miltenberg aufgebrochen. Die drei hatten Wellen dahin geliefert — für Bauern, die nicht genügend Land und Vieh hatten, ein notwendiger Zuverdienst. Wenn die kleinen Bauern und Häusler wüssten, wie viel die Händler für jedes ihrer Holzbündel in Frankfurt einheimsten, sie würden sich ihre mühsame Arbeit besser bezahlen lassen.

Abel blickte hinab auf die Zehe des einen Mannes. Sie schaute aus dem offenen Schuh hervor und war vor Kälte blau. »Wie geht's den Pilgern?«, fragte er aufgeräumt.

Die Bauern senkten den Blick. »Schlechte Zeiten für gute Geschäfte, Pater«, sagte der Mann mit der Zehe.

»Haben sie in Miltenberg kein Geld mehr?«, lachte Abel.

»Die Stadt ist wie ausgestorben«, sagte der zweite Mann. Er hatte dunkle, traurige Augen und zupfte an seinem geflickten Kittel.

»Ausgestorben? Ihr scherzt, Mann. Warum?«

»Der Teufel. Er treibt sein Unwesen dort.« Wie auf Befehl bekreuzigten sich alle drei gleichzeitig. »Die Pilger sind auf und davon, und die Städter halten sich versteckt.«

»Was treibt er denn so, der Herr Luzifer?« Abel musste schmunzeln. Wie schnell sich die Leute doch ängstigten.

»Er geht herum und mordet. Einen hat er schon erwischt.«

»Oh!« Abel runzelte die Stirn.

»Soll mit seinem Huf auf ihm herumgetrampelt sein, bis der arme Kerl tot war«, sagte der Mann mit den traurigen Augen.

»Er war zerschmettert und voller Blut«, meldete sich jetzt auch der Dritte zu Wort.

»Aha! Und weiß man auch, wer der Unglückliche ist?« Abel war nachdenklich geworden.

Der Anführer schaute auf seine Zehe. »Ein Häcker ist es, Götz soll er heißen. Er lag da wie der Gekreuzigte.«

»Den Wallach«, brüllte Abel über den Hof. »Schnell! Satteln! Sofort!«

VI

Menschenleer lag die Hauptstraße Miltenbergs vor ihm. Die Hufe des Wallachs klapperten auf dem Pflaster und verhallten in den Seitengassen. Abel überließ das Tempo dem Pferd. Der scharfe Ritt hatte beide ins Schwitzen gebracht. Auch das Ziel würde der Wallach alleine finden. Er kannte den Hof Lothars und wusste, dass man ihm dort das Fell trocken reiben und anständig Futter geben würde.

Abel spürte, dass er aus den Häusern beobachtet wurde. Aber sobald er sich auch nur ein wenig zur Seite drehte, verschwanden die Gesichter hinter den Fensterscheiben. Beinahe wurde ihm selbst unheimlich.

Der Mönch ritt geradewegs in den Hof, sprang vom Pferd, gab ihm einen Klaps auf die Hinterhand und stürmte ins Haus. Irgendjemand würde sich um das Tier schon kümmern. Er fand Lothar im Kontor. Abel war immer wieder erstaunt, wenn er diesen Raum betrat. Hier könnte Abt Külsheimer lernen, was Ordnung hieß. Selbst er, Abel, wenig vertraut mit den Geschäften seines Freundes, hätte sich zugetraut, hier jedes beliebige Schriftstück zu finden. Säuberlich getrennt nach Vorgang und Jahr, standen die Geschäftsbücher in den wandhohen Schränken. Hier die englische Korrespondenz, dort die Käselieferungen aus den Niederlanden, darüber der Weinhandel.

Abel hatte einmal eines der Weinbücher herausgezogen, halb aus Spaß, halb aus Neugierde. Sie enthielten nicht nur die Zu- und Abgänge nach Fuder und Preis gelistet, sondern waren noch mit weiteren Anmerkungen versehen: Lesezeit und Reifegrad der Trauben sowie die Qualität des daraus entstandenen Weines. Auch außergewöhnliche Wetterereignisse während des Jahres waren aufgeführt. Lothar wollte immer alles wissen über den Wein, den er aufkaufte. Ebenso hielt Lothar die Geschäfte mit der Abtei sorgfältig fest. Jahr für Jahr waren diese Bände dicker geworden!

Für Lothar war Ordnung schon immer die erste Voraussetzung für geschäftlichen Erfolg gewesen. Er war stolz darauf, noch heute mit einem Handgriff herauszufinden, wie viele Heringe er vor dreißig Jahren aus Hamburg hatte kommen lassen oder wie viele Gulden er damals für ein Fass Wein bezahlt hatte. Genau so, dachte Abel, sollte die Niederlassung des Klosters einmal geführt werden, und Lothar sollte ihm dabei helfen — er selbst verstand ja nicht viel vom Führen der Bücher.

»Hast es also auch schon gehört?« Lothar quälte sich hinter seinem Schreibtisch hervor und gab Abel die Hand. »Die Knochen! Heute ist es besonders schlimm. Scheint anderes Wetter zu geben. Du siehst aber auch nicht gerade gesund aus.«

»Hab mich etwas abgehetzt. Bleib doch sitzen, Lothar. Du kannst mir auch so berichten.«

Lothar schaute den Freund erstaunt an. »Abgehetzt, wegen des Toten? Interessierst dich wohl immer mehr für das, was bei uns in Miltenberg passiert. Da steckt doch etwas dahinter!«

»Ach was. Komm, erzähl schon!«

»Was weißt du denn bereits?«

»Nicht viel. Es ist der Götz. Er soll übel zugerichtet sein.«

»Ein Bauer von der Höhe hat ihn gefunden, heute im Morgengrauen auf seinem Weg in die Stadt. Hatte sich etwas verspätet und wollte den kürzeren Weg über das Felsenmeer nehmen. Da lag der Tote zwischen den Felsen, mit eingeschlagenem Schädel, die Arme ausgebreitet wie gekreuzigt ... Und überall Blut. Der arme Bauer, muss im Dämmerlicht auf den Leichnam getreten sein. Habe noch nie einen Menschen so schreien gehört.«

»Wer war es?«

»Der Mörder?« Lothar hob die gichtigen Hände. »Weiß Gott. Der Ermordete war kein angenehmer Zeitgenosse, hast ihn ja kennengelernt.«

»Gott sei seiner Seele gnädig«, murmelte Abel und machte das Kreuzzeichen.

»Wenn du mehr wissen willst«, sprach der Freund, »frage Waldemar. Er hat die Leiche bergen lassen. Wird jetzt beim Amtmann sein.«

Der Marktplatz war nicht ganz so leer wie die Straße. Aus einigen Buden quoll träge der Rauch. Um den Brunnen lungerte eine Handvoll Pilger, Männer, die gestern zu tief in den Krug geschaut hatten und noch nicht in der Lage waren, weiter zu ziehen. Eine gespenstische Ruhe lag über dem ganzen Platz. Im Hof der Amtskellerei war niemand zu sehen.

Da trat plötzlich Waldemar aus der schweren Tür des Amtsgebäudes.

Er packte den Freund am Ärmel und zog ihn fort. »Was willst du hier?«, flüsterte er. »Ich kann es mir denken«, gab sich Waldemar auch selbst gleich die Antwort. Er blickte zur Kirchturmuhr und nickte: »Komm mit!«

Der Schultheiß eilte hinaus auf den Marktplatz. Dort wandte er sich nach links und schritt auf ein kleines Tor in der Stadtmauer zu. »Unser Hexenturm«, sagte er beiläufig und zeigte auf den Turm über dem Durchlass. Unwillkürlich bückte sich Abel, als sie das Tor passierten.

Linker Hand führte ein Pfad der Stadtmauer entlang zu den Krautgärten am Hang, rechts stieg das Gelände steil an und endete oben an den massiven Mauern der Burg.

»Hier, den Berg hinauf«, sagte Waldemar und deutete geradeaus. Abel raffte die Kutte und stieg ihm hinterher. Bald begann er zu schwitzen. Er staunte über Waldemar, der noch so gut zu Fuß war. Das Gelände wurde steiler und felsiger, ein schütterer Wald begann und der Pfad, dem sie gefolgt waren, verlor sich zwischen den Felsen. Abel tat es seinem Freund nach und sprang jetzt von Felsbrocken zu Felsbrocken. Weiter oben sah er Menschen. Als sie näher kamen, erkannte er fünf Männer. Es waren Häcker, die Mützen in den Händen standen sie da und starrten auf einen roten Fleck am Boden.

In dieser Gegend war Abel noch nie gewesen. Wenn er in der Stadt war, besuchte er gewöhnlich nur den einen oder anderen Händler oder traf sich mit Waldemar bei Lothar. Zwei oder drei Mal war er auch in einem der Weinberge gewesen, die östlich der Stadt lagen. Was es sonst noch innerhalb oder außerhalb der Stadtmauer gab, hatte ihn nie interessiert. Nicht einmal die Burg hatte er bisher näher zu Gesicht bekommen. An dem Hang, wo sie nun standen, lagen übereinander gehäuft Steinbrocken in unterschiedlichen Größen herum. Von faustgroßen Kieseln bis zu ochsenschweren Findlingen sah Abel vielfältige Formen. Dazwischen wuchsen vereinzelt magere Birken. Nur dort, wo der Tote gelegen haben musste, gab es so etwas wie eine ebene Stelle.

»Zurück!«, raunzte Waldemar einen der Männer an. Er stieg von seinem Findling und drängte den Mann zur Seite. »Hiermit«, sagte er dann mit einem Anflug von Stolz und deutete auf einen Stein, groß wie ein Kalbskopf, »hiermit muss er ihn zermatscht haben.«

Jetzt sprang auch Abel auf den Boden. Er musste aufpassen, wo er hintrat. Überall lagen Steine. Er ging in die Hocke und betrachtete den Untergrund genauer. Es wird schwer sein, etwas Brauchbares zu finden, dachte er bei sich. Selbst da, wo er soeben hingetreten war, konnte er nicht die Spur eines Abdruckes erkennen.

»Vergiss es, Abel, da ist nichts. Absolut nichts. Wenn der

Physikus nicht noch etwas findet, was uns weiterbringt …« Waldemar hob die Hände und wandte sich an die Neugierigen. »Verschwindet!«

Die Männer zogen die Köpfe ein und entfernten sich. Abel und Waldemar folgten ihnen hinunter in die Stadt.

»Eine verruchte Gegend, schon immer!«, klärte Waldemar den Freund beim Abstieg auf.

»Der Name Felsenmeer passt.«

»Niemand kann sich erklären, wie die Felsen dorthin gekommen sind. Kein Wunder, dass manch schaurige Geschichte darüber berichtet. Luzifer selbst hätte die Steine zusammengetragen, als Geschosse gegen die Stadt, um ihre Gründung zu verhindern, hat man uns Kindern erzählt. Der Bischof höchstpersönlich habe damals aus Mainz anreisen und mit Weihwasser den Satan vertreiben müssen. Niemand durchquert freiwillig dieses Stück. Selbst der Schweinehirt meidet die Gegend, weil er in dem Geröll um seine Tiere fürchtet. Jetzt glauben die Leute, der Gottseibeiuns habe den Winzer im Flug hierher geschafft, weil keine Spuren …«

»Wer, um Gottes Willen, tut so etwas?«

»Ein Freund war es jedenfalls nicht.«

»Und Feinde? Wer hat ihn so gehasst?«

Der Schultheiß blieb stehen und schaute Abel an. Dann glitt sein Blick an ihm vorbei den Berg hinunter, ruhte für einen Augenblick auf dem Kirchturm, als wollte er nach der Uhrzeit schauen, und wanderte dann über den Main hinweg, dorthin, wo schemenhaft der Ort Großheubach lag.

Abel fasste den Freund am Arm. »Waldemar! Du denkst doch nicht?«

»Ich nicht, Abel. Aber die Winzer — und ein bisschen, glaub ich, auch der Amtmann.«

»Der Krach bei der Häckersitzung? Jetzt sagt man, Hofmeister habe diesen Lump aus Rache ermordet.«

»Vorsicht, Abel, du sprichst von einem Toten!«

»Von einem Toten, ja, gewiss. Aber was war er für ein Mensch? Götz war ein Trinker und Randalierer. Das hast du selbst gesagt, gestern.«

»Deswegen wird man nicht gleich umgebracht.«

»Leicht möglich, dass er diesmal an einen Stärkeren geraten ist.«

»Möglich, ja. Trotzdem …«

»Und Zigeuner oder Landstreicher? Hast du schon daran gedacht?«

»Das hab ich noch nie gehört, dass die einen Beraubten wie den Gekreuzigten hinlegen. Meiner Meinung nach war der Mord hier etwas Persönliches. Das war kein Streit im Suff. Auch war bei Götz nicht viel zu holen. Der war ein armer Schlucker, hatte bestimmt nicht mehr dabei, als das, was wir bei ihm gefunden haben.«

»Und ein Pilger?« Der Mönch wollte nicht nachgeben. »Da versteckt sich doch so manche zwielichtige Gestalt unter den Wallfahrern.«

»Herrgott, Abel. Ich habe doch gesagt, die Häcker glauben, dass er es war, nicht ich — jedenfalls solange nicht, bis wir eindeutige Hinweise haben. Noch haben wir nicht mit ihm gesprochen. Vielleicht war er es ja wirklich nicht. Er wird uns schon sagen, wo er in der fraglichen Zeit gewesen war. Wenn der Obstbauer unschuldig ist, umso besser. Aber es ist in seinem eigenen Interesse, dass wir das untersuchen.«

Abel blieb stehen. »Götz hat den Obstbauern beleidigt, gut, aber deswegen bringt ihn der doch nicht um.«

Waldemar aber lief weiter. »Immerhin, Hofmeister wurde aus der Zunft ausgeschlossen. Er ist in seinem Handeln eingeschränkt, fühlt sich wahrscheinlich verfolgt und in die Enge getrieben. Wer kann schon sagen, wie ein Mann wie er damit zurechtkommt?«

Abel holte Waldemar wieder ein. Sollte er dem Freund verraten, was er mit dem Baumpelzer vereinbart hatte? Er beschloss, damit zu warten. »Aber warum dann Götz und nicht Weihrich? Das Theater bei der Versammlung, das war doch vom Zunftmeister inszeniert. Der wollte den Baumpelzer loswerden.«

»Daran habe ich auch schon gedacht. Vielleicht wollte Hofmeister den Winzer ja gar nicht umbringen. Womöglich war es nur ein Unfall. Er wollte mit ihm reden, ihn ausfragen über Weihrich, sie sind in Streit geraten, Götz hat ihn angegriffen … du weißt, wie schnell sich zwei Hitzköpfe hochschaukeln können …«

Im Grunde war Waldemar Wolf der ideale Schultheiß. Obwohl der Amtmann das Sagen hatte, war es ihm mit seiner besonnenen Art doch schon einige Male gelungen, Horn ein Zugeständnis abzuringen und damit die Interessen der Stadt gegenüber der erzbischöflichen Verwaltung zu wahren. Ein solches Zugeständnis war, dass der Schultheiß nicht nur als Schöffe mit zu Gericht saß, sondern dass er auch bei der Strafverfolgung mitwirken durfte. Umso wichtiger war es, dass Waldemar sich nicht voreilig festlegte.

Der Physikus schien auf den Schultheiß gewartet zu haben. Sofort legte er los:

»In meinem ganzen Leben habe ich so etwas noch nicht gesehen. Und ich muss sagen, ich habe schon einiges erlebt. Siebenundfünfzig-achtundfünfzig zum Beispiel, als ich als junger Offizier der Kaiserin Maria Theresia gegen die Preußen …«

»Wie lange ist er schon tot?« Waldemar unterbrach den Arzt. Abel musste lächeln, trotz der ernsten Situation. Selbst in Amorbach hatte man schon von dem geschwätzigen Physikus aus Miltenberg gehört, der bei jeder sich bietenden Gelegenheit von seiner *ruhmreichen* Vergangenheit erzählte.

»Länger als zwölf Stunden«, sagte dieser beleidigt.

Abel rechnete. Er hatte sich Tags zuvor mit Hofmeister getroffen. Das waren jetzt — er sah sich nach einer Uhr um.

»Kurz vor Zehn«, hörte er den Arzt sagen. »Die Glocken werden gleich läuten.« Dann musste der Mord zwei Stunden vor Mitternacht geschehen sein. Oder früher. Abel rechnete weiter. Gegen fünf Uhr am Montagnachmittag hatte er den Obstbauern in Weilbach verlassen. Wenn dieser sich umgehend auf den Weg nach Miltenberg gemacht hatte, hätte er gegen sechs Uhr dort gewesen sein können. Zeit genug, Götz aufzulauern und ihn umzubringen. Nach Einbruch der Dunkelheit und an so einem abgelegenen Ort konnte dies auch unbemerkt geschehen. Aber im Felsenmeer traf man sich nicht zufällig; der Mörder musste sein Opfer dorthin bestellt haben. Wenn es Hofmeister gewesen war, dann hatte er sich zuvor in der Stadt oder zumindest in deren Nähe aufgehalten. Irgendjemand könnte ihn dann gesehen haben.

»Zwölf Stunden? Seid Ihr sicher?«, fragte Waldemar den Arzt.

Die Miene des Physikus verfinsterte sich. Noch so eine Beleidigung — »Eure Hand!«

Bevor der Schultheiß wusste, wie ihm geschah, hatte der Arzt das Leinen von dem Toten gerissen und Waldemars Hand geschnappt. Er schloss dessen Finger zu einer Faust und drückte den freien Daumen gegen den Schenkel des Toten.

Waldemar fuhr zurück.

»Was fällt Euch ein?«, schrie er den Arzt an.

Doch dieser grinste nur. »Ihr hattet doch Zweifel, Herr Schultheiß. Jetzt sagt selbst, seht Ihr etwas?«

Waldemar starrte ihn an. »Was soll ich sehen?«

»Ob er schon so lange tot ist. Schaut hier, die rötlich-violetten Flecken auf der Haut — Totenflecken! *Post mortem* sinkt das Blut gemäß der Schwerkraft ab. Das führt zu diesen Hautflecken hier an der Unterseite des Körpers. Dreht man den Toten um, folgen die Flecken erneut der Schwerkraft. Anfänglich verschwinden sie auch auf Druck. Beides ist hier nicht der Fall. Totenflecken sind nach zwölf Stunden irreversibel, wegen der Fäulnis, die dann einsetzt. Sie lassen sich dann weder umlagern noch wegdrücken.«

»Schon gut, schon gut«, murmelte Waldemar und wischte sich sorgfältig die Hand am Hosenbein ab.

Jetzt hat der Physikus doch noch seinen Auftritt gehabt, dachte Abel. Er musterte den Toten. Dieser war durch die Schläge entstellt, aber es handelte sich zweifelsfrei um Götz.

»Sind das seine Sachen?« Abel deutete auf die Kiste unter der Pritsche.

Waldemar bückte sich und zog sie hervor. Mit spitzen Fingern holte er die Kleidungsstücke heraus: Ein blauer Winzerkittel, Hose, Unterzeug. Darunter lag ein zusammengeknäueltes Schnäuztuch, ein Stück aufgewickelter Draht, ein Kreidebrocken, zwei Kreuzer.

»Das ist alles, was wir bei ihm gefunden haben. Siehst du Abel? Das Geld — nichts gestohlen!«

Abel ergriff einen Zipfel des Schnäuztuches. Es schien ihm, als wäre etwas darin eingewickelt. Er packte einen zweiten Zipfel und versuchte das Tuch auseinander zu ziehen. Es war zu einem Säckchen verknotet, nicht größer als die Faust eines kleinen Kindes. Er schaute Waldemar an.

»Schnupftabak, nehme ich an.«

Abel knetete das Säckchen zwischen den Fingern. »Es lässt sich verformen, wie Sand.« Abel knotete das Tuch auf, bemüht, nicht mit dem Dreck darauf in Berührung zu kommen. »Ein Pulver, gelb«, stellte er fest.

Er zeigte es herum. Waldemar wich angeekelt zurück, während der Physikus neugierig seine Nase hineinsteckte.

»Ich rieche nichts. Hab ich noch nie gesehen. Sieht aus wie gelbes Salz.« Der Arzt befeuchtete die Spitze seines Zeigefingers und steckte ihn in das Pulver. Als er ihn wieder herauszog, waren einige Körnchen hängen geblieben. Er führte den Finger zum Mund und kostete vorsichtig. »Nichts!«, sagte er. »Nicht salzig, nicht süß, nur feste Körner ohne besonderen Geschmack.« Vorsichtig leckte er den Finger ab und begann zu kauen, so wie Abel es von Lothar kannte, wenn dieser unbekannten Wein kostete. Der Physikus stutzte. »Das kenn ich«, sagte er. »Diesen Geschmack hatte ich schon einmal im Mund.«

Abel war ungeduldig geworden. Er hatte es zwischenzeitlich dem Arzt nachgetan und sich ebenfalls eine Fingerkuppe voll Pulver in den Mund gesteckt. Zögerlich begann er zu schmecken. »Bittermandel«, murmelte er. »Eindeutig Bittermandel! Wie Pfirsichkerne, wenn man sie aufbeißt.«

»Für was braucht ein Mann wie Götz Bittermandel?« Waldemar schaute fragend in die Runde.

»War vielleicht für seine Frau gedacht, ein besonderes Gewürz oder eine Backzutat, so ähnlich wie Hirschhornsalz«, antwortete der Physikus.

»Hm.« Abel knotete das Tuch wieder zu und legte es zurück. »Wird wohl so sein«, sprach er und gab Waldemar ein Zeichen, dass er genug gesehen hatte.

»Und jetzt?«, fragte Abel seinen Freund, nachdem sie das Haus des Physikus verlassen hatten.

Ein Mann stellte sich ihnen in den Weg: »Ist es wirklich der Götz, Herr Schultheiß?«, fragte er. Ein weiterer Bürger blieb stehen: »Stimmt es, dass der Baumpelzer der Mörder ist?«

Abel zuckte zusammen.

»Ja, es ist Götz. Mehr wissen wir nicht.« Waldemar hob abwehrend die Hände. Inzwischen waren Abel und er von einer Menschentraube umringt.

»Natürlich wisst Ihr mehr«, rief einer aus der Menge. Einige trauten sich zu klatschen.

»Ich hab ihn gesehen«, krächzte die Frau des Bäckers.

»Wen?« Abel packte das Weib an den Schultern.

»Den Baumpelzer, zusammen mit dem Teufel!«

Abel schüttelte die Frau. »Seid Ihr bei Sinnen?«

Wolf griff ein. »Aufhören!«, rief er. »Ein Mann ist ermordet worden, nicht mehr und nicht weniger. Der Täter wird gefasst und bestraft, so wie es sich gehört. Geht nach Hause und verhaltet euch ruhig. Wer wirklich etwas gesehen oder gehört hat, was uns weiterhelfen kann, soll sich melden, bei mir oder dem Amtmann!«

»Ich hab aber den Besen gesehen, auf dem der Teufel ins Felsenmeer gefahren ist«, keifte das Weib unbeirrt.

»Wann?« Abel war rot vor Zorn.

»Heute früh, bei Sonnenaufgang.«

»Da war der arme Götz schon lange tot. Euer Teufel hat sich wohl ein wenig verspätet.«

Nur wenige lachten.

Waldemar legte seinen Arm um Abel und zog ihn fort. »Wenigstens gehen sie wieder auf die Straße.«

»Und reden Unsinn. Waldemar, wir müssen etwas dagegen tun!«

»Wir?«

»Willst du nicht auch, dass die Gerüchte um Hofmeister verstummen? Schließlich bringen sie Unruhe in die Stadt.«

»Ach was, das gibt sich wieder. Noch zwei, drei Wochen, und kein Mensch redet mehr davon. Vorausgesetzt, er ist nicht der Mörder. Muss jetzt zum Amtmann, berichten, was der Physikus herausgefunden hat.«

Abel verabschiedete sich. Er hatte es jetzt eilig.

VII

Der Mönch hatte den Wallach bei Lothar satteln und sich danach über den Main setzen lassen. Er wollte nach Großheubach und mit Hofmeister reden, bevor dies der Amtmann tun würde. »Beim Heilische Sebastian müsst Ihr Euch rechts halte«, hatte der Fährmann dem Mönch geraten. »Is sunscht en Umweech.« Schon von weitem kündigte das Standbild des Märtyrers die Weggabelung an. Doch eigenartig, je näher der Mönch kam, umso mehr verlor sich die Gestalt des Heiligen. Abel ließ das Pferd in den Schritt fallen und richtete sich in den Steigbügeln auf. Wo waren der Kopf, wo die Arme? Er sah nur zerfetzte Stümpfe.

»Brrr!« Abel hielt den Wallach vor dem Standbild an und betrachtete den Schaden. Nase und Ohren der Figur waren abgeschlagen, nicht ein Finger oder eine Zehe war mehr vorhanden. Sämtliche Pfeile fehlten, mit denen der Heilige einst zu Tode gefoltert worden war. Abel blickte zum Himmel und ritt den Weg weiter nach Großheubach. Die Unart des Volkes, sich gegen alle Übel und Gefahren mit Amuletten schützen zu wollen, ärgerte ihn. Es war nicht zu begreifen, wie sich die Leute an solchen in Stein gemeißelten oder aus Holz geschnitzten Heiligenbildern vergriffen, so lange, bis diese vollkommen geschunden und verstümmelt waren. Dann, eines Tages, würde der Torso entfernt, ein edler Stifter würde einen neuen Heiligen aufstellen, und nicht lange danach würde auch dieser mit Messern und Hämmern traktiert. Gegen Zahnschmerzen und Veitstanz, bei Geburten und zur Verhütung von Unfällen, gegen alle Fährnisse des Lebens hatte man den Splitter eines Heiligen im Säckel.

Die Sonne hatte den Zenit überschritten und begann nach Westen zu wandern. Es war ungewöhnlich warm. War das schon der Frühling? Abel schaute sich in der Flur um. Rechts und links des Weges lagen Felder, schmale Streifen, oft nicht breiter als ein Fuhrwerk lang. Beim nächsten Erbfall würden selbst diese Handtücher erneut geteilt werden. Der Obstbauer hatte Recht: Da war kein Platz für Bäume.

Weizen und Roggen hatten den Winter gut überstanden. Der Januar war zwar erbärmlich kalt gewesen, aber zum Jahreswechsel war rechtzeitig Schnee gefallen und hatte die zarten Hälmchen geschützt. Von den Weinstöcken konnte man das nicht behaupten, die hatten in einigen Lagen schwer gelitten. Wie schwer, würden erst die nächsten Wochen zeigen.

Der Weg führte in einiger Entfernung vom Main flussabwärts. Während linker Hand die Felder alsbald in Wiesen übergingen, begannen rechts, noch in der Ebene und keine zwei Steinwürfe weit weg, bereits die Weinberge. Bis hinauf zum Bergkamm sah Abel nur Reben. Und über dem Meer von Stickeln und Stöcken thronte nicht weit entfernt das Kloster Engelberg. Es wäre wirklich schön, wenn die Abtei hier Weinberge hätte!

Schneller als gedacht hatte Abel Großheubach erreicht. Als erstes fiel ihm der Staub auf: Staub auf den Dächern, Staub auf den Mauern, Staub auf dem steinernen Nepomuk an der Brücke, die über einen kleinen Bach führte. Selbst die Luft roch nach Staub. Es war der Belag der unbefestigten Straße. Sandiger Boden, wie er hier anstand, von den Rädern der Fuhrwerke fein zermahlen, mischte sich in trockenen Zeiten wie diesen jedem Lufthauch bei, stieg in kleinen Wölkchen auf und legte sich über Felder, Gärten und Behausungen. Es war das Erbe einer uralten Handelsstraße, die sich von Würzburg kommend über die Höhen nach Miltenberg hinabwand, dort den Main querte und am Fluss entlang durch den Ort in Richtung Frankfurt führte. Was die Strecke nicht über das Wasser hinauf- oder hinabgeschafft werden konnte, rollte seit Menschengedenken über diese Straße.

Die ersten Bauten, die Abel sah, waren strohbedeckte Hütten, die Wände ohne Bewurf und nahezu fensterlos — Unterkünfte für Steinhauer und Tagelöhner. Er wusste, wie man darin hauste. Da stand ein Tisch in der Mitte, daneben drängten sich Kinder in Lumpen um die offene Feuerstelle, wo, wenn sie Glück hatten, ein mageres Huhn im Wasser kochte. Die Schlafstatt in der Ecke war nichts als ein gemeines Strohlager, notdürftig durch einen Bretterverschlag vom Übrigen getrennt. Man teilte sich den einzigen Raum mit Ziegen und Schweinen oder, wenn es einem gut ging, mit einer Kuh. Vieh hält die Stube warm, sagten die Franken.

Der Wallach scheuchte einige Hühner von der Straße, und Abel sah den Hahn linkisch hinterhereilen. Auch hier stach man also den Hähnen ein Auge aus, damit sie weniger Futter fänden als die Hühner. Kein Mensch war unterwegs, ungewöhnlich für eine Ortschaft, die an einem Handelsweg lag. Als Abel näher zur Ortsmitte kam, sah er auch Häuser mit besserem Fachwerk und Steinbauten. Dann, mitten im Dorf, blieb er überrascht stehen. Ein zweigeschossiger Bau mit hohem Satteldach stellte sich ihm in den Weg. Das Erdgeschoss war aus rohem Bundsandstein errichtet, während das Obergeschoss und die beiden gewaltigen Giebel aus zierendem Fachwerk bestanden. Zweifellos das Rathaus. Hier würde er nach Hofmeister fragen.

Aber wo er auch klopfte und pochte, Türen und Tore blieben verschlossen. »Ist hier jemand?«, rief er und blickte nach oben. Kein Fenster öffnete sich.

»Gelobt sei Jesus Christus, Pater.«

Abel drehte sich im Sattel um. Ein kleines, schwarz gekleidetes, schiefbeiniges Weib stand vor ihm.

»In Ewigkeit Amen, gute Frau. Könnt Ihr mir sagen, wo ich Herrn Hofmeister finde?«

Die Alte riss die Augen auf und legte den Kopf schief. Abel beugte sich zu der Frau hinunter und schrie ihr ins Ohr: »Ich suche Albert Hofmeister, den Baumpelzer.«

»Jesus, Maria und Josef«, stammelte das Weib und bekreuzigte sich. Dann zog sie mit ihren dürren Fingern das Kopftuch ins Gesicht und verschwand grußlos zwischen zwei Häusern.

Abel hörte Hammerschläge, die ihn zu einer Werkstatt führten. Dort stand ein Schmied unter einem Vordach und hieb auf ein Stück glühendes Eisen ein. Eine Lederschürze bedeckte die nackte Brust. »He, Meister! Sagt, wo wohnt hier Albert Hofmeister?«

»Der Obschtbauer?«, fragte der Hüne, ohne aufzuschauen. »Do hinne!« Dabei deutete er mit seinem Hammer über die Schulter. »Is abber jetz im Wengert …« Der Mann zeigte, immer noch den Hammer in der Hand, zum Kloster. »Die Drebbe nuff un uff halber Höh rechts.« Dann beugte er sich wieder über sein Eisen und hämmerte weiter.

Abel wendete das Pferd und ritt in die Richtung, die der Schmied ihm gezeigt hatte. An Misthaufen, Karren und Weinfässern vorbei gelangte er zum Fuß der Sandsteintreppe, die hinauf zum Kloster führte. Kein leichter Weg in den Himmel, dachte Abel, als er das lange Band der Stufen hinaufschaute. Er begann zu zählen und überschlug das Ergebnis. Wie viele Stufen mochten es wohl sein? Fünfhundert, sechshundert? Genug jedenfalls, um ins Schwitzen zu kommen. Er band den Wallach an einem Lattenzaun fest, raffte die Kutte und nahm die ersten Stufen.

Rechts der Staffeln machte der Berghang einen weiten Bogen nach Süden hin. Über Generationen hinweg hatten die Bauern von Großheubach in mühsamer Arbeit den Hang mit Mauern abgefangen und kleine Terrassen geschaffen. Wohl einhundertundsechzig Morgen ebener Fläche waren so entstanden und mit Weinstöcken bepflanzt worden. Nur vereinzelt konnte Abel dazwischen den einen oder anderen Obstbaum erkennen. Er war erstaunt, wie er auf einmal Zusammenhänge sah, die ihm zuvor noch nie aufgefallen waren. Es war, als würde er die Welt mit den Augen des Obstbauern sehen. Links der Staffeln schloss sich ein schütterer Eichenhain an. Der Schweinehirt des Dorfes hatte die Säue hineingetrieben. Abel hörte dessen schräges Blasen. Eicheln machen den besten Schinken, sagten die Bauern.

Immer wieder schaute Abel die unzähligen Stufen hoch zum Kloster empor. Wallfahrer hatten über Jahrhunderte hinweg den Sandstein ausgetreten. Die Staffeln waren in regelmäßigen Abständen von Stationen des Kreuzweges begleitet, übermannshohe, steinerne Kreuze, auf denen, in Lindenholztafeln geschnitzt, die Leiden Christi abgebildet waren. Endlich war Abel auf halber Höhe angelangt. Jetzt musste er sich rechts halten, wollte er den Obstbauern nicht verfehlen.

»Sucht Ihr mich?«

Abel schaute in die Richtung, aus der die Stimme gekommen war. Dort stand Hofmeister inmitten seiner Reben. »Zu wem sonst sollte ich wollen, hier in Großheubach?« Abel bemühte sich, freundlich zu klingen.

»Wollt Ihr mir jetzt schon meine Entlassung bringen?«

Der Mönch zuckte zusammen. Wusste der Mann, dass der Abt Schwierigkeiten machte? Inzwischen hatte er Hofmeister erreicht und ihm die Hand gegeben. »Wäre es Euch denn Recht?«, fragte Abel und redete gleich weiter. »Ihr habt den Rebschnitt schon vor Wochen beendet, wie ich sehe. Die Triebe bluten gewaltig. Keine Angst vor Spätfrösten?«

»Angst vor Frost? Kaum. Im Gegenteil, etwas mehr Kälte wäre mir recht.« Abel schaute den Mann ungläubig an. Da zitterten Generationen von Winzern vor den kalten Frühjahrsnächten, und dieser Kerl wünschte sie herbei.

»Nur ein wenig Kälte, Pater, gerade soviel, dass der erste Austrieb erfriert. Müsste ihn sonst selbst entfernen. Solange die anderen Augen noch in der Winterruhe sind, ist das nicht schlimm. Schaut her, es sind noch genügend vorhanden. Sie treiben dann zwar etwas später aus, aber sie bringen mehr Trauben, als die ersten getragen hätten. Fragt mich nicht, warum, aber es ist so. Und auch die Erdraupe meidet den späten Austrieb, weil sie sich schon bei den früheren Trauben ringsum satt gefressen hat.«

Plötzlich grinste der Mann. »Manchmal glauben die Leute, ich könnte hexen, weil bei mir die schöneren Trauben hängen.«

»Warum eifern sie Euch nicht einfach nach, wenn sie doch sehen, dass Ihr Erfolg habt?«

Hofmeister zuckte mit den Achseln. »Der eine oder andere versucht's. Aber es gehört noch mehr dazu, gute Trauben in den Keller zu bringen.«

»Und das wäre?«

»Die größte Gefahr, Pater, ist die Nässe, nicht der Frost. Gute Lagen vorausgesetzt. Regen oder Morgentau auf den Beeren, das heißt Fäulnis und Pilzbefall. Im Sommer bin ich ständig im Weinberg, die Neuaustriebe zu gipfeln, damit Sonne und Wind die Pflanzen schneller trocknen lassen. Später aber, während der Reifezeit, entferne ich die Blätter nur auf der sonnenabgewandten Seite.« Hofmeister nannte auch gleich den Grund: »Junge Trauben haben eine zarte Haut. Sie müssen gut beschirmt sein, sonst droht Sonnenbrand und die Früchte platzen.«

Abel schwieg andächtig.

»Das ist die reine Lehre«, sprach Hofmeister weiter. »Es gibt aber auch noch den Hagelschlag. Der kommt bei uns meistens von Westen, also von der anderen Seite. Daher muss ich auch dies berücksichtigen und so manches schützende Blatt doch belassen. Zur richtigen Lage den passenden

Schnitt, dazu etwas Mist als Dünger, das ist das ganze Hexeneinmaleins eines guten Ertrages.«

»Ich hoffe, die Abtei wird schon bald von Eurem Wissen profitieren.«

»Ich stehe zur Verfügung, wann immer Ihr wollt. Probeweise, wie besprochen.«

»Wie besprochen, Hofmeister. Aber Ihr werdet zunächst andere Sorgen haben.«

Die Miene des Mannes verfinsterte sich.

Wie ein gehetztes Reh, dachte Abel, immerzu misstrauisch. »Man hat Götz gefunden. Den Winzer, mit dem Ihr Euch gestritten habt.«

»Und?«

»Ermordet!«

»Götz ermordet? Ihr scherzt, Pater.«

»Leider nicht. Man hat seine Leiche entdeckt, im Felsenmeer, oberhalb der Stadt.« Abel forschte im Gesicht des Obstbauern nach einer Bewegung. Dieser ließ sich nichts anmerken — rein gar nichts.

»Eigentlich wundert's mich nicht«, antwortete Hofmeister stattdessen. Der Obstbauer senkte den Kopf und bohrte mit der rechten Stiefelspitze im Erdboden.

»Wie meint Ihr das?«

»Er war ein Säufer, ging keinem Streit aus dem Weg. Wird diesmal wohl an den Falschen geraten sein.«

»Man verdächtigt Euch!«

Hofmeister fuhr hoch. »Mich?«

»Nur hinter vorgehaltener Hand«, wehrte Abel ab. »Aber der Amtmann wird wissen wollen, wo Ihr wart, als Götz ermordet wurde.«

»Und Ihr auch, wie?«

»Hört zu, es geht nicht um mich. Es geht um Euch und die Abtei. Ich muss wissen, was Ihr getan habt, nachdem ich Euch in Weilbach verlassen habe.«

»Also doch ein Verhör. Horn hat Euch geschickt!« Hofmeister war drohend auf Abel zugetreten.

»Gott bewahre«, protestierte der Mönch. »Der Amtmann weiß nicht, dass ich hier bin. Wäre mir auch lieb, wenn er nichts davon erführe.« Abel dachte an die mahnenden Worte des Abtes, die Miltenberger nicht unnötig zu verärgern.

»Was führt Euch dann hierher? Euer Interesse für den Weinbau war doch nur ein Vorwand, oder?« Immer noch aufgebracht stand der Obstbauer vor ihm.

»Bei Gott und allen Heiligen, ich bin an Eurer Arbeit interessiert wie niemand sonst. Aber ich mache mir auch Sorgen um Euch. Der Streit mit Götz ist schließlich nicht zu leugnen.«

»Pah! Götz ist … war eine Laus. Ich hab's ja auch nicht verstanden. Eigentlich hätte er auf Weihrich wütend sein müssen, und nicht auf mich. Wenn nicht einer seiner Saufkumpane der Mörder ist, dann der!«

»Der Zunftmeister? Mann, gebt Acht, was Ihr sagt!«

»Weihrich ist eine Ratte. Er leiht den Winzern Geld.«

»Der Zunftmeister ein Geldverleiher?«

»Und ein skrupelloser dazu.«

»Wie soll ich das verstehen?«

»Er soll Not leidende Kollegen mit billigem Geld locken, habe ich gehört. Er weiß aber, dass sie nicht zurückzahlen können. Also verlängert er den Kredit, erhöht die Zinsen, die Schuldner können erst recht nicht zahlen, die Zinsen steigen noch mehr …«

Hofmeister machte eine Bewegung, als würde er einem Gockel den Kopf abdrehen.

»Glaubt Ihr das?«

»Möglich wäre es. Jedenfalls haben in letzter Zeit einige Weinberge den Besitzer gewechselt.

»Ihr meint also, Götz hat auch verkauft — verkaufen müssen. An Weihrich?«

Hofmeister hob die Schultern. »Hab ich so gehört.«

»Und Ihr glaubt, Götz könnte sich dagegen gewehrt haben?«

»Der Kerl ist schon aus geringerem Anlass handgreiflich geworden. Schaut mich an! Glaube nicht, dass dieser sich still in sein Schicksal ergeben hätte.«

Abel war nachdenklich geworden. Wenn es stimmte, was ihm der Obstbauer soeben verraten hatte, könnte dies eine Spur sein. Trotzdem fragte er noch einmal nach: »Hm. Ihr wart also nicht in der Stadt, als der Mord geschah?«

»Wann geschah er denn? Ihr habt mir nur gesagt, wo Götz gefunden wurde.« Am breit gezogenen Mund Hofmeisters erkannte Abel, dass dieser die Doppelbödigkeit der Frage erkannt hatte. Doch der Obstbauer war ihm geschickt ausgewichen.

»Gestern spät abends muss es passiert sein, noch vor Mitternacht, vermutet der Physikus.«

»Gestern Nacht? Da lag ich im Bett. Habe Weilbach bald nach Euch verlassen und bin nach Hause zurück.«

»Äh …, nur falls der Amtmann fragt, könntet Ihr ihm einen Zeugen nennen?«

»Einen Zeugen? Dass ich im Bett lag?« Hofmeisters Lachen schallte über den Berg. »Ich lebe alleine, wie Ihr sicherlich wisst. Kein Weib, keine Kinder, kein Knecht. Wer soll mich da beim Schlafen beobachten?«

»Könnte ja sein, es hat Euch jemand nach Hause kommen sehen.«

»Selbst wenn, die Leute werden sich dumm stellen und nichts gesehen haben wollen, das sage ich Euch. Hört zu, Pater: Ich habe Götz nicht ermordet. Ist mir gleich, was sie in Miltenberg denken. Aber sagt den Herren dort, dass mit einem Hofmeister nicht gut … Aber das wissen sie ja schon. Und jetzt lasst mich arbeiten.« Hofmeister schaute gegen Westen nach dem Sonnenstand, drehte sich um und verschwand zwischen den Reben. Den verdutzten Mönch ließ er einfach stehen.

»Ein Letztes noch«, rief dieser ihm nach, nachdem er sich wieder gefasst hatte. Aber dann winkte er ab und ging.

Als Abel wieder auf der Treppe stand, musste er sich eingestehen, dass er keinen Schritt weiter gekommen war. Einerseits war er gewillt, Hofmeister zu glauben, andererseits wurde er aus dem Kerl nicht schlau. Er blickte auf Großheubach hinunter. Wie eine Herde Schafe, die sich bei Wind zusammenstellt, dachte er, als er die Häuser betrachtete, die sich um Kirche und Rathaus scharten. Und wie ein Gatter umgürteten Obstbäume das Dorf. Abel fiel auf, wie sich die besseren und größeren Häuser um das Rathaus drängten, wie die Gebäude kleiner wurden, je mehr sie sich von der Ortsmitte entfernten. Am Ortsrand, dort, wo die Straße ins Dorf führte, waren es nur noch niedrige Hütten, die sich unter verkrüppelten Obstbäumen duckten. Etwas abseits des Rathauses stand die Kirche. Ihr schlanker Turm überragte den profanen Bau um nahezu das Doppelte. Abel sah, dass der Putz bröckelte und Steine des Mauerwerkes sichtbar wurden. Ihm kam eine Idee: »Warum nicht beim Pfarrer vorbeischauen. Vielleicht erfahre ich dort mehr über Hofmeister.«

Den Rückweg nach Amorbach nahm Abel so, wie er gekommen war. Obwohl er wusste, dass der Ritt über Miltenberg einen Umweg bedeutete und er erst bei Dunkelheit in der Abtei sein würde, wollte er doch noch einmal bei Lothar vorbeischauen.

»Marie? Schön, Sie zu sehen!« Abels Herz klopfte. Er hatte gehofft, dass sie es wäre, die ihm öffnete.

»Ihr kommt doch nicht wegen mir, Pater?«, sagte sie neckisch. Gott, wie ihre Augen funkelten.

»Äh, nein! Wollte zu Eurem Vater.« Abels Wangen glühten. Das kam vom schnellen Ritt, redete er sich ein.

»Wollt bestimmt wissen, ob es etwas Neues gibt in der

Mordsache! Also lasst uns hören, ob Papa den Mörder schon kennt.« Eine Stimme wie ein Engel, dachte der Mönch.

Von Lothar erfuhr er nichts wesentlich Neues. Dass der Amtmann Hofmeister befragen wollte, wusste er schon von Waldemar. Die Witwe des Ermordeten hatte bisher nichts zur Aufklärung beitragen können. »Hat nie so recht gewusst, wo sich ihr Mann herumtrieb«, meinte Lothar. »War froh, wenn er weit weg war. Brauchte dann keine Angst haben, von ihm geschlagen zu werden.«

Auch der Nachtwächter war keine Hilfe. Er behauptete, wie immer seine Runden gelaufen und die Tore vorschriftsmäßig kontrolliert zu haben. »Was nichts heißen soll«, wie Lothar bemerkte. »Seit dem letzten Hochwasser ist ein Teil der östlichen Stadtmauer unterspült und bisher nur notdürftig geflickt. Da können nicht nur die Ratten ungehindert rein und raus.«

»Gefällt mir nicht, wie sie auf den Hofmeister einhacken«, mischte sich Marie ein.

»Immerhin, er könnte der Täter gewesen sein.«

»Vater!«

»Schon gut, Kind. Ich halte ihn ja auch nicht für den Mörder. Aber Horn muss ihn befragen. Er muss alle Möglichkeiten untersuchen — wie siehst du das, Abel?«

»Hm. Der Baumpelzer will zur Tatzeit im Bett gelegen haben, was wohl stimmen mag. Aber er hat keinen Zeugen.«

»Wie auch. Er lebt alleine.«

»Genau so hat er es gesagt.«

»Das wird dem Amtmann gefallen.«

»Dass Hofmeister keine Zeugen hat?«

»Ja. Das macht es ihm leichter, ihn anzuklagen.«

»Wird ihm auch gefallen, dass Weihrich ein Wucherer ist?«

Lothar stieß leise Luft aus. »Woher weißt du das?«

»Von ihm.«

»Dem Obstbauern? Geschickt, geschickt.«

»Du meinst …? Also stimmt es wirklich, dass Weihrich dem Götz …?«

»Ich weiß nur, dass da einiges läuft unter den Winzern. Unsaubere Dinge, wie ich gehört habe. Das mit Götz ist mir neu. Muss mich erst erkundigen.«

»Solltet ihr nicht den Amtmann unterrichten?«, schlug Marie vor.

»Lieber nicht, mein Kind. Lassen wir das den Hofmeister machen.«

»Horn wird ihm nicht glauben!«

»Trotzdem. Der Amtmann wird der Behauptung dennoch nachgehen müssen. Inzwischen, wie gesagt, hör ich mich erst mal um, was an der Sache überhaupt dran ist.«

»Ich kann den Horn nicht leiden«, zischte die Tochter.

Lothar lachte: »So ist meine Tochter — wie ihre Mutter, immer ein Herz für die Schwachen.«

»Hofmeister ist nicht schwach«, unterbrach Abel die beiden, »trotzdem, wenn er Hilfe braucht, ich jedenfalls bin auf seiner Seite.« Abel nahm die dankbaren Blicke Maries entgegen.

»Recht so. Immer forsch voran gegen das Unrecht in der Welt«, stichelte Lothar. »Es beginnt mir langsam Spaß zu machen. Obwohl, wenn du mich fragst, Abel, misch dich nicht zu sehr ein. Es könnte sein, dass du in die Mühlen der Politik gerätst und dann … Denk an deine Niederlassung … Noch ein Schlückchen Wein?«

»Nein, danke. Aber ich hätte eine Bitte. Könntest du auch herausfinden, was es mit den Gerüchten um Hofmeister auf sich hat?«

Lothar zog die Augenbrauen hoch. »Willst dich also doch einmischen? Warum?«

»Ein andermal, Lothar. Muss jetzt nach Amorbach zurück.«

»Du weißt, du kannst hier übernachten!«

»Ich weiß es, danke, Lothar, aber die Abtei braucht mich. Also, was ist, hilfst du mir?«

»Mal sehen, was ich tun kann.«

»Vergelts Gott. Ich werde der Witwe noch meine Aufwartung machen, dann muss ich los.«

Draußen auf der Straße überlegte Abel, ob er geblieben wäre, hätte Marie ihn darum gebeten.

VIII

Glocken konnten grausam sein. Abel fuhr in die Höhe — drei Uhr oder schon fünf? Er war für einen Moment verwirrt. Nein, es war *Laudes*, also fünf Uhr. Er beeilte sich, in die Kutte zu schlüpfen. Er wollte nicht wieder bei den Letzten sein, die im Chorgestühl Platz nähmen. Für einen Augenblick beneidete er die Brüder. Die mussten nicht, wie die Patres, dreimal in der Nacht aufstehen und beten. Das war einer der Gründe, warum er sich lieber außerhalb des Klosters aufhielt, denn die Regeln des Heiligen Benedikt waren für reisende Glaubensbrüder weniger streng.

Das Gespräch vom gestrigen Tag bei der Witwe Götz hatte ihm wenig weitergeholfen. Er war bei ihr gewesen, hatte kondoliert und sich nach dem Zweck des gelben Pulvers erkundigt. Aber die Alte wusste von nichts, hatte ein Trara gemacht und ihrem Mann nachgeweint. So laut und ohne Pausen hatte sie geplärrt, dass es Abel peinlich gewesen war. Jeder, auch er, wusste, wie es um die Ehe der beiden bestellt gewesen war. Wäre die Witwe vor Freude auf dem Tisch getanzt, Abel hätte sich weniger gewundert als über diesen Klagegesang. »Jetzt, wo doch alles wieder gut werden sollte«, hatte sie immerfort lamentiert. Dabei hatte der Winzer doch nach wie vor gesoffen und krakeelt. Was nur hatte die Alte mit ihrem Gejammer gemeint? Auf was hatte die Witwe gehofft?

Er stieß im Dunkeln an einen Stuhl und wetterte leise. Der Boden war kalt. Verflucht, wo waren die Sandalen? Nein, doch lieber Pater und eine eigene Zelle, besann er sich, während er auf einem Bein hüpfte. Unvergessen die schlaflosen Nächte, die er als Novize im *Dormitorium* durchgestanden hatte, den Kopf unter der Decke, die Hände auf die Ohren gepresst. Das Gefurze und Geschnarche von vierzig Mitbrüdern hatte er ja noch ertragen, das war nicht so schlimm. Das Quietschen der Bettgestelle aber hatte ihn halb verrückt gemacht. — Gott, es war ja der Hunger, der viele ins Kloster getrieben hatte und nicht der Wunsch nach einem keuschen Leben. Und dann lagen sie da, in der Dunkelheit, ausgeruht und satt und voller Lust, und weit und breit kein Weib, das sich ihrer erbarmt hätte.

»Vielleicht sollte man die Sache mit dem Hexenglauben doch ernster nehmen«, dachte Abel auf dem Weg ins Gotteshaus. Diesem Vorwurf würde der Hofmeister womöglich weiterhin ausgesetzt sein, auch dann noch, wenn der Mörder schon längst am Galgen hing. Und der Abt würde den Baumpelzer nur dann einstellen, wenn an den Verdächtigungen absolut nichts dran war. Pater Felix, der Bibliothekar, musste ihm helfen.

Nach der Andacht richtete es Abel so ein, dass er hinter Felix die Abteikirche verließ. Im Kreuzgang nahm er ihn beiseite.

»Ich hätte da etwas für Euch! Wegen der Bibliothek.«

Er trägt den Spitznamen Frosch wirklich zu Recht, dachte Abel. Kurze Beine, kurze Arme, kurzer Hals, aber einen Kopf, groß wie ein Kürbis, und einen Mund, dass man Brot drinnen backen könnte.

Abel wartete, bis der letzte Mönch vorübergegangen war. Dann fuhr er leutselig fort: »Ihr wisst doch, der Abt plant ein neues Haus für den Konvent, großzügiger und schöner als alles, was Ihr je gesehen habt. Mit vielen Zimmern, einem Empfangssaal und einer ungeheuren Bibliothek.«

»Äh, gewiss. Habe die Pläne schon gesehen.«

»Und?«

»Wie … Und?«

»Na, zufrieden, was der große Balthasar Neumann junior geplant hat?«

»Zufrieden?« Pater Felix kratzte sich hinter dem Ohr. »Warum nicht. Welcher Bibliothekar meckert schon, wenn er eine neue Bibliothek bekommt — und gar noch so eine große?«

»Aber Ihr hättet noch Wünsche, oder?«

»Wünsche? Oh ja! Der gute Balthasar ist Architekt, versteht nicht viel von Büchern. Die Regalhöhen, zum Beispiel, oder die Luftzufuhr. Ein Buch ist ein Lebewesen. Es braucht Luft zum Atmen, sonst …«

»Seht Ihr, das habe ich gemeint«, unterbrach ihn Abel. »Ich bin auf Eurer Seite, könnte manches für Euch erreichen!«

»Was muss ich dafür tun?«

Abel war nicht im Mindesten von der Frage überrascht. Es war üblich, dass man sich mit kleinen Gefälligkeiten behilflich war. *Manus manum lavat*, eine Hand wäscht die andere, war eine ungeschriebene Klosterregel. »Alter Bücherwurm«, begann er, »ich wette, keiner kennt unsere Bibliothek so gut wie Ihr!«

»Hm.« Immer noch misstrauisch äugte Felix zu seinem Mitbruder hoch.

»Und ich wette weiter: Ihr habt jedes Buch im Kopf, das in Euren Schränken steht!«

Felix wiegte den Kopf hin und her: »Nicht ganz, Cellerarius, nicht ganz«.

»Jedenfalls seid Ihr der beste Bibliothekar, den ich kenne.«

Der Angesprochene winkte geschmeichelt ab. »Also, was ist?«, fragte er.

»Wollt Ihr mir einen Gefallen tun, Bruder?«

»Wenn es nichts Sündiges ist!«, versuchte Felix einen Scherz.

»Ich suche ein bestimmtes Buch, vielleicht auch mehrere. Ich bin mir sicher, in Eurem kleinen Reich steht das richtige.«

»Sagt mir, welches Buch meint Ihr? Wenn wir es haben, finde ich es!«

»Ich kenne den Titel nicht.«

»Aber Ihr kennt den Inhalt?«

Abel beugte sich zu dem kleinen Mönch hinunter und flüsterte ihm ins Ohr: »Auch vom Inhalt weiß ich nichts. Nur so viel — ich brauche alles über Hexen.«

Pater Felix erstarrte. Seine Augen weiteten sich.

»Cellerarius, ... w... wa... was wollt Ihr damit?«

»Ach, nichts Besonderes«, entgegnete Abel, »hatte nur neulich ein Gespräch mit jemandem, der fest an Hexen glaubt. Es hat mich neugierig gemacht, und ich möchte gerne Näheres darüber erfahren — aus erster Hand, sozusagen.«

Etwas erleichtert, aber immer noch ungläubig trippelte der Bibliothekar herum.

»Na, was ist, kennt Ihr solche Bücher?«

»Ja ... schon ... aber sie sind weggeschlossen. Der Abt, er hat es nicht gerne, wenn sie gelesen werden.«

»Aber verboten hat er es nicht? Oder?«

Felix druckste. »Nein, nicht direkt ... aber irgendwie schon.«

»Was hältst du davon, wenn ich dir von meiner nächsten Reise einen saftigen Schinken mitbringe?«

Abel war in das Du gewechselt. Er bemerkte, wie Felix' Augen glänzten.

»Das wollt Ihr ... willst du wirklich für mich tun?«

»Ehrenwort.«

»Aber einen besonders schönen!«

»Einen besonders schönen und besonders großen! Versprochen?«

»Versprochen!« Der Widerstand des kleinen Benediktiners war gebrochen.

»Komm mit!«

Pater Abel war schon lange nicht mehr in der Bibliothek gewesen. Seine Arbeit ließ ihm keine Zeit zum Lesen. Überall lagen Bücher herum oder türmten sich in teils mannshohen Stapeln im Raum. Wahrhaftig, es war höchste Zeit für eine neue Bibliothek. »In zwei, drei Jahren wirst du es besser haben, Felix«, sagte er mit Blick auf das Durcheinander. »Man wird dich in anderen Klöstern beneiden!«

Felix winkte ab. »Ehrlich gesagt, ich glaube nicht daran. Es wurde mir schon zu oft versprochen. Bereits vor zehn Jahren, als ich hier …«

»Jetzt bin doch ich da«, unterbrach ihn Abel. »Bald werden wir das nötige Geld beisammen haben.«

»Dein Wort in Gottes Ohr, Cellerar … Warte hier!«

Der Bibliothekar nahm seine Laterne und verschwand hinter den Büchern. Abel blies den Staub von einem Stapel und nahm das oberste Buch zur Hand. »*Causa et curae*«, las er, Ursache und Behandlung von Krankheiten, Hildegard von Bingen. Er spitzte die Lippen. Wenn dies das Original war, dann …

»Hier Bruder, das Gewünschte!«

Abel zuckte zusammen. Felix war von hinten an ihn herangetreten. »Nur eine Nachschrift«, sprach er und nahm Abel das Buch aus der Hand. »Hier, das ist jünger … und blutiger!«

Abel runzelte die Stirn.

»Anno 1669. Die neunundzwanzigste und letzte Ausgabe«, erkärte Felix und wandte sich zum Gehen. Aber Abel fasste ihn am Ärmel und hielt ihn zurück. »Mir scheint, du hast ein großes Wissen, lieber Felix?«

»Nun ja, habe schon viele Stunden mit Büchern zugebracht.«

»Dann weißt du sicherlich noch einiges mehr über dieses Buch und die Zeit, in der es geschrieben wurde … und über den Verfasser?« Abel hatte nicht die Zeit zur stundenlangen Lektüre. Er klopfte mit der Rechten auf einen Bücherstapel. »Komm, setze dich und erzähle. Wäre doch schade, wenn soviel Wissen ungenutzt in deinem Kopf eingesperrt bliebe.«

Felix' Augen leuchteten. Stolz nahm er Platz. »Du musst versprechen, nichts dem Abt zu erzählen. Und vergiss den Schinken nicht!«

»Hab ich schon jemals mein Wort gebrochen?«

Felix war beruhigt. »Also, was willst du wissen?«

»Alles! Alles über Hexen und Hexer, über Hexenverfolgung und Zauberei.«

»Gut, ich will's versuchen. Was du da in den Händen hältst, ist ein Buch über Hexenglauben. Nicht irgendeines, sondern das Buch schlechthin.«

Abel blickte auf den abgegriffenen Ledereinband. »*Malleus maleficarum*«, las er laut.

»Bereits im 15. Jahrhundert waren Hexenverfolgungen im französischen und italienischen Alpenbereich üblich. Ende des 15. Jahrhunderts verbreiteten sie sich auch im deutschen Raum. Mit dazu beigetragen hat auch unsere Heilige Mutter Kirche. Leider. Es war leichter, jemanden des Hexenglaubens als eines Diebstahls zu beschuldigen. Als Hexer oder Hexe angeklagt zu sein aber bedeutete zumeist den sicheren Tod.«

Felix rollte mit seinen Augen.

»Ganz eifrig bei den so genannten Hexenverfolgungen waren vor allem ein gewisser Heinrich Institoris und sein Kollege Jakob Sprenger. Anno 1484 erwirkten diese beiden Dominikaner von Papst Innozenz VIII. ein Dekret. Es erlaubte etwas vollkommen Neues: die Verfolgung von Menschen aus Glaubensgründen. Aufgrund dieser Vollmacht durften sie nach eigenem Gutdünken bereits gegen Verdächtige vorgehen. Dieser Erlass wurde später auch *Hexenbulle* genannt.«

Felix schaute Abel prüfend an.

»Ein falsches Wort des Papstes, der sicherlich nur Gutes im Sinne gehabt hatte«, murmelte dieser.

»Gut gemeint oder nicht, die Wirkung jedenfalls war furchtbar, mein Lieber. Die beiden Bluthunde machten keine halben Sachen.«

»Pst, nicht so laut!« Abel schaute zur Tür.

»Keine Angst, so früh kommt niemand hierher.« Felix fuhr nun mit gedämpfter Stimme fort: »1487 veröffentlichten die beiden dann diesen *Unholdinnen Hammer*.« Er tippte mit seinem Zeigefinger auf das Buch in Abels Händen. »Am Titel kannst du's schon erkennen. Das Werk wendet sich ausschließlich gegen Frauen.«

Abel betrachtete das unscheinbare Buch. Felix sprach eindringlich weiter. »Die Wirkung lag im Inhalt, nicht im Äußeren. Die Verfasser haben ihr Traktat in drei Teile gegliedert. Im ersten Teil begründen sie, warum schon das Leugnen des Hexenglaubens Hexerei war. Wer sich traute, an der Existenz von Dämonen und Hexen zu zweifeln, galt selbst als Ketzer!«

»Hm. Und der zweite Teil?«

»Im zweiten Teil geht es darum, wie die Hexen mit ihrer Zauberkunst wirkten. Zum Beispiel *Über die Art, wie sie die Zeugungskraft des Mannes zu hemmen pflegen* oder *Wie sie die männlichen Glieder weghexen*. — Soll ich weitermachen?« Felix blickte auf sein Gegenüber.

»Ja, ja, nur weiter. Ich höre zu.«

»Der dritte Teil behandelt die Prozessführung, die Folter, das Urteil und die Bestrafung. Er stellt die praktische Anleitung für die weltlichen und geistlichen Hexenjäger dar und betont die Vorteile des Inquisitionsprozesses. Weder ein Anklageverfahren noch eine Verteidigung des Verdächtigen waren erforderlich. Sie tragen alles zusammen, was sie an Bösem über die Frauen finden, angefangen beim Alten Testament über die griechischen und römischen Schriftsteller bis hin zu den Kirchenvätern und anderen Autoritäten. Hierzu zitieren sie sogar Cato und Seneca. Schau hier, nein, hier auf dieser Seite kannst du es selbst nachlesen!«

Felix hatte eine Seite aufgeschlagen. Abel begann zu lesen: »Zwei Arten von Tränen sind in den Augen der Weiber, die einen für wahren Schmerz, die anderen für Hinterlist; sinnt ein Weib allein, dann sinnt es Böses. (Seneca)«

Abel ließ das Buch in seinen Schoß sinken. Er dachte an Marie.

»Soll ich fortfahren?«, fragte Felix besorgt.

»Wie? — Ja, ja, nur zu!«

»Ein anderer Hinweis auf die geringe Wertigkeit der Frau sei der lateinische Begriff für Frau selbst. Das Wort *femina* komme von *fe* und *minus* — *fe* heiße *fides*, Glaube; *minus* bedeute *weniger*. Also: *femina* ist, die weniger Glauben hat. Daher sei das Weib von Natur schlecht, da es schneller am Glauben zweifle und auch schneller den Glauben leugne, was schließlich der Ausgang für die Hexerei sei.«

»Aber Petrus hat als erster seinen Herrn verraten. Ein Mann!«, warf Abel empört dazwischen.

»Es ist ja nicht meine Meinung«, entgegnete Felix, »ich zitiere ja bloß.«

»Die Verführung Adams durch Eva«, fuhr er fort, »sei ebenfalls ein deutlicher Hinweis, dass die Frau von einer viel stärkeren Begierde und Leidenschaft getrieben sei als der Mann.« Felix war in Fahrt geraten und nahm Abel das Buch aus der Hand.

»Was soll ich weiterreden, lass mich dir vorlesen.« Er schlug das Buch auf, blätterte vor und zurück, überflog die eine und andere Seite, hielt inne und begann dann mit feierlicher Stimme:

»Mit einem Löwen oder Drachen zusammen zu sein wird nicht mehr frommen als zu wohnen bei einem nichtsnutzigen Weibe. Klein ist jede Bosheit gegen die Bosheit des Weibes. Daher sagt Chrysostomus bei Matthäus 19: ›Es frommt nicht zu heiraten. Was ist das Weib anderes als die Feindin der Freundschaft, eine unentrinnbare Strafe, ein Übel, ein Unglück, ein Mangel der Natur, mit schönen Farben gemalt?‹«

Abel rückte seinen Stuhl gerade.

»Es kommt noch schöner«, verkündete Felix. »›Wie nämlich die Frau von Natur aus lügnerisch ist, so ist sie auch beim Sprechen. Denn sie sticht und ergötzt zugleich: daher wird auch ihre Stimme mit dem Gesang der Sirenen verglichen, welche durch ihre süße Melodie die Vorübersegelnden anlocken und dann töten.‹«

»Schluss! Aufhören!« Abel nahm dem Bibliothekar das Buch aus der Hand. »Wie kann man nur so einen Unsinn schreiben? Warum hat alle Welt so etwas geglaubt?«

Pater Felix hob die Schultern. »Ich weiß es nicht, Cellerar. Habe auch keine Erklärung. Jedenfalls loderten fast zweieinhalb Jahrhunderte lang die Scheiterhaufen. In ganz Europa. Wie gesagt, jegliche Worte gegen die Hexenverfolgung brachten einen selbst dem Tod näher. Daher vielleicht die Allmacht der Inquisition.«

Zäh zog sich der Tag hin. Mit Abel war nichts Rechtes anzufangen. Er nörgelte in der Küche herum, ging hinaus in den Hof und schimpfte über das Wetter, das tagsüber schon viel zu warm sei, fuhr in der Kirche den Bruder Schreiner an, der endlich damit begonnen hatte, das Chorgestühl zu erweitern, und schreckte zuletzt die Katzen aus dem Kreuzgang. Dann zog er sich in seine Arbeitszelle zurück und machte sich über die unbezahlten Rechnungen her, auch so eine ungeliebte Arbeit. Es hätte nicht viel gefehlt und er hätte den Boten des Amtmannes zur Tür hinausgeworfen. Dieser sollte ihm bestellen, am nächsten Tag in Miltenberg zu erscheinen, der Amtmann wolle ihn zu Hofmeisters Aufenthalt in Weilbach befragen.

Endlich brach die Nacht herein. Kaum war bei der Vesper das letzte Gebet gesprochen, zog sich Abel in seine Zelle zurück.

In dieser Nacht schlief Pater Abel nur wenig. Immer wieder fuhr er aus seinem Bett hoch. Felix hatte ihm die Gräueltaten so lebendig beschrieben, als sei er selbst dabei gewesen.

Abel war froh, am nächsten Morgen endlich auf seinem Wallach zu sitzen und nach Miltenberg zu reiten.

Horn konnte ihn gerne befragen, er würde Hofmeister nach Kräften helfen.

IX

»Es stimmt also, Pater, was der Hofmeister soeben gesagt hat?«

»Alles richtig, Amtmann. Ich habe ihn in Weilbach getroffen, so gegen *Nona*.«

»Zwischen zwei und drei Uhr am Nachmittag?«

»Eher gegen drei. Musste nach den Arbeitern in unserem Weinberg schauen. Dort habe ich erfahren, dass der Obstbauer bei Hocks Bäume schneidet. Hatte ein paar Fragen zum Obstbau.«

Der Amtmann wechselte den Blick und schaute auf Hock. Der Bauer stand neben Abel und drehte verlegen die Mütze in seiner Hand — die Vorladung beim Amtmann war ihm nicht geheuer. »Ja … doch, so war es, Herr Amtmann«, stotterte er. »Um vier Uhr etwa ist der Pater gegangen, der Obstbauer erst gegen halb Sieben.«

»Wohin?«

»Wie meinen, Herr Amtmann?«

»Na, wohin ist er gegangen, der Hofmeister, nachdem er Euch verlassen hat?«

»Er wollte zurück nach Großheubach. Hat er jedenfalls gesagt.«

»Ich bin nach Großheubach zurückgegangen«, mischte sich Hofmeister ein.

»Ihr wart nicht gefragt!«, bellte Horn. Der Amtmann war sichtlich nervös. Abel hielt sich zurück. Er war froh, dass Horn nicht bei ihm weiterbohrte und etwa wissen wollte, was genau er mit dem Baumpelzer zu bereden gehabt hatte. Insgeheim freute er sich über den erfolglosen Versuch Horns, dem Obstbauern den Mord anzuhängen. Der Beamte hatte Hofmeister schon gestern verhört und nichts Brauchbares erreicht. Zwar konnte der Mann nicht nachweisen, wo er zur Tatzeit gewesen war, was Abel schon wusste, aber er hatte sich heute, bei der zweiten Vernehmung, auch nicht in Widersprüche verstrickt. Im Gegenteil, Teile seiner Aussage wurden von Abel und Hock sogar noch bestätigt.

Es hatte sich auch noch keine Person gemeldet, die etwas über den Verbleib von Götz am Montagabend wusste, trotz wiederholten Aufrufs durch den Amtmann. Der Winzer hatte bei Einbruch der Dunkelheit sein Haus verlassen, ohne zu sagen, wohin er gehen wollte, und niemand hat ihn danach mehr gesehen — bis er tot gefunden wurde. Irgendwann zwischen sieben Uhr Abends und Mitternacht musste der Mord geschehen sein. Rein rechnerisch hätte Hofmeister der Täter sein können, daran klammerte sich der Amtmann. Aber es gab keinen Zeugen, der diesen zur fraglichen Zeit gesehen hatte: nicht in der Stadt, nicht außerhalb und schon gar nicht im Felsenmeer. Abel hatte dies von Lothar erfahren.

»Habt Ihr alles?«, blaffte Horn den Schreiber an.

»Jawohl, Herr Amtmann. Er wollte zurück nach Großheubach, um halb Sieben.«

»In etwa«, ergänzte der Bauer.

Horn fuhr unwillig mit dem Schnäuztuch über die Nase, dann schaute er Hofmeister scharf an: »Und es ist Euch niemand eingefallen, der gesehen haben könnte, wo Ihr am Montag Abend wart?«

»Um halb Sieben habe ich Weilbach verlassen, um halb Acht wird es dunkel. Wer soll mich da gesehen haben? Ein paar unbekannte Fuhrleute vielleicht, auf meinem Weg nach Großheubach. Aber die sind über alle Berge.«

»Und der Fährmann? Ihr musstet doch über den Main!«

»Habe meinen eigenen Kahn.«

Horn schniefte und winkte verärgert ab.

»Der Götz war doch ein Säufer, Amtmann«, nutzte Abel die Pause. »Könnte doch sein, dass er sich mit einem seiner Zechbrüder überworfen hat und dieser ihn im Streit …«

»Pater, das glaubt Ihr doch selber nicht! Viel zu weit weg vom nächsten Weinfass, der Tatort. Nein, Abel, der Götz ist dorthin bestellt worden, zum Felsenmeer — oder hat sich selbst dort mit jemandem verabredet. Das war ein geplantes Treffen. Mit dem Streit könntet Ihr Recht haben, aber es war kein Saufkumpan. Der Täter war raffiniert — nirgends ist man so unbeobachtet wie bei den Felsen.«

Abel richtete den Sitz seiner Kutte.

»Solltet Euch lieber den Weihrich vornehmen«, meldete sich Hofmeister erneut zu Wort. »Der hat doch Götz den Weinberg abgepresst. Für einen Streitansel wie diesen Grund genug, selbst auf seinen Zunftmeister loszugehen.«

»Was sagt Ihr da?« Rupprecht Fleckenstein hatte sich die ganze Zeit über im Hintergrund gehalten. Jetzt, während er die Frage stellte, war er nach vorne getreten und hatte sich neben dem Amtmann platziert.

»Die Spatzen pfeifen es doch vom Dach: Der Zunftmeister hatte ihn in der Hand.«

»Ihr behauptet, Götz hat seinen Weinberg an Weihrich verkauft? Hab ich da richtig gehört?« Horn drängte Fleckenstein zur Seite.

»Ha, verkauft ist gut«, lachte Hofmeister. »Reingelegt wurde er, der Götz!«

Der Amtmann trat dicht an Hofmeister heran. Die beiden Männer waren etwa gleich groß. Fast wären sie mit der Nase aneinander gestoßen. »Noch einmal«, sprach Horn gefährlich leise. »Ihr behauptet also, Götz hätte seinen Weinberg an Weihrich verkauft?«

»Verkaufen müssen!«

Mit einem scharfen Ruck drehte sich der Amtmann um. Von seiner Nase fielen zwei Tropfen aufs Parkett.

»Schreiber!«, schrie er, »haben wir ein solches Geschäft protokolliert?«

»Eh? Nein, Herr Amtmann, nicht dass ich wüsste.«

»Ja oder nein?«

»Nein.«

Langsam drehte sich Horn wieder um. »Nun, Hofmeister«, sprach er, »was sagt Ihr jetzt? Woher habt Ihr überhaupt Eure Weisheit?«

Zum ersten Mal erlebte Abel den Obstbauern unsicher. »Überall kann man es hören, bei den Winzern in Großheubach und auch hier.«

»So so, hören kann man es. Dann sag ich Euch jetzt eines: Ein Grundstücksgeschäft ist erst dann ein Grundstücksgeschäft, wenn es geschrieben steht, und zwar hier, bei mir, in meiner Amtsstube. Alles andere ist Geschwätz. — Nicht schlecht, Hofmeister, nicht schlecht. Habt versucht, den Verdacht von Euch weg und auf den Zunftmeister zu lenken, was? Aber wer mich hereinlegen will, muss früher aufstehen, schreibt Euch das hinter die Ohren. Und jetzt ab, zurück auf Euren Hof! Und dort bleibt Ihr vorerst!«

Hofmeister ließ sich das nicht zweimal sagen. Abel folgte ihm zur Tür. »Und das Baumpelzen lasst Ihr sein, bis auf weiteres!«, rief Horn hinterher. Der Obstbauer tat, als hätte er es nicht gehört.

»Was hatte Fleckenstein bei der Verhandlung verloren?«, fragte Abel Hofmeister draußen auf dem Marktplatz. Dieser hob die Schultern. »Hat wohl gerne Leute um sich, der Herr Amtmann. Kommt sich dann bedeutender vor.«

»Geholfen hat's ihm nichts. Ihr seid ein freier Mann!«

»Der seinen Heimatort nicht verlassen darf. Sieht so aus, als ob Ihr noch eine Weile auf mich warten müsst.«

Abel zuckte zusammen.

Sollte er ihm sagen, dass der Abt Schwierigkeiten machte?

Schweigend gingen die Männer über den Marktplatz. Abel beschloss, Hofmeister durch die Gassen hindurch zum Main zu begleiten und dort zu warten, bis dieser im Kahn stand und nach Großheubach übersetzte. Doch unvermittelt blieb der Obstbauer stehen und blickte zum Himmel.

»Verflucht, werden immer dichter!«

Abel schaute ihn verständnislos an.

»Schleierwolken«, brummte Hofmeister, »schon seit Sonnenaufgang!«

Abel hob den Kopf und schaute zwischen den Giebeln nach oben. Er sah nur blauen Himmel, unterbrochen von einigen dünnen Wolkenfetzen.

»Das gibt Regen, vielleicht auch Schnee oder Hagel«, knurrte der Obstbauer und stürmte davon.

»Eigenartiger Kerl, nicht wahr?« Ein Mann, der aussah wie ein Winzer, stellte sich neben Abel, hob den Kopf und zeigte mit dem Kinn dorthin, wo Hofmeister verschwunden war. »Hm«, sagte der Mönch und ließ den Mann stehen.

Um zwölf Uhr war Abel bei Lothar zum Mittagessen eingeladen. Marie brachte Schnecken in Knoblauchbrühe, an denen sich Abel allein hätte satt essen mögen. Danach tischte sie Fasan auf, mit Bergen von Gemüse. Dazu gab es gekochtes Euter, knusprig herausgebacken, eine Delikatesse, für die Abel auch eine Todsünde begangen hätte, wie er sich selber gerne ausdrückte. Als Nachtisch gab es Mandelkuchen mit Honig.

»Bist heute aber nicht sehr gesprächig«, sagte Lothar. »Der Amtmann hat dich wohl etwas defätistisch gemacht, wie?«

»Ich, schwermütig? Wegen des Amtmannes?« Abel schreckte hoch. »Nein, es ist das Essen. Ich bin erschlagen von der Kochkunst deiner Tochter.«

»Also, ich habe mich umgehört zu Hofmeister«, fuhr Lothar fort. »War nicht viel zu erfahren. Die Gerüchte kursieren seit einigen Wochen. Hängt wohl auch mit dem Prozess zusammen, den der Österlein gegen den Schmidt ausgetragen hat, wegen des Vorwurfes der Hexerei. Götz hat es nachgeplappert, und Weihrich hat sich das zunutze gemacht.«

»Kennst du eine Bess?«

»Bess? Woher?«

»Ach, habe auf dem Herritt in Weilbach eine alte Frau gesprochen. Kenne sie schon länger. Habe von ihr heute Morgen erfahren, dass sie aus Miltenberg stammt. Sie will bei den Köhlers Dienstmagd gewesen sein.«

»Köhler? Die Köhlers aus der Hauptstraße?«

»Weiß nicht. Wilhelm, ihr damaliger Herr, soll Stadtschreiber gewesen sein.«

»Stimmt. Der ist aber schon lange tot. Wie heißt die Frau, sagst du?«

»Bess.«

»Bess? Und wie noch?«

»Hm. Kenne sie nur als die alte Bess.«

»Und was ist mit Ihr?«

»Sie sagt, der Weihrich sei Vollwaise gewesen und im Hause der Köhlers aufgewachsen. Wilhelm soll ihn öfter mit ins Rathaus genommen und ihm das Gefängnis aufgesperrt haben, wenn niemand einsaß. Auch im Hexenturm habe er das Kind spielen lassen. Weihrich soll eine Vorliebe für alles Gruselige gehabt haben, sagt die Bess. Das habe auch noch angehalten, als der Bub schon längst auf der Lateinschule gewesen sei. Merkwürdiger Zufall, meinst du nicht auch?«

»Abel, ich weiß nicht ...«

»Im Rathaus gibt es doch ein Archiv, oder?«

»Hm, möglich. Wir können ja Waldemar fragen, muss jeden Augenblick kommen.«

»Wenn es ein Archiv geben sollte, gibt es dort wahrscheinlich auch Aufzeichnungen aus der Zeit der Hexenverfolgung. Wenn das stimmt mit Weihrichs Neigung, und wenn er Zugang hatte zu den Unterlagen, damals ... verstehst du, Lothar?«

»Wenn, wenn, wenn. Abel, du verrennst dich!«

»Nur mal angenommen, ich hätte Recht. Dann wäre es doch möglich, dass der Zunftmeister sich an sein Jugendwissen erinnert und Dinge über Hofmeister in die Welt setzt ...«

»Und warum das alles?«

»Um ihn anzuschwärzen. Er hatte dessen Ideen nichts entgegenzusetzen ... Übrigens, bist du mit dem Götz weiter gekommen? Der Amtmann hat Hofmeister mit der Behauptung, der Weihrich hätte Götz übers Ohr gehauen, in die Ecke getrieben.«

»Das scheint zu stimmen. Jedenfalls ist es mehr als ein Gerücht. Seit einigen Wochen arbeitete er als Tagelöhner. Wenn er arbeitete. Er wurde mal hier gesehen, mal dort, meistens beim Fleckenstein.«

»Dann wäre es also doch möglich, das mit dem Weinberg. Und Horn hat steif und fest behauptet, es gäbe kein solches Geschäft.«

»Man muss nicht gleich zum Amtmann, wegen ein paar Klafter Weinberg. Kostet ja immerhin Geld, den Kauf protokollieren zu lassen. Ein schriftlicher Vertrag genügt auch, vorerst jedenfalls. Vor allem dann, wenn man nicht will, dass der Vorgang bekannt wird.«

»Das hätte der Amtmann wissen können!«

»Das weiß er auch ... Aber da kommt Waldemar.«

Waldemar bestätigte, dass Weihrich als Waisenkind bei seinem Onkel Wilhelm aufgewachsen war. Auch dass die alte Bess dort im Haushalt tätig gewesen war, hielt er für möglich. Wilhelm sei zwar nur ein kleiner Beamter gewesen, habe aber stets darauf geachtet, sich vom einfachen Volk abzuheben. Deshalb hatte er auch immer eine Hausmagd gehabt. Auch die Kinder hatten etwas Besseres werden sollen. Selbst Weihrich hatte auf die Lateinschule gehen müssen. Waldemar bestätigte ebenso, dass es im Rathaus ein Archiv gab. Dort befänden sich auch Protokollbücher aus der Zeit der Hexenverbrennungen, die er allerdings noch nicht eingesehen hätte. Als Abel bat, danach suchen zu dürfen, wehrte der Freund ab. »Da kann man nicht so einfach hineinspazieren«, meinte er, »und herumstöbern, als wäre man bei sich zu Hause auf dem Speicher. Da muss man schon genau angeben, wonach man sucht — und warum. Nur dann darf man da hinein — vielleicht. Der Amtmann prüft genau, wem er die Erlaubnis erteilt. Ich selbst habe hier keinerlei Befugnis.«

»Wo wir gerade bei Hofmeister sind«, meinte Abel, »der Mann arbeitet künftig für mich.«

»Der Hofmeister? Für dich?« Wie aus einem Mund scholl es Abel entgegen.

»Kennt ihr einen besseren Winzer?«, sagte er tapfer. »Du hast ihn doch selbst gelobt, Lothar. Und ein guter Obstbauer ist er obendrein — der beste weit und breit!«

Nur ein leises Klirren aus der Küche durchbrach die Stille.

»Und wenn er ein Mörder ist?«, begann Waldemar.

»Ist er nicht! Das gibt keinen Sinn. Wegen einer lächerlichen Beleidigung einen Menschen töten? Das glaubst du doch selber nicht! Wenn schon, dann hätte er auf Weihrich losgehen müssen.«

»Noch ist nichts bewiesen«, entgegnete Waldemar. »Abel, pass auf, was du tust! Hofmeister ist gefährlich. Das Mienenspiel bei seinen feurigen Auftritten, die stechenden Augen, das fahrige Umherwedeln mit den Armen, die honigsüßen Worte, mit denen er die Häcker vom rechten Pfad abbringen will. Von seinem Hass auf alles Heilige ganz zu schweigen.«

»Wundert mich auch«, sagte Lothar. »Der Hofmeister meidet die Kirche, auch am Sonntag. Und die Abtei stellt ihn trotzdem ein?«

»Wir brauchen Arbeiter. Beten können wir selbst!«, antwortete Abel patzig. Da musste auch Waldemar lachen.

»Also, Freunde, was ist mit dem Wein?« Lothar nahm eine bereitgestellte Flasche von der Kommode und stellte sie in die Tischmitte.

»Wenn du mich fragst, ein Südländer«, legte sich Abel fest, nachdem er mit Waldemar und Lothar angestoßen hatte. Ihm war es recht, dass sie das Thema wechselten.

»Wie kommt's nur, dass die Südländer den besseren Wein haben?«, hörte er Waldemar fragen. Heute gab dieser die Stichworte.

»Mehr Sonne bringt reifere Trauben, wie du weißt. Die haben mehr Zucker, der im Fass zu Alkohol wird, und der bringt den Geschmack. So einfach ist das, mein Lieber. Daher hat euer Hofmeister ja auch Recht, wenn er die schattigen Lagen so verteufelt — pardon, ablehnt.« Lothar grinste zu Abel hinüber und fuhr fort: »Aber die besten Weine, die mit dem raffinierteren Bukett, mit der originelleren Note, die wachsen nur in Grenzgebieten, dort, wo der Traubenstock sich plagen muss, um an möglichst viel Sonne zu kommen — also, so wie hier bei uns. Mit einem Nachteil: In schlechten Jahren reifen die Trauben nicht genügend aus. Dünne und saure Weine sind die Folge.«

»Dann helfen die Winzer mit Hutzucker nach. Damit lässt sich so manches korrigieren«, beteiligte sich Abel wieder am Gespräch.

»Was verboten ist, wie du wissen solltest.« Lothar drohte mit dem Zeigefinger. »Und auch zu Recht. Ein guter Häcker hat Möglichkeiten genug, der Natur trotzdem einen passablen Schoppen Wein abzuringen. Der Hofmeister macht es uns vor.«

»Du wirst geloben und schwören, dass der Wein, der von dir selbst oder einem anderen in deinem Auftrag verkauft werden soll, aus nichts anderem gemacht ist als aus dem, was Gott an den Reben hat wachsen lassen, ohne allen Betrug«, zitierte Waldemar einen alten Winzerschwur.

»Hast du gehört, Abel? Was für dich das Brevier ist, ist für den Schultheiß das Weingesetz. Der geht damit schlafen und wacht damit auf«, lachte Lothar.

»Wer in Frankfurt Geschäfte machen will, muss sauberen Wein haben. Der Magistrat dort ist noch rabiater als wir. Wer panscht, wandert hinter Gitter, gnadenlos! Wir werden bei uns in Miltenberg bald einen zweiten Weinsticher einstellen müssen, um die Kontrollen zu verstärken.«

»Siehst du, Abel, der Schultheiß hat mehr Angst vor einem Weinpanscher als vor einem Hexer.«

Waldemar rollte die Augen. »Es geht immerhin um viel Geld, Lothar.«

»Ja, ja, das waren noch Zeiten, damals. Bin heilfroh, dass ich nicht mehr von meinen Geschäften leben muss. Oft wechsele ich nur das Geld. Nur noch Qualität lässt sich verkaufen. Was kein *vinum bonum* ist, braucht man erst gar nicht zu verladen.«

»Gemach, gemach«, protestierte Waldemar. »Es gibt auch heute noch Männer, die gutes Geld verdienen mit ihrem Wein.«

»Du meinst Fleckenstein, nicht wahr?«, Lothar zog die Nase hoch. »Dieser Stenz, dieser Möchtegernpolitikus, der ist doch erst groß geworden, seit dieser Hans bei ihm eingestiegen ist. Rupprecht hat noch nie etwas von Wein verstanden. Die Fleckensteins waren alle Fischer.«

»Vater!«, rief Marie aus der Küche. Im gleichen Augenblick stand sie unter der Tür. »Du sollst nicht immer so reden! Herr Fleckenstein ist ein guter Mensch. Erst neulich hat er dem Spital eineinhalb Fuder Wein geschenkt.«

»Aber erst, nachdem ich den armen Schwestern Brennholz geliefert habe.«

»Trotzdem«, beharrte Marie und band die Schürze ab. »Mutter würde das auch nicht wollen!« Dabei stellte sie eine neue Flasche auf den Tisch.

»Schon gut, schon gut, Kind«, lenkte der Vater ein. »Bist du so lieb und holst die Kerzen?«

Es war düster geworden im Raum. Erst jetzt fiel Abel auf, dass es draußen regnete. Als Marie das Licht auf den Tisch stellte, hatte sie immer noch leicht rote Flecken im Gesicht.

»Jedenfalls waren die Messschiffe für Frankfurt in diesem Jahr berstend voll mit Wein und haben der Stadtkasse einen schönen Batzen Zins beschert«, stellte Waldemar zufrieden fest. »Auch Rupprecht hat seinen Wein verkauft, bis auf den letzten Tropfen — und er soll sogar gelobt worden sein!«

»Weiß der Henker, wie der das deichselt. Der kauft doch jede Brühe auf, Hauptsache billig. Ich bleibe dabei, Fleckenstein versteht nichts von Wein und dieser Hans ist mir suspekt. Soll ja nichts anderes sein als ein missratener Student, den Rupprecht aufgegabelt und nach Miltenberg gebracht hat …«

»Rupprecht behauptet, es liegt an seinem Heiligen«, unterbrach Waldemar den Freund. Lothar winkte ab.

»Seinem Heiligen? Heißt das, Herr Fleckenstein hat einen eigenen Heiligen?«, fragte Abel.

»Vater meint den Heiligen Urban.«

»Verstehe immer noch nicht.«

»Rupprecht hat in seinem Kontor eine Heiligenfigur stehen, den Urban«, erklärte Waldemar. »Er hatte ihn bei einem Steinmetz in Auftrag gegeben, als Bildstock für seinen Weinberg. Doch der Künstler hatte den falschen Heiligen geliefert. Der Schutzpatron der Winzer war ein Bischof, die Figur Rupprechts aber hatte eine Tiara auf. Es gab großen Ärger. Nach einigem Zögern hat Rupprecht die Figur dann doch behalten, nur im Weinberg aufstellen wollte er sie nicht. Seitdem steht sie bei ihm im Kontor. Rupprecht behauptet, dass seine Geschäfte deswegen so gut gingen, weil er unter dem besonderen Schutz des Heiligen Urban stünde, des Papstes

Urban. Der sei ihm dankbar, dass er ihn nicht als misslungenes Werk habe zertrümmern lassen.«

»Blödsinn«, knurrte Lothar.

Abels Blase drückte. Er musste unbedingt hinaus in den Hof. An der Küchentür fing er ein Lächeln Maries ein. Leicht und beschwingt trat er zum Haus hinaus.

Der Regen war in Schnee übergegangen. Abel klappte die Kapuze hoch, trat an den Misthaufen und hob die Kutte. »Natürlich«, entfuhr es ihm. »Von Weihrich stammten die Gerüchte über Hofmeister. Götz hat sie für ihn unter die Leute gestreut, streuen müssen, weil ihn der Zunftmeister in der Hand hatte. Dann aber hat der Winzer erkannt, wofür ihn Weihrich benutzt hatte, hat nun seinerseits den Zunftmeister unter Druck gesetzt und gehofft, so wieder in den Besitz seines Weinberges zu kommen.«

Dann wäre Hofmeister mit seiner Andeutung doch richtig gelegen. Die beiden hatten sich tatsächlich in der Wolle wegen des Weinberges. Wenn es ihm, Abel, gelänge, nachzuweisen, dass Weihrich derjenige war, der die Gerüchte über Hofmeister streute und die Witwe vor dem Amtmann aussagen würde ... Nahm man die Angaben der alten Bess hinzu, würde der Amtmann nicht umhin kommen, Weihrich in die Mangel zu nehmen. Der Zunftmeister muss der Mörder sein. Er hat sich nicht erpressen lassen wollen, hat im Streit den Götz erschlagen und war bei seinem makabren Spiel mit dem Aberglauben der Leute auch nicht davor zurückgeschreckt, den Toten wie einen Gekreuzigten zu platzieren. Es war dann klar, dass man Hofmeister des Mordes verdächtigte. Schließlich hat ja Weihrich selbst dafür gesorgt, dass der Baumpelzer als Ketzer und Gotteslästerer erschienen ist.

Täuschte er sich oder wurde es immer dunkler? Statt Schnee fiel mittlerweile Graupel. Abel wurde kalt. Er schüttelte sich, ließ die Kutte fallen und eilte zurück in die Stube. Dort war Marie soeben dabei, den Ofen zu schüren. Sie kniete am Boden und stocherte in der Asche. Abel blieb an der Tür stehen und starrte auf den Rücken der jungen Frau.

Mit einer Kopfbewegung warf Marie ihr Haar über die Schulter. Dabei entdeckte sie Abel. Ein Lächeln glitt über ihre Lippen. Dem Mönch schoss das Blut in den Kopf, dass ihm ganz heiß wurde.

In diesem Augenblick fuhr draußen ein Blitz nieder und erhellte für Sekunden den Raum. Gleich darauf krachte der Donner. Dann brach die Hölle auf. Blitz und Donner folgten in immer geringerem Abstand, Hagel prasselte gegen die Scheiben. Wenn es nicht gleißend zuckte, war es stockdunkel. Abel stutzte: Woher hatte der Obstbauer schon am Mittag gewusst, welches Wetter drohte?

Die Freunde wollten nichts mehr von dem Mord hören. Lothar lud Abel ein, wegen des Unwetters in Miltenberg zu übernachten. Er ließ die Fensterläden schließen und machte eine neue Flasche Wein auf. Waldemar schäkerte mit Marie. Beim anschließenden Kartenspiel wechselten sich Lothar und Waldemar als Gewinner ab.

X

Abel saß am Tisch, den Kopf auf den linken Arm gestützt, und rührte in seiner Schüssel. Lothar hatte es schon lange aufgegeben, ihm ein anständiges Frühstück, wie er sagte, anzubieten. Abel hatte immer abgelehnt. Eine Suppe war ihm genug. Oft war er froh, wenn er überhaupt etwas hinunterbrachte. So schön die Abende mit Lothar und Waldemar auch waren, am Morgen danach musste er immer büßen.

Marie erschien am Tisch und winkte ihm freundlich zu. Abel lächelte zurück und rührte weiter in seiner Suppe. Marie winkte immer noch! Er blinzelte und schaute angestrengt über den Tisch. Es dauerte, bis er begriff. Sie winkte nicht, sondern stand hinter ihrem Vater und machte Abel Zeichen. Sie hatte ihm etwas zu sagen. Abel gab zu erkennen, dass er sie verstanden hatte und beugte sich wieder über seinen Teller.

»Etwas indisponiert?«, fragte Lothar und lächelte.

Abel brummte: »Ich glaube, ich brauche frische Luft.«

»Ich nehme an, du reitest zurück nach Amorbach?«

»So leid es mir tut, Lothar, ich muss zurück.« Abel vermied es, dabei nach Marie zu schauen.

»Wohl an, auch ich habe zu tun. Ich hoffe, wir sehen uns bald wieder.«

»Vielleicht stehe ich schon übermorgen wieder vor deiner Tür.«

»Bist immer willkommen. Grüß mir den Abt … und mach dir keine Sorgen um den Hofmeister, der ist zäh.« Lothar legte dem Freund die Hand auf die Schulter, dann schlurfte er davon.

Kaum war er im Flur verschwunden, ging Marie zu Abel an den Tisch und beugte sich zu ihm hinunter. Eine Haarsträhne fiel ihm in den Nacken. Abel roch zarten Rosenduft. »Ich hab mit ihm gesprochen. Du kannst kommen«, sagte sie.

Du? Seit wann sprach sie ihn mit Du an?

»Mit wem hast ... du gesprochen?«

»Mit Karl, dem Amtsdiener. Ich kenne ihn von früher her, als ich noch ein Kind war und er hier in der Nachbarschaft gewohnt hat. Er zeigt dir die Bücher.«

Marie sah Abel an. »Es ist schon neun Uhr vorbei. Da war Zeit genug, den Bock weichzukochen. Ein verrutschtes Brusttuch und ein paar Flaschen Wein haben gereicht.« Sie richtete sich auf und zupfte ihr Mieder zurecht. Abel genierte sich, sie noch länger anzuschauen, und blickte wieder auf seinen Teller.

»Und wann kann ich zu ihm?«

»Jetzt, sofort«, frohlockte Marie und wurde gleich wieder ernst. »Aber du freust dich ja gar nicht!«

»Doch, doch, natürlich Marie. Entschuldige, aber es kommt so überraschend. Ich habe nicht damit gerechnet, dass du so schnell ...«

»Weil ich eine Frau bin? Meinst du, ich könnte nur kochen und eine brave Tochter sein? Vater traut mir auch nichts zu. Ihr seid doch alle gleich!« Sprach's, drehte sich um und verschwand in der Küche. Rums, flog die Tür hinter ihr zu.

»Aber, Marie«, rief Abel ihr nach, »ich wollte doch nur ...«

»Lass mich in Ruhe!«

Abel war aufgestanden und ihr nachgelaufen. Jetzt stand er vor der Tür und versuchte, sie zu öffnen. Marie lehnte von innen dagegen.

»Du sollst mich in Ruhe lassen!«

»Marie, so hör doch ...«
»Verschwinde!«
Abel sah ein, dass er im Augenblick nichts erreichen konnte. Das war die andere Marie, von der Lothar schon oft erzählt, die er aber jetzt zum ersten Mal erlebt hatte. Er beschloss, dass es klug war, sich zurückzuziehen.

»Ich geh jetzt ...«, sagte er, und dann noch etwas deutlicher, »... zum Rathaus«.

Die Straße war spiegelglatt. Nur dort, wo die Sonne hinfiel, schmolz das Eis und bildete kleine Pfützen. Abel tastete sich über das Pflaster. Marie hatte es geschafft, ihm die Tür zum Archiv zu öffnen. Verflixt, war das glatt. Kein Wunder, dass niemand auf der Straße war. Und dieser Hofmeister hatte es vorausgesagt. Mit einem Blick zum Himmel hatte er gewusst, dass das Wetter umschlagen würde. Fast könnte einem der Mann unheimlich werden, dachte der Mönch, während er an den Hauswänden entlangschlitterte.

Karl, der Amtsdiener, öffnete die Tür des Rathauses. Abel grüßte freundlich. Der Büttel warf scheue Blicke nach rechts und links, dann zog er den Mönch ins Haus. »Ihr kommt wegen der Bücher? Schnell, folgt mir, man darf Euch nicht sehen ... nein, wartet hier, bin gleich wieder da.« Der Diener verschwand hinter der nächsten Tür und kam mit einem Schlüssel in der Hand zurück. »Hier entlang«, sagte er und ging Abel voraus. Am Ende des Ganges blieb er vor einer Tür stehen, steckte den Schlüssel ins Schloss und öffnete sie. »Hier!«, sagte er. »Das Gestell dort hinten. Zweite Reihe von unten, die mit dem schwarzen Einband. Kerze steht auf dem Tisch. Ich muss wieder abschließen. Werde jede halbe Stunde nach Euch schauen.« Dann trat Karl zurück und ließ Abel eintreten. »Ist ein ansehnliches Weibsbild geworden, die kleine Marie«, sagte er, bevor er hinter der Tür verschwand. »Und überhaupt nicht zimperlich.« Dann drehte er den Schlüssel um.

Abel war alleine. Welchen Preis hatte Marie dem Alten bezahlt? Jetzt begriff er auch ihren Zorn. Sie hatte viel gewagt, um ihm einen Gefallen zu tun. Und er war dagesessen, begriffsstutzig und verkatert, und hatte sie nicht einmal angeschaut. Er würde es wieder gutmachen.

Abel schaute sich um. Der Raum war gut zehn Fuß hoch. Etwas Licht fiel durch ein kleines Fenster unterhalb der Decke. Bis auf die kleine freie Fläche dort am Tisch standen überall Gestelle, aus grobem Holz gezimmert, dicht an dicht und so hoch wie das Zimmer. Abel wollte keine Zeit verlieren. Er zündete die Kerze an und ging dorthin, wo die Protokollbücher stehen sollten.

Was genau suchte er eigentlich? Er ging in die Hocke und schaute auf die Bände vor sich. Wo sollte er beginnen, wo könnte er finden, was sich mit den Gerüchten deckte, die man über den Hofmeister erzählte?

Beim Pfarrer in Großheubach hatte er sich bereits nach dessen Familie erkundigt. Der Pfarrer hatte nicht gewusst, ob diese einmal von Miltenberg zugezogen war. Hier wie dort war der Name geläufig.

Nach den Worten von Bruder Felix hatte es zudem etliche Dörfer und Städte gegeben, in denen damals in nahezu jedem Haus Opfer zu beklagen gewesen waren. Wenn das auch auf die Hofmeisters zutraf, und wenn heute, nach drei, vier Generationen, plötzlich Einzelheiten darüber auftauchten und Weihrich besonders gut Bescheid wusste, dann konnte das kein Zufall sein. Götz war nicht die Quelle gewesen, da war sich Abel sicher. Der Kerl hatte wahrscheinlich nicht einmal lesen und schreiben können.

Doch wo beginnen? Das waren alles Protokolle, die da vor ihm standen, hundert Jahre alte Bücher aus der Zeit der Hexenverfolgung. War es ein bestimmtes Jahr, nach dem er suchen musste oder ein bestimmtes Ereignis? Er griff willkürlich hinein. Nach einigem Blättern blieb er bei den Aufzeichnungen der Barbara Wolf hängen. Ihr Sohn war bereits als Hexer hingerichtet worden. Sie selbst stand aufgrund mehrerer Anschuldigungen böser Nachbarinnen vor Gericht. Sie habe Kühe verhext, so dass diese keine Milch mehr gegeben hätten, und auch am Tod des kleinen Michael Buhleier sei sie schuld gewesen, da dieser, kurz nachdem er von ihr einen Becher Wasser erhalten habe, in fiebrige Krämpfe verfallen und jämmerlich gestorben sei:

»*Wann und von wem seid Ihr das erste Mal zu Hexenversammlungen und Tänzen mitgenommen worden?*
Mit einundzwanzig Jahren bin ich zum ersten Mal mit Peter Reichelsbergers Frau, bei der ich gedient habe, zum Berggarten gegangen, um Gras zu holen. Da stand ein Knecht am Baum, den die Reichelsberger Hollerbüschlein genannt hat. Er war sehr hübsch gewesen. Die Dienstfrau hat mir befohlen, den Knecht zu nehmen, und ist gegangen. Der Knecht hat mir einen Apfel gegeben und dann Buhlschaft mit mir getrieben. Sein Samen ist kalt und wie Kuhmist gewesen.
Wann und wo habt Ihr die teuflische Taufe empfangen?
Nachts bin ich mit der Dienstfrau auf dem Karren hinten sitzend auf die Sohlwiese gefahren, wo allerlei Leute herumsaßen und tranken.
Wer war Euer Taufpate?
Hollerbüschlein hat mir das Wasser über den Kopf gegossen und gesagt: Ich taufe dich in Teufels Namen. Die Reichelsbergerin war die Taufgöttin gewesen.
Habt Ihr an Eurem Körper bemerkt, dass der Teufel Euch ein Malzeichen beigebracht hat?
Nein.
Wo, wann und mit wem habt Ihr Hochzeit gehalten?
Damals, mit ihm. Der Blöchinger Hans war der Brautvater gewesen.

Habt Ihr vom Teufel einen Auftrag erhalten, Böses zu tun und habt Ihr Folge geleistet?

Der Teufel zwingt die Leute, dass sie es tun müssen, auch wenn es ihr eigenes Verderben sein sollte.

Gelingen die teuflischen Anschläge auch immer?

Nein, das heilige Kreuz und geweihtes Salz verhindern es, wenn man es im Haus hat.

Habt Ihr dem Teufel geopfert?

Der böse Geist hat gewollt, dass ich ihm mein erstes Töchterlein mit eineinhalb Jahren opfern sollte. Aber ich hab es nicht getan. Mein erstes Büblein ist, nicht ganz ein Jahr alt, tot aufgefunden worden: ich weiß nicht, ob es der böse Geist umgebracht hat oder ob es natürlich gestorben ist. Mein letztes Kind Margarethe sollte ich dem Teufel opfern, sonst würde ich selbst ihm gehören. Ich hab es ihm mit Leib und Seele gegeben. Es ist bei der Geburt gestorben und nicht getauft worden. Die Amme vom Schnatterloch hat sie wieder ausgegraben und Schmier daraus gekocht.

Seid Ihr bei Verführungen anwesend gewesen oder habt Ihr selbst jemanden verführt?«

Abel starrte an die Wand. Hatte es so etwas wirklich gegeben? Welche Angst mussten die Menschen gelitten haben, die so einen Unsinn gestanden? Aber er durfte sich nicht aufhalten. Er brauchte Hinweise auf Hofmeister.

Auch in den anderen Büchern fand er immer wieder Verhöre nach dem gleichen Muster, immer wieder die gleichen Antworten. Er fragte sich, woher die Opfer wussten, was ihre Peiniger hören wollten. Plötzlich schrak er auf. Karl hatte geklopft.

»Alles in Ordnung, Pater?«

»Eh ... ja, Karl. Ich brauche noch etwas Zeit. Kommt später wieder!«

Dann stieß er auf das Schicksal der Catharina Mohr. Sie

wurde am 25. September 1627 verhaftet und zunächst gütlich verhört. Es folgte die erste Folter. Da sie nicht gestand, wurde sie Mitte Oktober nochmals der vollen Tortur unterworfen. Sie gestand wiederum nicht. Ihr Mann war jedoch von ihrer Schuld überzeugt und schrieb ihr ins Gefängnis:

»Im Namen Gottes Amen
Liebe Hausfrau Catharina,
Euer betrüblicher Zustand ist mir hart zu Herzen gegangen. Wie ich den strengen Herrn Obristen verstanden, haben der Hexerei verdächtige Menschen auf Euch bekannt, und sind darauf gestorben. So glaube ich wohl, dass ihr eine zauberische, verführte Person seid. Wenn Ihr nun schon mit Hilfe des Teufels die nun nachfolgende schreckliche Pein ausstehen werdet, was menschlicherweise nicht möglich ist, so müsst Ihr doch in ewiger Gefängnis sitzen bleiben, und werdet von der Obrigkeit und allen Menschen für eine unbußfertige Sünderin gehalten.

Es verwundert sehr und schmerzt mich im Herzen, dass Ihr Euch durch den Henker nackend ausziehen und wider die Natur scheren und schänden lasst. Gehet in Euch, schämt Euch vor Eurem Erschaffer. Schämt Euch vor Gott, unserem gerechten Richter, der alles gesehen hat, was Ihr vor seinen göttlichen Augen getan habt. Schämt Euch, dass ein solch unbußfertiges Leben von Euch geführt wird. Schämt Euch nicht vor mir, denn Euch ist von mir alles verziehen. Obwohl ich Euch in dieser Welt nicht mehr sehen kann, noch sehen will, so hoffe ich doch, dass Ihr diese Heimsuchung Gottes erkennt und Euer Gewissen reinigt, dass wir einander im ewigen Leben freudig ansehen werden.«

Abel wischte sich die Augen. Der Ehemann endete seinen Brief mit den Worten:

»Hiermit wünsche ich Euch eine gute Nacht und befehle Euch in den Schutz Gottes und der lieben Engelein, sowie allen Heiligen und will den heiligen Michael bitten, weil er den Teufel aus dem Himmel geschlagen, das er auch zu Euch kommen und den bösen Geist aus Eurem Herzen treiben möge. Allein Euch bitte ich, Ihr wollet die Tür Eures Herzens öffnen, Euch den guten Einsprechungen nicht versperren, damit Ihr Ruhe findet.

Herzliebe Frau,
Lasst Euch vom Henker nicht mehr schänden.
Euer getreuer Hauswirt
David Mohr«

Wie konnte es sein, dass ein Mann seine Frau in einer solchen Situation noch mit frommen Sprüchen traktierte? Er hätte es eingesehen, wenn David Mohr aus Angst, selbst in die Hände der Häscher zu fallen, sich still verhalten hätte. Aber ihr einen solchen Brief zu schicken, bestärkte doch die Ankläger. Was war es gewesen, das die Menschen so verdorben hatte?

Im Raum war es heller geworden. Jetzt schien die Sonne direkt durch das Fenster. Da hörte Abel Stimmen:

»Jawohl, Herr Schultheiß«, donnerte Karl.

Waldemar? Karl will mich warnen, durchfuhr es Abel. Er schlich zur Tür und lauschte. »Was ist, wo bleibt Er? Pack Er seinen Rock und folge er mir!« Ja, das war Waldemar. Abel wurde unruhig. Der Büttel hatte die Tür verschlossen, um Abel vor Entdeckung zu schützen. Aber wie sollte er wieder hier herauskommen, wenn Karl fort war? Deutlich vernahm er, wie die Haustür ins Schloss fiel.

Abel ging zurück zum Tisch und versuchte weiterzulesen. Wann würde der Alte wiederkommen? Abel stand auf, ging zur Tür, packte den Griff und rüttelte und drückte. Nichts bewegte sich. Er trat gegen das Holz, ging wieder zurück an den Tisch und setzte sich. Er musste seine Zeit nutzen. Entschlossen griff er zum nächsten Buch. Jetzt ließ er sich nicht mehr von den Verhören einfangen. Er fuhr mit dem Zeigefinger die

Zeilen entlang, überflog die Seiten, wurde schneller und schneller, immer nur auf der Suche nach einem Namen: Hofmeister. Mehrmals lauschte er dabei nach draußen. Nichts!

Abels Augen schmerzten. Er lehnte sich zurück und verschränkte die Arme hinter dem Kopf. Was, wenn Karl heute überhaupt nicht mehr auftauchte? Wofür brauchte Waldemar den Büttel so lange? Abels Blicke durchstreiften den Raum, musterten die Decke, kehrten zu den Büchern zurück. Da standen sie, die Protokolle über den Hexenwahn, sauber aufgereiht und nach Jahren geordnet.

1594 war der erste Hexenprozess gewesen, mit dem Jahr 1630 endete das letzte Protokoll. Das waren sechsunddreißig Jahre Hexenverfolgung, niedergeschrieben in … Abel zeigte mit dem Zeigefinger auf die Bücher und zählte laut mit. Plötzlich stutzte er. Hier fehlte ein Band! Wo war die Nummer 12? Er ging die Reihen noch einmal durch, Band für Band, aber er hatte sich nicht geirrt. Es mussten achtzehn Bücher sein, aber die Nummer 12 fehlte. Abel griff nach dem Band 11 und blätterte die letzten Seiten durch. Dann las er die ersten Seiten des dreizehnten Bandes. Es fehlten die Jahre 1627 und 1628. Womöglich ist das Buch verloren gegangen oder verlegt worden, überlegte Abel. Wie lange mag es schon verschwunden sein?

»Weihrich!«, flüsterte Abel. Der Zunftmeister hat sich hier bedient. Der muss das fehlende Buch entwendet haben, damals vielleicht schon, als er bei seinem Onkel freien Zugang zu allen Räumen hier im Rathaus gehabt hatte. Dieser Band enthält sicher den Prozess um Hofmeisters Urgrossmutter. Weihrich hatte es mitgehen lassen. Dann müsste es bei ihm auch zu finden sein. Abel stieß die Luft aus. Wenn Waldemar den Amtmann überreden könnte, eine Durchsuchung seines Hauses …

Abel ging erneut zur Tür und rüttelte am Schloss. Nichts. Wieder trat er gegen das Holz, diesmal kräftiger. Er drehte sich um, ging zwei Schritte zum Tisch, drehte sich erneut und ging zur Tür zurück. Wenn es hier wenigstens nicht so eng wäre. Er schaute zur Decke und faltete die Hände.

Sein Blick folgte dem Staub in den Sonnenstrahlen zu dem kleinen Fenster mit den Butzenscheiben. Sollte dies eine Möglichkeit sein? Abels Herz schlug höher. Von unten konnte er kein Gitter erkennen. Eilig schlug er die Bücher zusammen und stellte sie zurück. Dann schob er den Tisch an die Wand. Wieder blickte er nach oben. Ja, es müsste reichen. Er raffte die Kutte und stieg auf den Tisch. Es gelang ihm, das Fenster zu öffnen. Tatsächlich, es war nicht vergittert. Aber würde er hindurchpassen? Es müsste gehen. Schließlich war er schlank und wendig. Er bückte sich, angelte nach dem Stuhl und stellte ihn auf den Tisch. Dann stieg er hinauf. Nun konnte er nach draußen spähen. Vor ihm lag eine mit Gras bewachsene Böschung, die nach wenigen Fuß in eine terrassenförmige Ebene überging. Offensichtlich wurde sie von den Nachbarn des Rathauses als Garten genutzt. Hinter den Beeten erhob sich die Stadtmauer. Er war noch nie an diesem Ort gewesen. Der Schatten eines Birnbaumes fiel auf den kleinen Stadtgarten. Abel zog sich hoch und streckte den Kopf nach draußen. Unter sich erblickte er einen schmalen Weg. Dieser trennte die Böschung von dem Haus und stieß an der nächsten Ecke auf ein Holztor. Da musste er hin, dann wäre er gerettet. Die Sandsteinplatten des Weges schimmerten grünlich. Ein dunkles Loch, in das kaum die Sonne hinkommt, dachte Abel. Er schätzte die Höhe: Zehn Fuß bestimmt waren dies, wenn nicht mehr.

Wenn er es schaffte, von der Fensterbank aus auf die Böschung zu springen, würde er nicht so hart aufschlagen. Vorsichtig stieg er auf die Stuhllehne und drückte den Oberkörper durch das Fenster. Ja, es klappte. Aber wie sollte er so auf die Böschung springen können? Abel blickte nach unten, wandte sich nach rechts und nach links und schielte nach oben. Da entdeckte er die Mauerfuge, direkt über dem Fenstersturz. Hier könnte er genügend Halt finden. Vorsichtig drehte er sich im Fenster um. Für einen Moment schloss er die Augen. Die Lunge pfiff. Hart drückte der Fensterholm gegen die Wirbelsäule. Konnte das gut gehen? Mit zittrigen Fingern tastete er nach der Fuge. Wie sollte er das dem Abt erklären, wenn sie ihn auf einer Trage ins Kloster brächten?

»In Gottes Namen«, murmelte er und griff in den Spalt. Langsam hob er den Oberkörper und zog Gesäß und Beine durch das schmale Loch. Dann setzte er die Füße auf den Fenstersims und stand für einen Augenblick in gehockter Stellung in der Wand. Er spürte, wie ein Fingernagel brach, und krallte sich noch fester. Als die Finger zu rutschen begannen, stieß er sich ab. Noch im Fallen drehte er sich und stürzte wie eine Katze auf alle viere. Mit der Stirn knallte er auf den Grasboden und blieb benommen liegen. Dann versuchte er aufzustehen. Der Schwindel wurde stärker, Hände und Knie schmerzten. Aber er war nicht ernstlich verletzt. Vorsichtig rappelte er sich auf und schlich durch die Pforte davon.

Draußen war es wärmer geworden. Trotzdem schien es Abel, als wären weniger Leute auf der Straße als sonst.

Da sah er Karl. Verflixt, hätte der Bursche nicht früher auftauchen können? Abel machte sich bemerkbar. Karl riss die Augen auf und starrte Abel ungläubig an. »Hat mir zu lange gedauert, Karl«, sagte Abel so selbstverständlich wie möglich. »Ihr solltet das Fenster wieder schließen ... Übrigens, es fehlt ein Band. Die Nummer 12 ist weg. Wisst Ihr etwas davon?«

»Wie? ... Was soll fehlen? Ach, Ihr meint die Protokollbücher? Psst, nicht so laut!« Karl schaute sich verstohlen um.

»Ihr sorgt Euch umsonst, Karl, es ist so gut wie niemand auf der Straße.«

»Kein Wunder. Die Leute haben Angst. Jetzt, wo auch der Weihrich tot ist.«

»Was? Der Zunftmeister? Tot?«

»Ermordet. Mit seinem eigenen Messer.«

»Wann?«

»Gestern Abend.«

»Weiß man schon, von wem?«

Karl hob die Schultern und ließ sie wieder sinken.

»Wo ist der Schultheiß?«

»Beim Amtmann. Bericht erstatten.«

»Und der Tote?«

»In seinem Haus. Schon aufgebahrt.«

Es war nicht schwer, das Haus des Zunftmeisters zu finden. Abel folgte den Anweisungen Karls und ging die Hauptstraße entlang bis zur Brunnengasse. Dort bog er ab Richtung Main.

Vornehm gekleidete Bürger standen vor dem Haus, ganz in Schwarz, durchmischt mit Häckern in ihren blauen Kitteln. Auch Frauen waren darunter. Man drängte in das Haus, dem Zunftmeister die letzte Ehre zu erweisen. Abel reihte sich in die Schlange der Wartenden ein. Es wurde kaum gesprochen. Drinnen im Hause leierte eine Vorbeterin den schmerzensreichen Rosenkranz herunter. Jetzt drang ihr *Gegrüßet seist du Maria* nach draußen, und einige aus der Reihe fielen mit ein. Endlich stand Abel vor dem offenen Sarg. Er schlug ein Kreuz, griff wie die Männer vor ihm zu dem Buchsbaumwedel in dem aufgestellten Kupferkessel und spritzte geweihtes Wasser auf den Toten. Zwei Tropfen waren auf Weihrichs Wange gefallen und rollten, nasse Bahnen ziehend, hinunter zum Kinn. Abel glaubte für einen Augenblick, der Tote würde weinen. Er bekreuzigte sich erneut und machte dem Nächsten Platz.

Beim Verlassen des Hauses sah Abel einen jungen Mann an der Haustür stehen. In schwarzer Hose und schwarzer

Jacke nahm dieser die Beileidsbekundungen der Ankommenden entgegen. Abel ging auf den Jungen zu und fragte: »Ihr seid ein Sohn des Hauses?«
»Fritz Weihrich.«
»Mein Beileid. Ich bin Pater Abel aus Amorbach. Sagt, kann ich Euch kurz sprechen? Ich habe Euren Vater gut gekannt.«
Das war geschwindelt. Aber für eine gute Sache, redete sich Abel ein.
»Was wünscht Ihr, Pater?«
»Ich hätte gerne gesehen, wo Euer Vater gestorben ist.«
Der Sohn runzelte die Stirn, gab dann aber ein Zeichen, ihm zu folgen.
»Der Amtmann und ich, wir kennen uns«, begann Abel zu erzählen. »Sehr gut sogar. Hat mich gebeten, mich umzuhören. Schließlich käme ich viel herum und ...«
»Der Schultheiß war schon hier. Hat uns alle befragt und alles aufgenommen.«
»Weiß ich«, sagte Abel, »aber ich möchte mich noch einmal umschauen. Der Amtmann hört gerne eine zweite Meinung.« Der Mönch hoffte inständig, der Junge nähme ihm das ab. Tatsächlich zuckte dieser gleichgültig mit den Achseln und führte ihn in ein ebenerdiges Zimmer. »Hier«, sagte er und deutete auf den dunklen Fleck auf dem Dielenboden.
»Mit dem eigenen Messer, stimmt das?«
»Das hat Vater oft gemacht, dass er sich sein Abendbrot ins Zimmer bringen ließ. Der Mörder muss das Messer vom Teller genommen haben und ...« Der Junge verstummte.
»Weiß man, wann ... wann der Mord geschehen ist?«
»Der Physikus meint zwischen fünf und acht Uhr«, sagte der Sohn leise. »Wir haben nichts gehört, wegen des Gewitters.«
Abel musterte den Raum. Er war sonderbar eingerichtet, eine Mischung aus Schreibstube und Wohnzimmer. An der

linken Wand waren zwei Schränke voller Bücher und Schriftstücke, im hinteren Drittel stand ein kolossaler Schreibtisch quer im Raum und dahinter ein außergewöhnlich großes Sofa. Auf dem Schreibtisch standen immer noch die Reste des gestrigen Abendessens. Nur das Messer fehlte. Neben dem Sofa lagen leere Weinflaschen.

»Nichts verändert, seit gestern?«, fragte Abel

Der junge Weihrich schüttelte den Kopf.

»Und die andere Tür, wohin führt die?« Abel war aufgefallen, dass das Zimmer zwei Türen hatte.

»Direkt ins Freie, auf die Brunnengasse. Vater hatte seine Kunden immer hier empfangen, in seiner Zunftstube.«

»Und wer waren die Kunden?«

»Winzer, Händler, Küfer. Jeder hier in der Stadt, der mit Wein zu tun hatte.«

»Und gestern?«

»Dafür war ja die zweite Tür da, dass nicht jeder im Haus mitbekam, wer Vater besuchte.«

»Und weiß man, wann der letzte Besucher gegangen ist?«

»Es war immer Betrieb hier. Auch gestern — bis zu dem Gewitter jedenfalls. Es kam öfters vor, dass Vater hier nicht nur gegessen, sondern auch geschlafen hat, hier auf dem Sofa.« Während der Junge sprach, war er zum Sofa gegangen. Abel tat, als bemerke er nicht, wie dieser die Flaschen mit dem Fuß unter das Möbel schob. »Wir Kinder mussten dann morgens immer sehr leise sein«, fuhr der junge Weihrich fort, »und Vater schlafen lassen, bis er ganz von selbst aufwachte.«

Weihrich hatte gerne und viel getrunken. Der Pater hatte in der Schlange vorhin ein paar Brocken aufgeschnappt. Gegen neun Uhr heute Morgen hatte die Mutter ihren Jüngsten nach dem Vater geschickt, weil er ihr doch zu lange schlief. Der Bub hatte ihn in seinem Zimmer gefunden, in einer Blutlache am Boden und tot. Der Physikus hatte festgestellt, dass er mit dem eigenen Messer erstochen worden war, direkt ins Herz. Er musste sofort tot gewesen sein.

Abel war ratlos. Er hatte sich doch alles so schön zurecht gelegt. Weihrich, der Drahtzieher bei der Verleumdung des Obstbauern, hatte sich mit seinem Helfershelfer, dem Götz, überworfen, es hatte einen Streit gegeben und der Zunftmeister hatte den Winzer erschlagen ... Und jetzt? Jetzt war sein Hauptverdächtiger ebenfalls ermordet. Zweifellos war noch eine dritte Person im Spiel. War dies doch der Baumpelzer?

Plötzlich zuckte Abel zusammen. Er hatte etwas entdeckt, dort im Schrank hinter der Scheibe. Zwischen Büchern und Stapeln von Blättern lag ein Band mit schwarzem Rücken und einer Zahl darauf: 12. Das fehlende Protokollbuch!

»Darf ich?«

»Wie bitte?«

»Das Buch dort im Schrank. Darf ich mir das anschauen?«

»Der Schrank ist verschlossen. Vater wollte das so. Ich weiß nicht, wo der Schlüssel ist.«

Also wenigstens diese Vermutung stimmte. Weihrich war im Besitz des fehlenden Protokollbuches gewesen. Von ihm stammten die Gerüchte über Hofmeister. Eindeutig.

»Wir werden den Mörder Eures Vaters finden«, sagte Abel, bevor er das Zimmer verließ, ganz so, als wäre er mit den Untersuchungen beauftragt.

XI

Abel wollte zu Waldemar. Vielleicht würde der Schultheiß ihm noch mehr berichten. Auf der Brunnengasse standen drei Winzer und steckten die Köpfe zusammen. Als Abel erschien, verstummten sie. Der Mönch grüßte höflich und ging vorbei. Kaum war er um die nächste Ecke, blieb er stehen. Wenn er sich nicht getäuscht hatte, war der Name Hofmeister gefallen. Was hatten die Männer da zu bereden? Abel schaute sich um. Niemand war zu sehen. Er schob sich an der Hauswand entlang und lugte um die Ecke. Jetzt waren es bereits fünf Häcker, die zusammenstanden und heftig gestikulierten. Ein Sechster kam aus dem Haus Weihrichs. Die Männer winkten diesen herbei, und die Gruppe steckte erneut die Köpfe zusammen. Plötzlich löste sich einer aus der Versammlung und begann, die Brunnengasse in Richtung Main hinunter zu gehen. Ein Zweiter und Dritter folgte. Da drehte sich der Erste um und rief den Zögernden etwas zu. Abel konnte ihn nicht verstehen. Doch nun setzte sich auch der Rest in Bewegung. Gemeinsam verschwanden sie in der nächsten Seitengasse. Abel folgte ihnen.

Sie überquerten ein weiteres Sträßchen und kamen in die Badgasse. Diese war die kürzeste unter den vielen Verbindungen, die von der Hauptstraße weg zum Mainufer führten. Wenn man oben einbog, konnte man durch das offene Stadttor das Wasser erblicken. Abel befand sich im Fischerviertel. Das zeigten ihm die vielen Netze, die zum Trocknen aufgespannt waren — und er roch es: Schwer lag die Luft zwischen den Häusern. Sie stank nach totem Fisch und nassen Netzen, nach dem Teer zum Kalfatern der Boote und dem Mist vor den Häusern. Eine Katze verschwand unter dem nächsten Hoftor, einen Weißfisch zwischen den Zähnen.

Vor einem Haus saß eine junge Frau auf der Treppe und schuppte einen Wels, zwei Türen weiter flickte ein Fischer sein Netz. Von den Häckern war nichts zu sehen. Abel grüßte und eilte zum Tor. Dort verlangsamte er die Schritte. Lastschelche, die am Ufer vertäut waren, wurden gerade mit Weinfässern beladen. Rumpelnd rollten die eisernen Fassreifen über die Holzbohlen. Der schmale Uferstreifen zwischen Stadtmauer und Wasser war Lagerplatz für Waren und Güter aller Art. Insbesondere aber Baumstämme aus den Wäldern von Spessart und Odenwald lagen hier Stapel an Stapel und warteten darauf, verflößt zu werden. Die Luft war deutlich besser. Abel zwängte sich vorsichtig durch die Arken. Was hatten die Häcker hier zu suchen? Plötzlich hörte er Stimmen in seinem Rücken. Er drückte sich zwischen zwei Holzstapel. Drei Winzer huschten vorbei. Dann kam noch einer und noch einer. Abel wartete eine Weile. Als es ruhig blieb, wagte er sich hervor und schlug die Richtung ein, wohin der Letzte der Männer verschwunden war. Da sah er die Häcker. Sie standen am Ufer und schauten hinüber zur anderen Seite. Aus der Handvoll vor dem Haus Weihrichs war jetzt ein stattlicher Trupp geworden. Abel zählte mehr als zwanzig Männer, und immer noch kamen welche hinzu — nicht nur Häcker. Er umrundete den letzten Holzstoß und schob sich näher heran. Aber er vernahm nur Wortfetzen. Wenn er die Männer nur besser verstünde. Er wagte sich weiter vor, noch einen Schritt und noch einen — und trat in ein Schlammloch. Er schaute an sich hinunter. Sein rechter Stiefel war voller Dreck.

»Mist«, fluchte er, lauter als beabsichtigt. Die Männer fuhren herum: »Wer da?«, rief einer von ihnen und löste sich aus der Gruppe. Er bückte sich nach einem Stecken und ging auf Abel zu.

»Ich bin's, Pater Abel aus Amorbach«, rief der Mönch und trat hinter seinem Holzstoß vor.

»Ihr? Was wollt Ihr hier, Pater?«

»Äh. Nichts. War nur auf dem Weg zum Main. Hab plötzlich so viele Leute gesehen und bin vorsichtig geworden.«

»Ihr habt gelauscht. Gebt's zu! Habt uns doch bei Weihrich schon beobachtet.« Ein Zweiter war hinzugetreten. Abel erkannte ihn: Es war der gleiche Mann, der die anderen vom Haus des Zunftmeisters hierher geführt hatte, ein breitschultriger Kerl mit wirrem Haar.

»Uff was worte mer noch?«, rief einer aus der Gruppe. »Do sen Boote genuch. Großheubach is net weit!«

»Jawoll«, plärrte ein anderer. »Schnappe mern uns.«

Also doch! Abel hatte sich nicht getäuscht.

»Ihr hört es, Pater«, sagte der Anführer. »Die Obrigkeit schläft. Die Leute wollen nicht warten, bis noch ein Mord geschieht.«

»Ihr tut Unrecht!«, rief Abel so laut, dass es jeder hörte. »Der Hofmeister war's nicht!«

»Woher wollt Ihr das wissen? Der ist brutal! Habt doch auch gesehen, wie er Götz bei der Versammlung zugerichtet hatte. Später hat er ihn dann ganz totgeschlagen und jetzt auch noch den Zunftmeister ermordet.«

»Der Obstbauer wurde von Götz niedergeschlagen. Und ein Mörder ist er so wenig wie Ihr!«

»Pah. Er paktiert mit dem Teufel!«

»Alles nur Gerüchte!«

»Und das Unwetter? Hat er es nicht vorausgesagt? Hier, Oskar, sag's ihm. Du warst doch dabei, wie der Hofmeister aus dem Haus des Amtmannes gekommen ist, wie er nach oben geblickt und den Satan um Hagel angefleht hat.«

»Unfug! Ich hab's auch gehört. Er hat uns gewarnt ...«

»Komm, mer hole ihn uns!« Ein junger Bursche hatte sich hervorgedrängt. Er hatte einen Prügel in der Hand und schritt hinunter zum Main. Noch alleine und etwas unsicher schaute er sich um. Aber da trat schon ein Zweiter nach vorn, ein Dritter und Vierter folgte, und bald kam der ganze Haufen in Bewegung. Sie stürzten in die Nachen und machten sich auf dem kürzesten Weg hinüber ans andere Ufer. Abel starrte den Davonstürmenden fassungslos hinterher. Als die Männer bereits die Flussmitte erreicht hatten, schreckte er hoch. »Der Wallach! Ich muss den Wallach holen! Ich muss nach Großheubach, sofort, bevor das Pack den Ort erreicht«, flüsterte er vor sich hin. Er machte auf dem Absatz kehrt und rannte zurück in die Stadt.

Es ging ihm nicht schnell genug. Immer mehr Menschen drängten hinunter zum Fluss. Es hatte sich in Windeseile herumgesprochen, was der Pöbel vorhatte. Abel wühlte sich weiter durch die Menge. Endlich war er im Haus seines Freundes. Er warf den Sattel aufs Pferd, zog den Gurt fest, schwang sich hinauf und jagte aus der Stadt. Am Ufer traf er auf Fleckenstein, den ein Amtsbüttel begleitete.

»Schnell, sie sind schon weiter nach Großheubach!«, rief er dem Mann in Uniform zu. »Sie werden Hofmeister Gewalt antun!«

»Keine Bange, Pater, wir werden schon für Ruhe sorgen«, antwortete Fleckenstein an dessen Stelle. Sie standen in einer Gruppe von Gaffern und schauten über den Main. Weit und breit war kein Kahn mehr zu sehen, und auch die Fähre lag verlassen am anderen Ufer. Nach den Regenfällen der letzten Nacht führte der Main hohes Wasser. Dennoch ließ Abel die Männer stehen, gab seinem Wallach die Sporen und trieb ihn durch die Furt hinüber. Dass die schlammig braune Brühe ihm Kutte und Stiefel durchnässte, beachtete er nicht. Drüben angekommen jagte er weiter nach Großheubach.

Albert Hofmeisters Mutter hatte sich nach dem Tod des

Vaters erneut verheiratet und den Hof verlassen. Abel wusste dies von Bruder Barnabas, den er noch einmal über den Baumpelzer befragt hatte. Hofmeisters Vater sei dem jungen Albert ein Erzieher und ein Vorbild gewesen, wie man es nur selten fände. Schon sehr früh habe er den Bub mit hinaus genommen in den Weinberg oder zu seinen geliebten Obstbäumen. Beim Auflesen von Fallobst habe Albert das Rechnen gelernt, indem er mit dem Vater die Äpfel um die Wette zählte. Albert habe die Zahl der Äpfel in drei, fünf oder sieben Körben zusammenzählen und wieder teilen können, noch bevor er zum ersten Mal zur Schule gegangen war. Schreiben, zum Beispiel, habe er gelernt, indem er die Sortennamen der Obstbäume mit abgebrochenen Zweigen in die Erde ritzte.

Immer habe der alte Hofmeister irgendetwas ausprobiert, habe oft tagelang gegrübelt, sich umgehört und Gott und die Welt befragt. Auf diese Weise habe er versucht, der Natur ihre Geheimnisse zu entlocken. Albert habe er schon sehr früh dazu ermuntert, es ihm nachzutun. So habe er ihn herausfinden lassen, dass in Abhängigkeit von der Mistzugabe, die er alljährlich beim Bestellen des Krautgartens dem Boden untermischte, die Ernte gut oder weniger gut ausfiel. Er habe ihn auch darauf aufmerksam gemacht, wie, je nach Wetterlage, Krankheiten und Schädlinge an den Pflanzen zu- oder abnehmen. Oder, dass ein Hund, noch lange bevor der Mensch dies merkt, herannahendes Unwetter spürt und dies durch Unruhe und eingezogenen Schwanz anzeigt. Die Fähigkeit des Vaters, aus der Natur zu lernen, war schon damals den Nachbarn nicht geheuer gewesen. Sie hätten getuschelt und verächtlich über ihn geredet. Es war ihnen unheimlich, dass bei Hofmeisters nicht nur alles besser wuchs, sondern dass auch das Viehzeug gesünder aussah. Nie aber hätten sie dies zugegeben.

In Großheubach suchte Abel zunächst die Schmiede. Der

Mann am Amboss tat, als hätte er den Mönch noch nie gesehen.

»Der Hofmeister! Wo wohnt er?«, fragte Abel.

Der Schmied deutete mit dem Hammer hinter sich: »Die Straße runter und an der Kirche vorbei. Das Haus mit dem Birnbaum im Hof.«

»Vergelts Gott!«

Abel preschte los. Doch auf Höhe der Kirche sah er, dass er zu spät kam. Die Meute stürmte bereits durch Hofmeisters Tor, allen voran ein riesiger Köter. Abel riss den Wallach zurück. Als der Letzte im Hof verschwunden war, lag die Straße leer. Der Mönch blickte sich um. Niemand war zu sehen. Da flog im Erdgeschoss des spitzgiebeligen Hofhauses ein Fenster auf und der Baumpelzer sprang heraus. Er landete auf der Straße, warf schnell einen Blick nach rechts und links, bog jäh in eine Seitengasse ab und verschwand zwischen den Häusern.

Kläffend sprang der Hund auf die Straße. Abel hatte Mühe, den Wallach ruhig zu halten. Der Köter lief ein paar Mal hin und her, dann hatte er die Fährte aufgenommen und sauste los. »Hierher Leute! Mir nach!«, schrie sein Herr und raste auf das Gässchen zu, in dem der Baumpelzer verschwunden war. Abel trieb den Wallach an und folgte den Männern. Hoch zu Ross sah der Mönch, wie der Baumpelzer durch das Gässchen voran stürmte und sich immer wieder nach dem Hund umsah. Nun hatte Hofmeister das Ende des Gässchens erreicht und schwenkte in einen engen Pfad ein, der durch die Gärten und Wiesen hinunter zum Main führte. Bald würde der Köter ihn eingeholt haben. »Gott im Himmel, hilf!«, flehte Abel. Er würde warten müssen, bis die Gartenzäune zu Ende wären. Erst dann könnte er die Meute überholen und Hofmeister zu Hilfe eilen. Jetzt erreichte der Baumpelzer das Mainufer. Was hatte er vor? Im Laufen zog er ein Messer und blickte sich abermals um. Dann rannte er ein Stück mainabwärts, bückte sich, schien etwas durchzuschneiden und sprang. Abel sah, wie sich ein Nachen vom Ufer löste und Hofmeister mit hinaus aufs Wasser nahm.

Im gleichen Augenblick kam der Köter aus dem Gras geschossen. Doch der Schwung des Absprunges trieb das Boot rasch vom Ufer weg. Hofmeister griff nach einer langen Holzstange, tauchte sie ins Wasser und stieß sich kräftig weiter ab. Immer schneller kam sein Nachen in Fahrt. Der Hund blieb im Wasser stehen. Am Ufer versammelte sich der Haufen und schwenkte drohend Sensen, Mistgabeln und Hacken.

Der Anführer mit dem wirren Haar fluchte in einem fort. Plötzlich entdeckte er Abel. »Das wart Ihr! Ihr habt ihn gewarnt!«, zischte er den Benediktiner an.

»Ich? Was fällt Euch ein. Ich bin nach Euch beim Hofmeister angekommen.«

»Jakob, lass gut sein. Es stimmt«, nahm ein anderer Abel in Schutz.

»Woher willst du wissen, ob er nicht doch schon vor uns da war? Er war nicht zu Fuß, wie wir.« Der Mann war auf Abel zugegangen und stocherte mit seinem Stecken nach ihm.

»He, passt auf, wen Ihr vor Euch habt!«, rief Abel erschrocken. Der Wallach schnaubte und begann zu tänzeln.

»Was geht Euch die Sache eigentlich an?«, blaffte der Bursche. »Ihr seid weder Häcker noch aus Miltenberg!«

»Auseinander! Im Namen des Gesetzes, auseinander!« Abel blickte sich um. Fleckenstein kam den Pfad heran geritten, gefolgt von einem Büttel.

»Was geht hier vor?«, rief er über die Köpfe der Leute hinweg. Diesmal war Abel froh, den Weinhändler zu sehen. Wer weiß, zu was dieser Jakob sonst noch fähig gewesen wäre. Fleckenstein fragte: »Wo ist Hofmeister?«

»Weg ist er, Herr Magistrat. Fort, da hinten fährt er. Der Pfaffe hat ihn gewarnt.«

Jakob deutete mainabwärts und trat eng an Fleckenstein

und den Amtsdiener heran. »Wir hätten ihn erwischt, ganz bestimmt.«

»Ihr hättet in der Stadt bleiben sollen!«, fuhr ihn Fleckenstein an. »Wer gibt Euch das Recht, so aufzutreten?«

»Weihrich war unser Zunftmeister«, antwortete dieser kleinlaut.

»Und wenn, es ist und bleibt Sache des Amtes, für Recht und Ordnung zu sorgen. Außerdem steht noch gar nicht fest, ob Hofmeister der Schuldige ist.«

Sieh an, ein resoluter Bursche, dieser Fleckenstein, dachte Abel. Habe mich mächtig getäuscht in diesem Mann.

»Das gilt auch für Euch, Pater. Mischt Euch nicht in Dinge ein, die Euch nichts angehen!«

Fleckenstein blickte ihn herablassend an. Dann drehte er den Kopf zur Seite und wandte sich den Männern zu. »Und ihr alle bleibt hier, bis ich eure Namen festgehalten habe! Der Amtmann wird euch lehren, auf Menschenjagd zu gehen.«

Abel wollte nicht länger bleiben. Er ritt grußlos davon.

Der Benediktiner nahm den Weg zum Anwesen Hofmeisters. Irgendjemand musste sich doch um die Tiere kümmern. Apfelbäume verdeckten die Scheune. Das Unwetter der vergangenen Nacht hatte auch hier das Gras niedergedrückt. Unter den Bäumen lagen die vom Hagel abgeschlagenen Blüten. Abel sah schwarze, kreisrunde Flecken am Boden. Brandgeruch lag in der Luft. Er stieg vom Pferd und kniete vor einer Brandstelle nieder. Das Feuer musste in der letzten Nacht gebrannt haben. Wäre es älter, hätte der Hagel seine Spuren hinterlassen. Und jünger konnte es nicht sein, sonst wäre die Asche noch warm. Abel konnte es sich nicht erklären. Er ritt zu einem tiefer hängenden Zweig und betrachtete ihn näher. Da waren doch einige Blüten, die der Hagel verschont hatte. Der Obstbauer hatte Glück gehabt, für eine halbwegs gute Ernte würde es reichen.

Abel ging durch den Obstgarten auf das Gebäude zu. Für

einen Hof, zu dem neben Weinbergen und Obstbäumen auch eine kleine Landwirtschaft gehörte, war es merkwürdig still. Irgendwo in der Nachbarschaft krähte ein Hahn, aber der Hühnerstall hier war leer. Werden im Hof sein, auf dem Mist, vermutete Abel, fasste den Wallach am Halfter und führte ihn durch die Tür in der hinteren Scheunenwand. Seitlich stand ein Heuwagen, vom Dachboden hing Stroh. Die Ruhe war gespenstisch. Die rechte Scheunenwand trennte auch den Stall ab. Der Schlag des Futterloches stand offen. Abel schaute hinein. Nichts. Keine Kuh, keine Ziege, kein Schwein, nichts. Der Mann hatte alle Tiere vom Hof geschafft, schon vor einigen Tagen, wie es aussah. Hatte er seine Flucht vorbereitet? Abel rieb sich die Nase. Sollte er sich so getäuscht haben? Mit einem Male war ihm kalt und er spürte die Nässe in seinen Stiefeln. Wenn der Amtmann die gleichen Schlüsse zöge wie er, wäre dem Obstbauern kaum noch zu helfen.

Plötzlich vernahm Abel Lärm aus dem Obstgarten. Er ließ das Pferd stehen und schlich zur Rückwand der Scheune. Durch ein Astloch in der Tür sah er, dass Jakob und vier weitere Häcker in Hofmeisters Garten standen.

»Schaut her, der Hund, er hat Feuer gemacht.« Jakob zeigte auf die schwarzen Stellen. »Wisst ihr, was das ist?«

»Feuerstellen«, antwortete einer der Männer.

»Natürlich sind das Feuerstellen. Aber wozu, hä? — Der Saukerl hat Feuer gemacht gegen den Frost. Im Württembergischen machen sie das auch. Weihrich hat es immer für Unfug gehalten. Aber seht, die Blüten sind nicht erfroren — im Gegensatz zu denen beim Wein.«

»Über unsere Weinstöcke hat er Eis regnen lassen und die eigenen Obstbäume hat er verschont.«

»Des hot der mit Absicht gmocht, der Lump«, schrie ein anderer Häcker.

Dies war das Zeichen. Sie begannen, Latten aus dem Zaun zu reißen und blind umher zu werfen. Einer hing sich an den

Ast eines Apfelbaumes und wippte und zog, bis dieser brach. Johlend kamen die anderen herangelaufen, packten ebenfalls Äste der Bäume und zerrten so lange an ihnen herum, bis sie abrissen und hässliche Wunden am Stamm hinterließen. Jüngere, gerade gepflanzte Bäume knickten sie kurzerhand ab. Alles war die Sache eines Augenblickes. Ehe Abel entscheiden konnte, ob er eingreifen sollte, waren die Bäume von Hofmeisters Obstgarten beschädigt oder zerstört. Mit Apfelzweigen in der Hand zogen die Häcker grölend durch die Felder, zurück nach Miltenberg.

XII

Als Abel den Main bei Miltenberg erreichte, lag die Fähre am anderen Ufer. Er hatte die Häcker in sicherem Abstand passieren lassen. Abel stieg vom Pferd und pfiff. Der Fährmann kam gelaufen und machte Zeichen, dass er ihn bemerkt hatte. Gedankenverloren blickte Abel ins Wasser. Wie stand er jetzt da, vor Lothar und vor allem vor Waldemar, der Hofmeister von Anfang an für schuldig gehalten hatte? Sollte er den Freunden überhaupt von seinem Verdacht erzählen? Wenn Fleckenstein der leere Hof nicht aufgefallen war, musste er dies auch nicht hervorheben. Er wollte die Unschuld des Baumpelzers nachweisen. Es lag ihm nichts daran, den Mordverdacht gegen ihn zu bekräftigen. Sollten das ruhig andere tun. Nein, er würde nicht mehr erzählen, als man herausfand.

Der Fährmann erklärte weder sein Fehlen, als Abel am Mittag nach Großheubach hatte übersetzen wollen, noch gab er Auskunft, wie man in Miltenberg über den Tod Weihrichs dachte. Also ließ Abel das Fragen sein und schaute stumm über das Wasser auf die Stadt, die langsam näher kam.

Im Haus Lothars entledigte er sich zunächst seiner nassen Kutte und der Stiefel. Marie war nicht im Haus. Die Magd brachte Abel frische Kleider und Schuhe. Sein nasses Zeug stand jetzt zum Trocknen am Kamin. Er selbst saß breitbeinig vor dem Feuer und genoss die Wärme.

»Hoffentlich hast du dir keine Krankheit eingefangen«, sagte Lothar.

»Ja, hoffentlich. Eine Erkältung wäre jetzt das Letzte, was ich brauchen könnte.«

»Hier, trink noch einen Schluck heißen Apfelwein, das hilft!«

»Danke, Lothar … Was meinst du, soll ich zu Horn gehen? Wer weiß, was Fleckenstein ihm erzählt. Ich möchte sicher sein, dass die Flucht Hofmeisters nicht gegen ihn ausgelegt wird. Schließlich ist er aus Angst um sein Leben auf und davon.«

»Du wirst den Amtmann nicht antreffen. Er ist nach Mainz abgereist.«

»Nach Mainz? Wegen der Morde?«

»Von Weihrich konnte er noch nichts wissen, als er heute Morgen die Stadt verlassen hat. Man hat ihm einen Boten hinterhergeschickt. Nein, er wollte nach Mainz wegen Würzburg.«

»Würzburg?«

»Ja, der Bischof dort hat wieder einmal einen Streit angefangen. Bei Wertheim hat er gestern den Main sperren lassen und zwingt die Schiffer, die zu uns wollen, ihre Waren auszuladen. Der Zöllner dort muss die Händler nach Würzburg verweisen, wo diese sich vor der Weiterfahrt einen Passzettel zu besorgen haben. Reine Schikane. Wir alle fürchten, dass der Mainzer Erzbischof nun seinerseits mit einem Ausfuhrverbot antwortet. Das würde die Situation hier in Miltenberg noch weiter verschärfen. Die Stadt lebt doch vom Handel.«

Es dämmerte mittlerweile und war zu spät, um jetzt noch nach Amorbach zurück zu reiten. Aber bei Lothar sitzen und Wein trinken, das wollte Abel auch nicht. Also verließ er das Haus und schlenderte die Hauptstraße entlang. Auf Höhe der Löwengasse beschloss er, einen Abstecher hinunter zum Main zu machen. Auch die Löwengasse gehörte zum Fischerviertel. Jetzt waren die Netze eingeholt und lagen ordentlich zusammengerollt vor der Haustüre. Morgen, in aller Frühe, würden sie von kräftigen Männerhänden gepackt und hinunter zum Main geschleppt werden, dorthin, wo die Kähne und Nachen lagen. »Wie bei den Winzern«, dachte Abel. »Auch hier hat sich seit Generationen nichts geändert.« Er ging durch das Tor, kam an den Holzstapeln vorbei, wo er sich vor einigen Stunden noch versteckt hatte, und trat hinunter zum Wasser.

Abel setzte sich auf einen Kahn, der ans Ufer gezogen war. Etwas weiter flussaufwärts lagen die größeren Schiffe vor Anker, Lastkähne mit Hilfssegeln, die hier angelegt hatten. Bunte Wimpel schmückten die Masten. Eine Flagge stach heraus, Lothar hatte einmal davon gesprochen. Sie zeigte ein goldenes Fass auf rotem Grund und schmückte das größte der Schiffe, die hier lagen. Es war das Wappen von Rupprecht Fleckenstein. Der Aufstieg dieses Handelshauses war wirklich erstaunlich. Ein eigenes Schiff, das konnte nicht einmal Lothar vorweisen.

Abel bückte sich nach einem Schilfrohr, das eine Welle an Land gespült hatte. Wahllos begann er, damit Striche und Kreise in den Sand zu malen. Am Montag noch hatte er davon geträumt, mit dem Baumpelzer den Wein- und Obstanbau im Amorbacher Tal rentabler zu machen. Doch daran war jetzt nicht mehr zu denken. Hofmeister war auf der Flucht, und außerdem nicht frei von Verdacht. Eigentlich könnten ihm jetzt auch Götz und Weihrich egal sein. Sollte sich doch der Amtmann darum kümmern, wenn er wieder zurück war — oder Fleckenstein, der schien ja von diesem protegiert zu werden. Ob Horn ihn gegen Waldemar als Schultheiß aufbauen wollte? »Verdammte Politik«, entfuhr es Abel. Er schlug gegen das Boot. »Lothar hat Recht, das ist nichts für mich. Sollte mich da heraushalten.«

Das brackige Wasser des Mains schlug leicht an die Sandbank. Abel stieß mit dem Schuh an ein Stück angeschwemmtes Holz.»Ich Idiot«, stieß er unvermittelt hervor und schleuderte den Stecken ins Wasser.»Warum bin ich nicht gleich darauf gekommen? Wenn Hofmeister gestern Abend bei seinen Bäumen Feuer gemacht und es die Nacht über unterhalten hat, dann kann er nicht der Mörder sein.« Kaum möglich, dass es ein Helfer für ihn besorgt hat. Und wenn, ließe der sich finden. Ging es darum, Hofmeister zu schaden, hätten die Nachbarn bestimmt etwas gesehen. Dass er sich von seinem Vieh getrennt hatte, konnte nur einen Grund haben: Er hatte sich auf seine Zeit in Amorbach vorbereitet.

Abel sprang auf und lief den schmalen Uferstreifen entlang. Was hatte er bisher in Erfahrung gebracht? Da war ein Winzer und Obstbauer, klüger und weitsichtiger als alle anderen. Doch er stieß auf Widerstand mit seinen Ideen — vor allem bei seinem Zunftmeister. Dieser wiederum machte Not leidende Winzer von sich abhängig, indem er sie mit Krediten köderte und immer tiefer in den Ruin trieb. Am Ende mussten sie ihm ihre Weinberge verkaufen. Weiter ist da Götz, ein einfacher Winzer. Der hatte mit seinem Hinweis auf Hexerei einen Stein ins Rollen gebracht, der den Ausschluss Hofmeisters aus der Zunft zur Folge hatte. Höchstwahrscheinlich war er von seinem Zunftmeister dazu genötigt worden, weil dieser nicht selbst damit in Verbindung gebracht werden wollte. Vermutlich stammten die Details über den Hexenprozess aus dem fehlenden Protokollbuch, das jetzt bei Weihrichs stand.

Der Winzer wurde ermordet. Warum und von wem? Man verdächtigte den Baumpelzer, sich gerächt zu haben. Andererseits hatte sich bei Götz etwas ändern sollen. Alles sollte wieder gut werden. Hatte der Winzer Weihrich mit irgendetwas in der Hand? Hatte Götz deswegen sterben müssen? Wer aber hatte dann den Mörder ermordet? Der Baumpelzer jedenfalls nicht. Nein, Weihrich hatte Besuch oder eine Verabredung mit jemand anderem. Es war zu einem Streit gekommen, ein Wort hatte das andere gegeben, vielleicht eine Beleidigung oder eine Drohung, da hatte der Unbekannte das Messer liegen sehen und …

Nein, so kam er nicht weiter. Abel setzte sich wieder auf den Kahn und kratzte Zickzackmuster in den Strand. Plötzlich hielt er inne. Wer war eigentlich bei all dem der Gewinner? Er begann mit dem Schilf Namen in den Sand zu schreiben: Der Obstbauer. Er hat alles verloren und war auf der Flucht. Ihn konnte er streichen. Beim Götz sollte alles besser werden, aber jetzt war er tot. Streichen! Weihrich hat sich an den Winzern bereichert, war aber auch tot. Weg! Wer, verdammt, ist da noch im Spiel? Abel stand auf und verwischte das Geschriebene mit dem Fuß. Es wurde dunkel und die Tore würden bald geschlossen. »Zeit, zu Lothar zu gehen. Vielleicht kommt mir bei einer Flasche Wein ein guter Gedanke«, entschied Abel.

Da sah er einen Mann mit blauem Häckerkittel aus dem Stadttor treten. Abel duckte sich hinter den Kahn und beobachtete die Gestalt. Der Häcker blickte sich kurz um und ging hinunter zum Main, direkt auf eines der Schiffe zu. Es war Fleckensteins Schiff. Am Ufer blieb der Schatten stehen und pfiff. Hinter der Reling tauchte ein zweiter Mann auf und gab dem Wartenden ein Zeichen. Abel reckte sich. Was hatten die beiden vor? Jetzt verschwand der Mann aus der Stadt ebenfalls auf dem Schiff. Mehr konnte Abel nicht erkennen. Er überlegte kurz. So wie sich die beiden Männer verhielten, führten sie nichts Gutes im Schilde. Doch sollte er sich einmischen?

Plötzlich tauchten die beiden Gestalten wieder auf, jede eine Last auf den Schultern. Abels Neugierde siegte. Er löste sich vom Boot und schlich auf die Männer zu, jederzeit bereit, hinter einem Holzstapel Deckung zu suchen. Er musste vorsichtig sein. Jeder Schritt knirschte hier auf dem Mainkies. »Dahin!«, zischte einer der Männer. Die beiden wechselten die Richtung und gingen direkt auf die Stadtmauer zu. »Nanu«, sprach Abel leise, »das Stadttor ist doch weiter rechts!«

In sicherem Abstand folgte er den Männern. Plötzlich waren diese verschwunden. Die Stadtmauer hatte sie einfach verschluckt. Als Abel sich näher heranwagte, sah er einen engen Durchschlupf im Gemäuer. Das musste die Stelle sein, an der, nach Lothars Erzählung, die Mauer beim letzten Hochwasser Schaden gelitten hatte. Abel bückte sich und horchte durch die Lücke. Er hörte Schritte, die sich entfernten. Vorsichtig ging er noch tiefer und drückte sich durch den Spalt. Er stand in einem Hof und sah das Tor zur Straße. Dorthin mussten die Männer verschwunden sein. Abel eilte auf die Straße, aber sie war leer. Er ging nach rechts zur nächsten Ecke. Nichts. Dann rannte er in die andere Richtung. Plötzlich blieb er stehen. Er hatte ein Klopfen gehört. Klack, klack, klack, hallte es gleichmäßig die Gasse herunter. Der Nachtwächter, durchfuhr es Abel. Sollte er ihm Meldung machen? Und wenn es nur Lausbuben waren, die einen Streich vorhatten? Wollte er, dass die halbe Stadt über ihn lachte?

Er sah das Licht näherkommen. Besser nicht, beschloss er und zog sich in den Hof zurück, aus dem er gekommen war. Der Nachtwächter leuchtete durch das Tor. Abel wagte nicht zu atmen. Wenn der Mann ihn jetzt entdeckte, hätte er es schwer, sich zu erklären. Endlich drehte sich der Nachtwächter um und ging die Straße weiter. Klack, klack, klack, hieb er seinen Stecken auf das Pflaster. Abel entschied sich zu warten, bis der Mann in sicherer Entfernung verschwunden war.

Gerade als der Mönch sich von der Hauswand lösen und durch das Tor verschwinden wollte, kamen die beiden Gestalten zurück. Sie huschten über den Hof und verschwanden durch die Mauer. Das waren keine Lausbuben, soviel war Abel jetzt klar. Das mussten Schmuggler sein, die Ware unverzollt in die Stadt schafften. Eine nette Geschichte, die er beim nächsten *Te deum* zum Besten geben würde. Abel wollte warten, ob die Männer noch einmal zurückkamen. Er dachte an Lothar. Hoffentlich machte der sich nicht allzu viel Sorgen. Abel nahm sich vor, umgehend zu ihm zurückzukehren, sobald er wüsste, wohin die Männer gehörten.

Es dauerte nicht lange und die beiden tauchten tatsächlich wieder auf, jeder erneut einen Sack auf der Schulter. Bestimmt Getreide, dachte Abel. Jetzt, im Frühjahr, wenn die Vorräte in der Stadt zur Neige gingen, konnte man damit gute Geschäfte machen. Und ohne Zoll waren die Gewinne noch größer. Nein, er würde die Männer nicht verraten, diesen Gefallen würde er dem Amtmann nicht tun.

»Hans, pass auf, der Nachtwächter!«, rief halblaut eine Männerstimme. »Der ist schon durch«, kam leise die Antwort. Aha, einen Namen habe ich schon, freute sich Abel. Er folgte den beiden vorsichtig. Abel hatte keine Orientierung, in welcher Gasse sie sich befanden. Hans blieb vor einem Tor stehen, öffnete es und verschwand darin, sein Partner folgte. Dann wurde der Riegel vorgeschoben. Dieses Haus kannte Abel, wenn auch nur vom Vorübergehen. Es stand an der Einmündung der Tränkgasse in die Hauptstraße und war das stattlichste Anwesen im Umkreis. Der Eingang des Wohnhauses lag an der Hauptstraße, Wirtschaftsgebäude und die Hofzufahrt befanden sich in der Seitengasse. Abel stand vor Rupprecht Fleckensteins Tor. Hans! Natürlich, der war doch dessen Kellermeister. Abel hatte geglaubt, irgendwelche kleinen Gauner vor sich zu haben. Doch das hier war ein angesehenes Haus, der Hausherr war Magistrat und ein Freund des Amtmannes!

Abel hätte zu gerne die Männer weiter beobachtet. Er drückte vorsichtig am Tor, aber es bewegte sich nicht. Auch der Riegel ließ sich nicht öffnen. Vielleicht über die Mauer? Abel musterte das Sandsteingemäuer, welches das Tor mit dem angrenzenden Gebäude verband. Wenn er sich nur auf etwas stellen könnte. Es musste schnell gehen, wenn er noch Entscheidendes im Hof sehen wollte. Abel schaute die Gasse hinunter, aber es war zu dunkel, um irgendetwas Brauchbares zu entdecken. Er tastete die Mauer ab. Hier war ein Spalt, und hier noch einer. Die Mauer war nur grob verfugt. Ja, das müsste gehen. Rasch hatte Abel die Mauerkrone fest im Griff. Er zog sich hoch und spähte in den Hof. Zu spät. Nirgendwo war etwas von den Männern zu sehen. Sollte er warten?

Abel fröstelte. Die Luft war zwar tagsüber schon warm, aber abends, wenn die Sonne untergegangen war, fiel die Temperatur schnell ab. Auch der Sandstein strahlte noch keine Wärme ab. Abel sprang zurück auf die Straße. Im Grunde hatte er genug gesehen. Da! Eine Tür wurde geschlossen. Abel stieg erneut die Mauer hoch und schaute in den Hof. Alles dunkel. Er blickte nach oben. Es war zwar nicht Vollmond, aber das Licht hätte ausgereicht, wenn nur die Wolken nicht wären. Sie hatten sich vor den Mond geschoben und krochen nur langsam weiter. »Kommt schon, kommt schon«, bettelte der Mönch, »nur zwei Ellen. Bitte.« Er hörte Schritte. Wenn nicht bald ... Plötzlich gaben die Wolken ein Stück Mond frei. Abel sah die Umrisse des Hofes, sah das Lagerhaus, den Pferdestall, das Wohnhaus. Doch wo waren Hans und sein Helfer? Dort hatte sich etwas bewegt. Abel bemerkte zwei Gestalten, die sich von einer Tür an der rechten Ecke des Lagerhauses entfernten. Sie gingen auf das Hoftor zu. Er ließ sich fallen und eilte davon.

»Abel, wo warst du?« Lothar selbst hatte dem Freund geöffnet.

»Lass mich erst einmal herein!« Abel drängte sich an seinem Freund vorbei in die warme Stube. Er fror erbärmlich.

»Du bist ja voller Dreck!«

Abel schaute an sich hinunter. Tatsächlich, Jacke und Hose

waren grün vom Moos der Mauer. »Jetzt hab ich auch die Ersatzkleider ruiniert«, scherzte Abel. Er ging zum Kamin, klopfte den gröbsten Schmutz ins Feuer und rieb sich die Hände.

»Verdammt kalt, wenn die Sonne weg ist«, sagte er.

»Die Winter werden länger. Schon bald Mai und immer noch Frostgefahr. — Sag, wo warst du so lange?«

»Ich war bei Fleckensteins.«

»Du? Bei Fleckensteins?«

»Nicht wie du denkst, Lothar. Ich war nicht bei Rupprecht selbst. Ich hab nur Hans beobachtet. Denk dir, der Kellermeister schmuggelt.« Abel schaute gespannt auf seinen Freund.

»Hans tut was?«

»Stell dir vor, Lothar, ich habe den Kellermeister beobachtet, wie er mit noch einem Mann Getreide von Fleckensteins Schiff geholt hat, heimlich und am Zoll vorbei, so wie es aussah.« Abel bemerkte die verständnislosen Augen des Freundes und begann der Reihe nach zu erzählen. »Meinst du, Fleckenstein weiß, was sein Kellermeister treibt?«, fragte er zum Schluss.

Lothar überhörte die Frage. »Zweimal, sagst du, sind die beiden gegangen?«, erkundigte er sich stattdessen. »Und jedes Mal einen Sack auf der Schulter?« Warum schaute Lothar nur so ernst. Der Kellermeister des ehrenwerten Fleckenstein ein kleiner Gauner, das müsste ihm doch gefallen.

»Du fragst so sonderbar.«

»Bist du dir sicher, Abel? Wegen vier Säcken Getreide macht sich der Kellermeister Fleckensteins doch nicht die Finger schmutzig!«

»Ich muss ja nicht alles gesehen haben. Vielleicht machen sie noch die halbe Nacht weiter und …«

»Abel, ich kenne Fleckensteins Hof. Die Tür, vor der du die beiden gesehen hast, war eine Kellertür. Was sollte Hans mit dem Getreide im Keller wollen?«

»Verstecken, nehme ich an.«

Lothar lachte. »Du kennst den Keller nicht. Der ist nasser, als es deine Stiefel heute Nachmittag waren. Abel, das war kein Getreide, das die beiden dort hinunter geschafft haben.«

»Was sonst? Vielleicht habe ich mich geirrt, was die Tür betrifft. Ist schließlich dunkel draußen.«

Lothar begann auf- und abzugehen. Die Hände hinter dem Rücken verschränkt stapfte er durch das Zimmer. Die Gicht schien wie weggeblasen. »Das Schiff hatte Getreide geladen, das stimmt«, sagte er nach einer Weile. »Aber es wurde schon heute Mittag gelöscht. Die gesamte Ladung ging hinunter zur Bergmühle.«

»Bis auf vier Säcke. Mindestens.«

»Bis auf vier Säcke. Warum wohl hat Hans sie persönlich abgeholt?«

»Weil er etwas für sich behalten wollte!«

»Warum aber hat er sie in den Keller gebracht? Bei Fleckensteins gibt es nur einen Keller, und das ist der Weinkeller. Das Getreide geht immer alles direkt vom Schiff weg in die Mühle. Fleckensteins Hof hat noch nie etwas anderes gesehen als Wein und Brennholz.«

»Also gut, es war kein Getreide. Aber Wein war es auch nicht.«

»Aber es muss etwas mit Wein zu tun haben. Hab ich nicht schon immer gesagt, dass ich Fleckenstein nicht traue? Er mag ein gewiefter Geschäftsmann sein, aber von Wein versteht er nichts. Der nicht! Es ging ja mit ihm auch erst dann aufwärts, als plötzlich dieser Hans aufgetaucht war.«

Abel drehte sich wieder zum Feuer. Nur zu oft hatte er diese Geschichte schon hören müssen.

»Ein merkwürdiger Kerl, dieser Kellermeister«, fuhr Lothar fort. »Kommt hierher und kauft den Winzern jeden Wein ab, auch den schlechten. Und dabei macht er auch noch Gewinn, wo doch jeder weiß, dass sich heute nur noch bester

Wein verkaufen lässt. Das Eigenartige ist, sein Wein soll tatsächlich tadellos sein — alles *vinum bonum*. Ich frage mich, wie er das macht.«

»Pass auf, was du sagst, Lothar. Du weißt, jemandem Panscherei vorzuwerfen, ohne dass man ihm …«

»Der Weinsticher ist auch schon misstrauisch geworden.«

»Oh! … Du glaubst also, die Sache mit den Säcken könnte etwas damit zu tun haben?«

»Es könnte Kalk gewesen sein.«

»Kalk?«

»Ja, gemahlener Kalk. Es gibt immer wieder Winzer, die versuchen, schlechten Wein zu schönen. Das ist nichts Neues. Die einen machen es mit Zuckerwasser, die anderen verschneiden ihn mit gutem Wein, wieder andere setzen Branntwein zu oder probieren es mit Kalk. Nichts davon ist erlaubt.«

»Wir sollten den Amtmann informieren!«

»Horn ist doch in Mainz.«

»Und Waldemar?«

»Waldemar? Bei Fleckenstein auftauchen, mitten in der Nacht, und den Weinkeller kontrollieren? Und das nur auf einen vagen Verdacht hin?« Lothar lachte. »Das traut sich der gute Waldemar nicht. Nicht bei einem Freund Horns.«

»Dann eben nicht. Kann mir ja auch gleich sein. Muss morgen sowieso zurück nach Amorbach.«

»Ich werde auf jeden Fall dem Weinsticher einen Wink geben. — Übrigens, Marie hat etwas zu Essen gerichtet. Du musst doch sterben vor Hunger.«

Jetzt erst merkte Abel, dass sein Magen knurrte. »Und wie«, sagte er. »Aber bitte heute keinen Wein, Lothar. Bin jetzt schon hundemüde. Werde bald ins Bett gehen.« Abel aß ein paar Scheiben Geräuchertes mit Weißbrot, ließ sich von Lothar doch zu einem Glas Wein überreden und wartete darauf, dass sich Marie noch einmal sehen lassen würde. Als sie auch nach dem dritten Glas noch nicht aufgetaucht war, stand er auf, verabschiedete sich von Lothar und zog sich zurück.

Als Abel endlich im Bett lag, konnte er vor Müdigkeit kaum sein Nachtgebet zu Ende sprechen. Doch mitten in der Nacht war er wieder hellwach. Den ganzen Abend hatte er nichts von Marie gesehen. War sie ihm immer noch böse? Auch die beiden Männer mit den Säcken gingen ihm nicht aus dem Kopf. Es konnte ihm zwar gleich sein, was Hans in seinem Keller trieb — das war alleine Sache der Miltenberger. Aber er, Abel, hatte offensichtlich Lothar Unrecht getan. Er hatte dem Verdacht des Freundes bisher keinen Glauben schenken wollen, hatte dessen Einlassungen über die geschäftlichen Erfolge Fleckensteins als verletzte Eitelkeit eines ehemals erfolgsverwöhnten Mannes abgetan. Aber jetzt, wo er selbst mit eigenen Augen gesehen hatte ... Abel fuhr in die Höhe. Götz! Götz hatte doch bei Hans als Tagelöhner gearbeitet. Da wäre es doch möglich gewesen, dass dieser ähnliche Beobachtungen gemacht hatte. Was, wenn Götz nicht Weihrich, sondern den Kellermeister erpresst hatte. Der Winzer war Hans zu gefährlich geworden und er hatte ihn ... Abel presste die Hände auf die Schläfen. Doch wie passte der Tod des Zunftmeisters in dieses Bild? Hatten dieser und Götz etwa gemeinsame Sache gemacht, so wie sie auch gemeinsam gegen Hofmeister vorgegangen waren? Wenn er nur wüsste, ob Hans wirklich panschte ...

Abel stieg aus dem Bett. »Ich will wissen, was in den Säcken ist«, flüsterte er. »Und zwar jetzt!«

XIII

Abel schlüpfte durch die Hintertür hinaus in den Hof. Er schaute nach oben. Durch ein Wolkenloch schien hell der Mond. Gut so, dachte er. Dann öffnete er das Hoftor und spähte auf die Straße. Sie war menschenleer. Im Schatten der Häuser eilte er hinunter zur Tränkgasse. Das Tor von Fleckensteins Anwesen war verschlossen. Was hatte er anderes erwartet?

Erneut erklomm er die Mauer zum Hof hin. Kurz blieb er auf der Krone liegen, dann rutschte er ganz über die Kante und sprang. Hart schlugen die Stiefel auf das Kopfsteinpflaster. Abel verharrte einen Augenblick in der Hocke, dann richtete er sich auf. Immer noch war alles ruhig. Er schlich auf das Tor zu, schob den Riegel zurück und versuchte es zu öffnen. Gott sei Dank, es ging — den Rückweg müsste er nicht mehr über die Mauer nehmen. Dann erst wandte er sich dem gegenüber liegenden Gebäude zu, dort, wo der Eingang zum Keller lag.

Er drückte den Griff nach unten — die Tür war nicht verschlossen. Leise öffnete er den Flügel. Modrig feuchte Luft schlug ihm entgegen. Im Dunkel konnte er nur schemenhaft die Stufen erkennen. Bestimmt stand unten auf einem der Fassriegel eine Kerze. Das war in nahezu jedem Keller so. Er musste nur heil die Treppe hinunter und an das richtige Fass kommen.

Abel tastete nach rechts und nach links, nirgends ein Geländer. Stufe für Stufe fühlte er mit den Stiefelspitzen ab und bewegte sich langsam nach unten. Die Treppe war elend lang. Endlich hatte er ebenen Boden erreicht. Wohin jetzt?

Ein Laut ließ ihn erschrecken. Es war, wie wenn Holz an Holz schlägt. Er rührte sich nicht. Jetzt wieder. Eindeutig, hier hantierte jemand. Hans? Das Geräusch kam von weiter her. Das Kellergewölbe schien gewaltige Ausmaße zu haben. Abel war unschlüssig. Noch hatte ihn niemand bemerkt, noch konnte er sich zurückziehen. Andererseits ... wenn er Hans beim Panschen beobachtete?

Dort hinten — war da nicht ein Licht gewesen? Abel schaute angestrengt. Da, jetzt wieder! Er bewegte sich vorsichtig in die Richtung. Ist wahrscheinlich der Mittelgang, vermutete er, und rechts und links liegen die Weinfässer.

Er näherte sich dem Licht. Abel konnte die Fässer erkennen. Sie waren fast mannshoch. Doch was jetzt? Er wagte sich nicht weiter. Wenn der Mann ihm jetzt entgegen kommen würde, gäbe es keinen Ausweg. Aber er musste weiter nach vorne, wenn er mehr sehen wollte. Abel wandte sich nach links und ertastete ein Fass. Er fühlte weiter, fand das nächste. Ja, das müsste gehen. Er zwängte sich zwischen den Weinfässern hindurch nach hinten. Plötzlich griff er ins Leere. Er hatte das Fassende erreicht. Abel tastete weiter durch die Luft, suchte die Kellerwand. Die Hand fuhr zurück. Er hatte in etwas Kaltes, Glitschiges gegriffen. Angewidert schüttelte er die Schmier ab. Lothar hatte Recht, der Keller war nicht nur feucht, sondern richtig nass. Das war gut für den Wein, ließ aber auch den Schimmel an der Wand blühen.

Abel prüfte den Abstand zwischen Fass und Wand. Er hatte richtig vermutet. Wenn er sich etwas bückte und wenn alle Fässer ordentlich ausgerichtet waren, müsste er nach vorne hindurch kriechen können. Doch er kam langsamer voran als gedacht. Schon nach dem dritten Fass war er am Ärmel durchnässt. Wie viele Fässer mochten es sein, die ihn noch vom Kerzenschein trennten? Ob es wirklich Hans war, der dort herumwerkelte? Immer deutlicher vernahm Abel die Geräusche. Dann wurde es allmählich heller. Abel zwängte sich wieder zurück zum Mittelgang und lugte um die Ecke.

Keine zehn Schritte vor ihm stand ein Mann auf einem Holzbock. Er hatte sich über ein Fass gebeugt und zog soeben etwas aus dem Spundloch. Es sah aus wie ein Stecken oder eine Latte. Es war ein Schlagscheit. Man brauchte es zum Einrühren von Zusätzen in eine Flüssigkeit. »Vorsicht vor Winzern, in dessen Keller du ein Schlagscheit findest«, hatte ihn Lothar einmal gewarnt. Der Mann stieg vom Bock und Abel konnte sein Gesicht erkennen. Es war tatsächlich Hans! Der Kellermeister zog den Bock weiter zum nächsten Fass. Dann ging er in den Gang zurück und kam mit einer Kanne wieder. Er stieg erneut auf das Holzgestell, öffnete das Spundloch, setzte einen Trichter auf und begann, den Inhalt der Kanne hineinzuleeren. Abel sah, wie eine milchige Flüssigkeit in das Fass hineinlief. Hans stellte den Krug zurück, griff nach dem Schlagscheit, führte es in das Fass ein und begann, langsam zu rühren. Abel hatte genug gesehen. Der Kellermeister panschte. Die Frage war nur: Tat er es mit oder ohne Wissen Fleckensteins? Abel musste zu Lothar, musste mit ihm bereden, was zu tun sei.

So wie er gekommen war, schlich er zurück. Er ließ sich Zeit — nur jetzt keinen Fehler machen. Wenn Hans ihn entdeckte ... Waren Götz und Weihrich ähnlich wie er dem Kellermeister auf die Schliche gekommen, und mussten sie deswegen sterben? Wenn Hans an seinem Herrn vorbei Wein schönte und den Gewinn daraus in die eigene Tasche steckte, musste er alles daran setzen, dies geheim zu halten. Fleckenstein würde ihn nicht schützen, das konnte er sich als angesehener Bürger nicht leisten. Doch würde Hans wirklich soweit gehen und dafür auch Menschen töten?

Ein Donnerschlag hätte ihn nicht stärker erschrecken können. Es musste ein Kerzenhalter gewesen sein, der auf dem Riegel eines Fasstürchens gestanden hatte. Er hatte ihn mit seinem Ärmel heruntergefegt. Abel wagte nicht, sich zu rühren. Auch Hans stand starr vor Schreck. »Ist da wer?«, rief der Kellermeister in die Stille. Er hatte sich zuerst gefasst. Abel rührte sich immer noch nicht. »Da ist doch wer!« Hans stieg vom Bock und hielt die Lampe hoch. Abel begann zu zittern. Sollte er sich stellen, bevor Hans aus Unkenntnis auf ihn los ging? Wie aber sollte er dem Kellermeister seine Anwesenheit erklären? Gott im Himmel, hilf! Er musste raus hier, möglichst schnell und auch noch so, dass Hans ihn nicht erkannte. Zum Glück hatte er keine Kutte an.

Hans kam näher. Noch immer hielt er die Laterne hoch. Abel sah die unterste Stufe der Treppe und lief los.

»Stehen bleiben!«

Abel stolperte, rappelte sich wieder auf und lief weiter.

»Stehen bleiben, hab ich gesagt!«

Der Mönch hatte bereits die Kellertür erreicht. Er stieß sie auf und schlug sie gleich wieder hinter sich zu. Dann rannte er über den Hof.

Der Mond war hinter einer Wolkenwand verschwunden, aber Abel wusste, wo das Tor war. Doch jäh stoppte ihn ein Schlag gegen die Stirn. Abel sank blitzartig in die Knie und der Boden begann sich unter ihm zu drehen. Immer schneller sausten die Schatten an ihm vorbei. Er riss die Augen auf, atmete tief durch und kämpfte gegen das Brausen in seinem Kopf. Durch den Nebel bemerkte er ein Licht. Er drehte den Kopf und sah Hans an der Kellertür stehen. Dieser schwenkte die Lampe und leuchtete in die Nacht. Abel hielt den Atem an. Hans schaute noch einmal nach rechts und nach links, dann begann er über den Hof zu stapfen. Immer wieder schwenkte er die Laterne, blieb einige Male stehen und lauschte. Abel sah, dass Hans zum Hoftor ging. Jetzt begriff er, dass er bei seiner Flucht in die falsche Richtung gelaufen war. Neben sich bemerkte er einen Schatten. Er griff danach und spürte etwas Raues, Hartes. Holz! Er war gegen den Pfosten eines Vordaches gerannt. Er tastete weiter und fühlte kalten, glatten Stein. Eine Mauer? Nein, er lag vor einem Wassertrog. Abel sah nach Hans. Dieser war immer noch auf dem Weg zum Tor. Abel kroch auf allen Vieren um den Trog herum und legte sich eng dahinter auf den Boden. Wenn Hans nicht jeden Fußbreit des Hofes absuchen würde, wäre er hier halbwegs sicher. Der Mönch streckte sich und spähte in den Hof. Hans war beim Hoftor angelangt. Jetzt müsste er feststellen, dass es nicht mehr verschlossen war. Abel schöpfte Hoffnung. Der Kellermeister öffnete das Tor und schaute nach draußen. Dann zog er den Kopf wieder zurück, drückte das Tor zu und schob den Riegel vor. Langsam ging er über den Hof zurück. Noch einmal hielt er inne und lauschte. Dann verschwand er im Keller und verschloss die Tür hinter sich.

Der Mönch schickte ein Dankgebet zum Himmel. Jetzt erst bemerkte er den Schmerz. Er griff sich an den Kopf und zuckte zurück. Gott, tat das weh. Die Finger fühlten etwas Warmes. Blut! Abel suchte in den Hosentaschen nach seinem Schnäuztuch, drückte das Tuch auf die Wunde und versuchte aufzustehen. Er fror erbärmlich. Wieder begann es im Kopf zu kreisen. Dann hob sich sein Magen. Es schien, als wollte alles, was er bei Lothar zu Abend gegessen hatte, auf einmal heraus. Mit einem Schwall ergoss sich der Strahl auf den Boden. Abel wand sich vor Schmerz. Wieder krampfte sich das Gedärm zusammen und presste bitteren Brei nach oben. Abel schüttelte sich. Er roch das Erbrochene und würgte erneut. Dann war der Magen leer.

Endlich ließ auch der Schwindel nach. Abel griff nach dem Pfosten und zog sich hoch. Mit wackeligen Beinen stand er da und rang nach Luft. Langsam ging er los. Steifbeinig und unsicher wankte er auf das Tor zu.

Im Haus Gutekunst herrschte helle Aufregung. Lothar stand am Ende der Bettstatt und spielte unablässig mit den gichtigen Fingern. Marie hatte sich über Abel gebeugt und dem Mönch ein kühlendes Tuch auf die Stirn gelegt. Da flog die Tür auf und Waldemar stürmte herein, hinter ihm der Physikus. »Was hab ich da gehört?«, stieß Waldemar hervor und eilte zum Bett. Abel versuchte zu lächeln. »Halb so schlimm, Waldemar. Ein kleiner Kratzer, mehr nicht.« Marie blies die Backen auf und machte dem Physikus Platz.

»Herrjeh, das sieht ja aus wie ... Ich muss schon sagen, ich habe ja schon einiges erlebt. Siebenundfünfzig-achtundfünfzig zum Beispiel ...«

»Wie schlimm!« Lothar trommelte mit den Fingern auf das Bettgestell.

Der Arzt brummte und drehte den Mönch auf die Seite. Das Tuch auf dem Kissen war rot von Blut. Er begann, den Schädel abzutasten. Abel hielt still. Als der Arzt die Wunde berührte, schrie er auf. »Nur eine Platzwunde«, brummte dieser ungerührt und öffnete seine Tasche. »Wird jetzt etwas wehtun. Ein, zwei Tage Ruhe und Ihr seid wieder der Alte.« Lothar atmete hörbar auf.

»Sagte ich doch, halb so schlimm«, wiederholte Abel.

»Hätte aber schlimmer kommen können. Warum hast du mir nicht gesagt, was du vorhast?«

»Kann mich jemand aufklären?«, blaffte Waldemar.

»Bitte«, sagte Lothar und zeigte auf Abel.

Abel erzählte erneut die Geschichte von den beiden Männern, wie sie die Säcke zu Fleckensteins Hof geschafft hatten. Mit dem, was er später im Keller beobachtet hatte, sei zumindest die Pandscherei bewiesen. Doch Abel versuchte Waldemar zudem davon zu überzeugen, dass die Panschereien auch mit den Morden zu tun hätten.

Waldemar runzelte die Stirn. »Das ist etwas weit hergeholt, Abel.«

»Überzeuge dich selbst!«, fuhr dieser auf und hielt jäh still. Jeder sah sein schmerzverzerrtes Gesicht. »Ganz ruhig!«, sagte Marie und drückte ihn in die Kissen zurück. Abel wehrte ab. »Wir sollten sofort in den Keller gehen!«

»Weißt du, wie spät es ist?«

»Morgen wirst du nichts mehr finden!«

Waldemar kratzte sich am Kopf und schaute Lothar an. Abel sah ihn leise nicken.

»Also gut. Ich lasse den Weinsticher kommen. Mit ihm werde ich nachschauen. Ich hoffe für dich, dass wir etwas finden.«

Abel richtete sich auf. »Du bleibst hier!«, befahl Waldemar barsch.

Aber der Mönch gab nicht nach. Unter dem Protest des Arztes und Maries stand er auf und schlüpfte in die Stiefel.

»Ich habe es angefangen, und ich will auch dabei sein, wenn es zu Ende geführt wird«, sagte er trotzig und schloss sich Waldemar an.

Kurz vor Fleckensteins Hof stieß der Weinsticher zu ihnen. Lothar hatte seinen Knecht nach ihm geschickt. Waldemar trat an Fleckensteins Haustür und läutete die Glocke. Nichts geschah. Er wartete eine Weile und schlug dann mehrmals mit der Faust gegen die Türe. »Was ist hier los?« Die Köpfe flogen nach oben. Ruprecht Fleckenstein schaute aus dem Fenster. »Ich bin's, der Schultheiß«, rief Waldemar. »Bei mir ist der Weinsticher. Aufmachen! Wir müssen Euren Keller inspizieren.«

»Was? Jetzt? Mitten in der Nacht?«

»Ja, jetzt, mitten in der Nacht. Was ist, macht Ihr uns auf, oder soll ich die Tür aufbrechen lassen?« Ruprecht knallte das Fenster zu. Dann hörte man Schritte im Haus. »Wehe, du hast dich getäuscht, Abel«, flüsterte Waldemar dem Mönch zu. Von innen wurde der Schlüssel umgedreht, dann stand Fleckenstein vor ihnen. Mit der rechten Hand hob er eine

Laterne hoch, die linke hielt den Morgenmantel am Hals zusammen. »Ich hoffe für Euch, Ihr habt Eure Gründe«, sagte er kalt. »Ihr wisst, dass ich mit dem Amtmann befreundet bin?«

»Ich erklär's Euch später«, antwortete Waldemar. »Es gibt den begründeten Verdacht auf Weinverfälschung.«

»Auf was? Schultheiß, mit Verlaub, wisst Ihr, mit wem Ihr sprecht?«

»Abel!« Waldemar trat zur Seite und gab den Blick frei. »Pater Abel aus Amorbach«, sagte er. »Der Mönch hat Euren Kellermeister beim Panschen erwischt.«

»Wie kommt der Pater auf so eine haltlose Behauptung?«

»Später«, knurrte der Schultheiß. »Führt Ihr uns jetzt in den Keller? Ja oder nein?«

»Ich habe nichts zu verbergen. Aber ich warne Euch, Schultheiß. Wenn Horn aus Mainz zurück ist ...«

»Vorwärts!«

Abel verbeugte sich innerlich vor Waldemar. Diesen Auftritt hätte er ihm nicht zugetraut.

»Wartet!« Fleckenstein machte auf dem Absatz kehrt und verschwand in einem Zimmer. Mit einem Schlüssel in der Hand kam er zurück und führte die Inspektion durch das Haus hinaus in den Hof. Vor der Tür zum Keller blieb er stehen, steckte den Schlüssel ins Schloss und öffnete. »Bitte«, sagte Waldemar und drängte ihn zur Seite. Er ließ sich das Licht reichen und trat ein, der Weinsticher und Abel folgten. Sie stiegen die Treppe hinunter. »Links«, sagte Abel, »am Ende des Ganges.« Er ließ jetzt auch Fleckenstein den Vortritt und folgte als Letzter. Was würden sie entdecken?

Plötzlich blieb Fleckenstein stehen, weil auch die anderen stehen geblieben waren. Beinahe wäre Abel auf ihn aufgelaufen. Sie waren am Ende des Kellergewölbes angelangt. Aber nirgends war etwas anderes zu sehen als Fässer, sauber aufgereiht und ohne eine Spur der erst kürzlich beobachteten

Betriebsamkeit. »Hab ich mir gedacht«, flüsterte Abel und entriss Waldemar die Lampe. Er hielt sie hoch über die Fässer, dann wieder tiefer, leuchtete zwischen einigen hinein und drehte sich unsicher um. Hatte er sich doch getäuscht? Nein, er war wieder bei klarem Verstand. Es war hier, wo er Hans beobachtet hatte, da war er sicher. Er ging ein Stück zurück. Wo waren die Säcke? Wo die Kanne und das Schlagscheit? Abel stand da und starrte in die Dunkelheit. Sie waren zu spät, Hans hatte bereits alles verschwinden lassen.

»Wir brauchen mehr Licht!«, befahl der Schultheiß.

»Auf jedem zweiten Fass steht eine Kerze«, sagte Fleckenstein.

»Gut! Schaut zwischen den Fässern und auch dahinter!«

Plötzlich war Abel, als hätte er etwas gehört. »Psst!«, sagte er und hob die Hand. Da jetzt wieder. War da jemand, oder war es nur eine Ratte? Das Geräusch kam aus der rechten Fassreihe. Abel zwängte sich zwischen zwei Fässern hindurch und leuchtete an der Gewölbemauer entlang. Ein Schaben ließ ihn herumfahren. Er sah einen Schatten zwischen den Fässern verschwinden. »Achtung, da kommt einer!«, rief Abel.

Ein Schrei gellte durch das Gewölbe. Als Abel wieder in den Gang zurückgekrochen war, sah er den Weinsticher, wie dieser den Flüchtigen am Kragen gepackt hatte und ihn gegen ein Weinfass drückte. Waldemar eilte mit dem Licht herbei und hielt es dem Mann ins Gesicht.

»Hans? Ihr!«

»Schultheiß? Gott sei Dank, ich dachte Ihr wäret Einbrecher.«

»Wir Einbrecher! Wieso?«

»Ist noch keine Stunde her, da habe ich hier einen Kerl überrascht. Ist mir leider entwischt. Es wurde nichts gestohlen, also habe ich begonnen, die Fässer zu kontrollieren, ob alles noch in Ordnung ist. Da ging die Tür auf. Dachte, der

Kerl kommt erneut zurück, diesmal mit Verstärkung. Konnte ja nicht wissen, dass Ihr …«

»Unfug«, unterbrach Abel den Kellermeister. »Was sollte jemand in Eurem Keller wollen? Und vor allem, was treibt Ihr nachts hier? Ich war das vorhin. Ich habe Euch beim Panschen überrascht.«

»Ihr wart das, Pater? Ihr scherzt!«

»Mit Verlaub, Schultheiß«, mischte sich Fleckenstein ein. »Wenn das stimmt, dann war das gegen Recht und Ordnung. Müsste da nicht der Mönch verhaftet werden?« Abel zuckte zusammen und schaute auf Waldemar. »Das klären wir später«, sagte dieser mit fester Stimme. »Jetzt suchen wir erst einmal weiter. Und Ihr, Hans, Ihr bleibt hier!«

Es dauerte nicht lange und sie wurden fündig. Der Weinsticher hatte die leeren Säcke unter einem Fass entdeckt. Waldemar griff sich einen und schaute hinein. Er schien etwas entdeckt zu haben und hielt ihn dem Weinsticher hin. Dieser wickelte den Ärmel hoch und griff hinein. Weiß gepudert kam die Hand zum Vorschein. Er führte sie zum Mund, nahm mit der Zungenspitze etwas Pulver auf und ließ es auf den Lippen zergehen. »Kalk, wenn Ihr mich fragt«, sagte er und gab Waldemar den Sack zurück.

»Wie Lothar vermutet hat«, flüsterte Abel Waldemar ins Ohr.

Am anderen Ende des Ganges fand man die Kanne und das Schlagscheit. Sie lagen in einer Bütte, versteckt unter anderem Küferwerkzeug. Im hintersten Winkel entdeckte Abel eine Holzkiste. Sie war mit zwei Steinen unterlegt, damit sie nicht auf dem feuchten Boden stand. Der Beschlag war mit einem Schloss gesichert.

»Aufschließen!«, befahl Waldemar.

»Ich kenne die Kiste nicht.« Fleckenstein zeigte dem Schultheiß die offenen Hände und trat einen Schritt zurück.

»Was ist?«, fragte Waldemar Hans.

»Ich … ich habe den Schlüssel nicht hier.«

»Aufbrechen!« Waldemar machte dem Weinsticher Platz.

»Einen Augenblick. Vielleicht habe ich doch …« Hans kramte umständlich in seiner Hose. »Hier!«

Abel nahm den Schlüssel und öffnete das Schloss. Dann klappte er den Deckel hoch und leuchtete in die Kiste. Säuberlich zwischen Stroh verstaut sah er Gerätschaften, die normalerweise in einem Weinkeller fehl am Platze waren: Eine Balkenwaage mit verschiedenen Gewichten, Messbecher und Trichter in unterschiedlichen Größen, einen Glaskolben mit Ständer und andere ihm unbekannte Dinge. »Vorsicht!«, rief Hans, als der Mönch den Inhalt der Kiste untersuchte.

»Gerätschaften wie aus einer Apotheke«, stellte Waldemar fest. Hans schwieg. Als Abel aber noch einmal das Stroh durchwühlte und ein Bündel hervorholte, ging der Kellermeister auf ihn los. »Gebt das her!«, schrie er. Doch der Benediktiner reichte das Paket an Waldemar weiter. Der wickelte das Wachstuch vorsichtig auf. Zuerst glaubte Abel, es wäre ein Buch. Aber es waren nur zwei Deckel, zusammengehalten von einem Band. Waldemar schnürte es auf. »Vorsicht!«, rief Hans, aber schon flatterten zwei Zettel zu Boden. Er stürzte sich auf diese und hob sie auf.

Abel trat näher heran. Er erkannte nur Zahlen und ihm unbekannte Zeichen. Darüber und darunter standen Anmerkungen, die teilweise wieder durchgestrichen und durch andere ersetzt waren. Nur einige Wörter konnte er entziffern. Doch diese ergaben für ihn keinen Sinn.

»Könnt Ihr etwas damit anfangen?«, fragte Waldemar den Weinsticher. Der trat neben ihn und studierte im Kerzenschein die Zettel. Es waren gut zwanzig an der Zahl. Doch der Mann schüttelte den Kopf. »Ist mir noch nie untergekommen, so etwas«, sagte er. »Und?«, fragte der Schultheiß daraufhin den Kellermeister.

»Private Aufzeichnungen, die Euch nichts angehen.«

»Private Aufzeichnungen? Hier im Keller?«
»Es hat nichts mit dieser Sache zu tun. Gebt es mir sofort zurück!«
»Das entscheidet der Amtmann!«

XIV

»Ihr wisst, dass das verboten ist?« Waldemar zeigte auf die leeren Säcke.

»Verboten, verboten«, giftete Hans. »Zeigt mir einen Keller, in dem nicht dem Wein auf die Sprünge geholfen wird.«

»Deswegen haben wir ja die Gesetze … und die Strafen.«

»Pah! Vor drei Jahren noch war Kalken erlaubt, nicht nur hier in Miltenberg. Nur weil es in Frankfurt verboten wurde, mussten wir nachziehen. Wer weiß, vielleicht ist es bald wieder erlaubt. Ich zahle meine Strafe — und das war's. Ihr könnt mich nicht einsperren.«

Hans hatte Recht. Das Kalken von Wein gehörte zu den minderen Vergehen und wurde lediglich mit einer Geldstrafe geahndet.

»Und Ihr?«, wandte sich der Schultheiß an Rupprecht Fleckenstein. »Was habt Ihr davon gewusst?« Der Angesprochene hob entrüstet die Hände. »So wahr mir Gott helfe, ich komme so gut wie nie in diesen Keller. Von all dem wusste ich nichts, ich schwöre es. Hans hat mein Vertrauen. Ich bin überzeugt, das war ein einmaliges Vergehen. Die schlechte Ernte, die wir im letzten Jahr hatten, Ihr versteht? Nur dünne saure Weine, die man uns geliefert hat. Selbstverständlich zahlen wir unsere Strafe, was immer der Rat beschließt. Aber ich darf doch um Diskretion bitten?«

»Götz hat für Euch gearbeitet. War er auch hier im Keller?«, schaltete sich Abel ein. Fleckenstein schaute ihn verwundert an.

»Götz? Meint Ihr den toten Winzer? Da müsst Ihr Hans fragen. Er stellt die Leute ein.« Fleckenstein deutete auf seinen Kellermeister. »Eigenartige Frage«, gab dieser zur Antwort. »Götz war Tagelöhner. Ja, er hat auch für uns gearbeitet. Meistens im Weinberg.«

»Aber es kam auch vor, dass er hier im Keller zu tun hatte?« Abel ließ nicht locker.

»Möglich.«

»Auch in den Tagen vor seinem Tod?«

»Was soll das, Schultheiß?«, fuhr Fleckenstein Waldemar an. »Ich verbitte mir diese Fragerei, noch dazu von einem … Pfaffen. Das hört sich ja an, als hätte mein Haus etwas mit diesem Mord zu tun.«

»Hat er in diesem Keller gearbeitet? Ja oder Nein!«

Mit einem Blick bedeutete Waldemar Abel zu schweigen.

»Es reicht, Schultheiß. Mein Kellermeister ist geständig und gibt die Sache mit dem Kalk zu. Ein einmaliger Ausrutscher, wie gesagt. Mit dem Mord hat er nichts zu tun!«

»Schluss für heute«, entschied der Schultheiß. »Wir unterhalten uns morgen früh weiter. Bei mir im Rathaus. Alle miteinander! Habt Ihr die Säcke, Weinsticher?«

»Jawohl, Herr Schultheiß. Und den Schlüssel.«

»Dann kommt!«

»Wozu genau braucht Hans den Kalk?« Abel konnte es sich denken, aber ihm war die Stille unerträglich geworden. Waldemar war nach seinen letzten Worten aus dem Keller gestürmt, so dass sie Mühe hatten, ihm zu folgen. Seitdem hatte er kein Wort mehr gesagt und auch der Weinsticher schwieg. Keine hundert Schritte mehr und man würde auseinander gehen, jeder zu sich nach Hause.

»Erklärt's Ihr ihm«, brummte auf einmal Waldemar dem Weinsticher zu.

»Hm, wie soll ich sagen?«, holte dieser im Weitergehen aus. »Es gibt gute und leider auch weniger gute Jahre. Das wisst Ihr ja. Vor allem im vergangenen gab es Weine, die einem das Hemd hinten reinziehen. Das bringt so manchen Häcker an den Rand des Ruins. Also versucht er, den Wein zu *schönen*, ihn trinkbarer zu machen. Eine Möglichkeit ist das Kalken. Es soll dem Wein die Säure nehmen.«

»Soll? Heißt das, es stimmt gar nicht?«

Der Weinsticher wiegte den Kopf. »Kommt darauf an. Wenn es gelingt, ist der Wein danach tatsächlich bekömmlicher. Und nachweisen kann man dem Winzer auch nichts mehr, wenn er rechtzeitig absticht.«

»Unser Glück, dass wir die Säcke haben«, beteiligte sich Waldemar jetzt doch an dem Gespräch.

»Fürwahr, Schultheiß, das erspart uns eine aufwändige Prozedur. Und Ihr, Pater, werdet auch froh sein.«

Und ob Abel froh war. Womit sonst hätte er das Eindringen in den Keller rechtfertigen können? Noch mehr aber freute er sich, dass der Freund die Sprache wiedergefunden hatte. Trotzdem hakte er bei dem Weinsticher noch einmal nach: »Es gelingt also nicht immer?«

»Ich würde sagen, Erfolg hat nur der, der das Kalken häufig anwendet und über einige Erfahrung verfügt. Deswegen glaube ich, dass Fleckensteins Kellermeister schon lange damit arbeitet. Geht es schief, wird der Wein pappig, manchmal sogar regelrecht salzig.«

»Aber auch, wenn es gelingt, einen guten Wein gibt es trotzdem nicht«, fuhr der Sticher fort. »Das Bukett leidet immer. Außerdem kann es zu unschönen Ausfällungen kommen. Und leicht trüb sind solche Weine allemal.«

»Also kein *vinum bonum*«, stellte Abel fest.

»Nein, kein *vinum bonum*.«

»Das heißt also, wenn er alles aufkauft, was er an Wein bekommen kann, aber fast ausschließlich guten Wein verkauft, dann muss dort im Keller noch mehr passieren, als nur das Kalken.«

»Wir haben aber nicht mehr gefunden, und noch einmal werde ich mich nicht mit Fleckenstein anlegen. Auch war es von Anfang abwegig, Hans den Mord an Götz anhängen zu wollen«, sagte der Schultheiß.

»Nicht abwegiger, als den Baumpelzer zu verdächtigen, Waldemar.« Der Freund blieb stehen und schaute Abel an.

»Warum ist er dann geflohen?«

»Weil die Kerle ihn hängen wollten. Was hättest du an seiner Stelle getan?«

Waldemar drehte sich um und ging schweigend weiter. Auf der Höhe von Lothars Haus blieb er erneut stehen und verabschiedete sich. »Warum hast du dich nicht gemeldet?«, fragte er Abel, als er ihm die Hand gab.

»Wieso sollte ich mich melden? Was wolltest du von mir?« Abel machte sich auf eine Standpauke gefasst. Der Freund hatte bestimmt von dem Besuch im Archiv erfahren.

»Wir haben etwas Interessantes bei Weihrich entdeckt.«

»Ich weiß, das Protokollbuch.« Abel hatte beschlossen, die Flucht nach vorne anzutreten.

»Protokollbuch? Was für ein Protokollbuch? Abel, du wirst immer sonderbarer. Wir haben ein Säckchen gefunden, mit genau dem Pulver, wie es Götz bei sich hatte. Ich glaube, es könnte sogar das gleiche Tuch sein. Bin mir aber nicht sicher. Der Physikus auch nicht. Schau es dir bitte einmal an, morgen früh, bei mir zu Hause. Und jetzt gute Nacht.« Damit drehte sich Waldemar um und ging.

Abel schaute ihm verdutzt hinterher. Erst als Waldemar im Dunkel verschwunden war, begriff er. Das Pulver in Götz' Schnäuztuch bei Weihrich? Das konnte nur bedeuten … Die Witwe! Sie hatte also doch von dem Pulver gewusst. Warum hatte sie ihn angelogen? Und warum ist sie damit zum Zunftmeister gegangen?

Es waren nicht nur die Kopfschmerzen, die Abel nicht schlafen ließen. Kurz hatte er Lothar noch das Wichtigste erzählt und sich dann ins Bett gelegt. Die Nacht schien nicht enden zu wollen. Stunde für Stunde zählte er die Glockenschläge. Dann war er doch eingeschlafen. Lothar hatte Mühe, ihn zu wecken. »Ich sollte dich aus dem Bett holen, egal, wie fest du schläfst«, sagte er entschuldigend.

»Ist schon gut. Wie spät ist es?«

»Sieben vorbei.«

»Ich frühstücke später«, sagte Abel und kleidete sich an. Die Kutte war gereinigt und trocken, die Stiefel standen gewichst vor dem Bett. Abel hatte es in der Nacht gar nicht bemerkt. »Marie?«, fragte er den Freund. Der nickte und ging lächelnd davon.

Bei Waldemar ließ sich Abel sofort das Säckchen zeigen. Kein Zweifel, das war das verdreckte Schnäuztuch, das er unter den Sachen des toten Winzers gefunden hatte.

»Wie kommt das in Weihrichs Haus?«

Waldemar hob die Schultern. »Ich habe alles, was dem Götz gehörte, zur Witwe bringen lassen.«

»Auch dieses Schnäuztuch?«

»Was sollte ich mit dem Zeug?«

»Du weißt, was das bedeutet?«

»Deswegen wollte ich ja deine Meinung hören.«

»Und jetzt? Fragen wir die Witwe?«

»Was mach ich mit Fleckenstein und Hans? Die werden bald kommen.«

»Lass sie warten!«

Auf der Straße packte Abel Waldemar am Ärmel. »Was meinst du, sollten wir vorher den Apotheker fragen, ob er das Pulver kennt?«

»Kein schlechter Gedanke. Vielleicht kann er ja auch etwas mit dem Gekrakel von Hans anfangen. Warte, ich hole seine Notizen.«

»Blutlaugensalz«, sagte der Apotheker, nachdem der Schultheiß das Tuch geöffnet hatte.

»Blutlaugensalz? Ihr kennt es?«

»Erst seit Mittwoch. Musste lange suchen, bis ich es fand.« Dabei deutete der Mann auf das Regal hinter sich. Dort standen neben säuberlich beschrifteten Porzellantöpfen auch einige Bücher.

»Nichts Alltägliches also«, sagte Waldemar. »Warum habt Ihr gerade nach diesem Salz gesucht?«

»Weil Weihrich wissen wollte, was es ist. Er kam zu mir, spät abends durch die Hintertür und hat mir das Säckchen unter die Nase gehalten.«

Abel und Waldemar schauten sich an. Der Zunftmeister hatte also nicht gewusst, was er in den Händen hielt. Und er wollte geheim halten, dass er es besaß.

»Hat mich zum Stillhalten vergattert«, sagte der Apotheker wie zur Bestätigung.

»Und für was braucht man das Zeug?«, wollte Abel von ihm wissen.

»Preußisch Blau«, antwortete der Mann hinter der Theke und reckte sich. »Damit werden Uniformen gefärbt — und auch Winzerkittel. Man erhält es, wenn man eine Lösung von Eisensalz mit eben diesem gelben Blutlaugensalz herstellt. Ich konnte es nachweisen, indem ich ...«

»Schon gut, schon gut«, unterbrach Waldemar den Mann. »Hat der Zunftmeister gesagt, wozu er das Salz braucht? Oder woher er es hat?«

»Nichts hat er gesagt«, zischte der Apotheker. »Nicht der kleinste Hinweis. War nur dagestanden und hat mich suchen lassen. Aber ich habe es trotzdem herausgefunden, wie gesagt, ich habe einfach ...«

»Gibt es noch eine weitere Verwendung?«, fragte Abel.

Der Mann zögerte einen Augenblick und schaute den Mönch an. »Ihr seid schlau, Pater«, sagte er dann. »Ja, es gibt noch einen weiteren Verwendungszweck. Man kann das Salz in Wasser lösen und damit wie Tinte auf Papier schreiben.

Nach dem Trocknen wird die Schrift unsichtbar. Besprüht man sie aber anschließend mit Eisenchlorid, färbt sie sich blau. Ist im Grunde der gleiche Vorgang wie beim Färben von Tuch. Aber davon habe ich Weihrich nichts gesagt. Hat mich ja nicht danach gefragt.«

»Könnt Ihr auch damit etwas anfangen?« Waldemar legte die Aufzeichnungen des Kellermeisters auf den Tisch. Der Apotheker öffnete das Päckchen und begann, sich einen Zettel nach dem anderen anzuschauen. »Üble Schrift«, sagte er. »Sieht aus, als hätte hier jemand etwas ausprobiert. Das müsste Eisen heißen, und das hier Kupfer. Und hier, das sind Mengenangaben. Sonderbar … Hoppla, hier ist auch Euer Blutlaugensalz … Keine Frage, da hat jemand versucht, Blutlaugensalz mit verschiedenen Stoffen zu mischen. Sinn sehe ich keinen dahinter. Wenn ich Näheres wüsste …«

»Vielleicht später, Apotheker. Vorerst vielen Dank für Eure Hilfe«, sagte Waldemar und nahm das Säckchen und die Zettel wieder an sich.

»Was meinst du, Waldemar, Uniformen oder Winzerkittel hat Götz bestimmt nicht färben wollen«, sagte Abel, als sie wieder auf der Straße standen.

»Und für Geheimschriften hat er es auch nicht gebraucht. Der konnte weder lesen noch schreiben.«

»Er wird so wenig wie Weihrich und wir gewusst haben, was er da vor sich hatte. Meiner Meinung nach hat er es irgendwo auf dem Hof oder im Keller Fleckensteins gefunden, als er dort gearbeitet hatte.«

Waldemar hielt den Freund fest. »Vorsicht mit Verdächtigungen, Abel«, sagte er. »Du weißt, wie nahe Fleckenstein dem Amtmann steht. Dein Einstieg in den Keller wird sowieso noch ein Nachspiel haben.«

»Immerhin, drei Leute haben das Salz gekannt: Hans, Götz und Weihrich — und zwei davon sind tot! Waldemar, das ist kein Zufall!«

»Keine eigenmächtigen Unternehmungen mehr, hörst du? Und noch etwas. Ich leite die Untersuchung, solange der Amtmann weg ist. Ist das klar?«

»Natürlich. Du bist der Schultheiß.«

»Gut. Fragen wir jetzt die Witwe, was sie wirklich weiß.«

Sie fanden Götz' Hinterbliebene zu Hause in ihrer Küche. Die Frau stand am Tisch und knetete Teig. Alles an ihr war schwarz: Das Kleid, die Haare — auch die Fingernägel leuchteten schwarz unter dem Mehl. Sie schaute kurz auf, knurrte etwas, das Abel nicht verstand, und knetete weiter. Der Mönch sah gebannt auf ihre Unterarme. Das waren Männerarme, muskulös wie die eines Schmiedes. Warum ließ sich so eine Frau von ihrem Mann verprügeln?

»Was wisst Ihr über das gelbe Pulver im Schnäuztuch Eures Mannes«, begann Waldemar.

»Ich wees nix. Hot mer nie viel erzählt, mein Mo.«

»Sind Euch die Kleider Eures Mannes nicht übergeben worden?«

»Scho.«

»Auch, was der Tote in seiner Tasche hatte? Kreide, die Kreuzer, das Schnäuztuch?«

Die Witwe hieb auf den Teig ein.

»Ihr habt das Pulver also entdeckt?«

»Wollt sei Sache wäsche. Do isses mir in die Händ gfalle.«

»Warum habt Ihr mich angelogen, am Dienstag, als ich Euch danach fragte?«

»Do wor doch noch alles beim Herrn Physikus!«

Abel schaute Waldemar an. Dieser nickte.

»Ihr hofftet, dass es Euch künftig wieder besser geht. Warum? War es das Pulver?«

Die Frau schwieg.

Abel sah ein Flackern in ihren Augen.

»Ihr habt das Pulver zu Weihrich gebracht. Warum?«, versuchte er es auf direktem Weg. Nur auf harmlose Fragen, davon war er überzeugt, würde die Frau weiterhin ausweichend antworten. Waldemar schaute ihn zornig an.

»Woher wisst Ihr des?« Die Witwe hatte aufgehört zu kneten und schaute Abel an. »Wir wissen noch mehr«, antwortete dieser freundlich. »Ihr solltet uns die Wahrheit sagen, ist besser für Euch.«

Die Frau schaute unschlüssig auf den Schultheiß. Dieser nickte nur und schwieg.

»Is jetzt ungefähr ee Wuche her, do iss er hemm kumme, mein Mo, und hot mir des Pulver gezeicht. Elsbeth, hot er gemeent, Elsbeth, damit kriech ich mein Wengert widder. Abber du hältst's Maul!«

»War das alles?«, fragte Waldemar.

Die Frau nickte.

»Und woher das Pulver stammte, hat er nicht gesagt?«

Wieder schüttelte die Frau nur den Kopf. Abel sah Tränen in ihren Augen. Er legte die Hand auf ihre Schulter und fragte sanft: »Er hat an diesem Tag bei Fleckenstein gearbeitet. Stimmt's?«

Die Frau schniefte und nickte.

»Und weil Ihr nicht wusstet, was Ihr nach seinem Tod mit dem Säckchen anfangen solltet, seid Ihr damit zu Weihrich gegangen!«, stieß Abel nach.

»Wolltet von ihm wissen, was das gelbe Zeug mit Eurem Weinberg zu tun hatte.«

Die Witwe nickte und begann zu schluchzen.

»Und Weihrich? Konnte er Euch weiterhelfen?«

Die Frau schüttelte den Kopf. »Gelacht hot er un mir des Pulver aus der Händ gerisse.« Die Witwe drehte sich um, hob ihre Schürze und vergrub das Gesicht in dem schmutzigen Tuch.

Waldemar zupfte Abel an der Kutte und bedeutete ihm zu folgen. »Die weiß wirklich nicht mehr«, sagte er, als sie draußen auf der Gasse standen. Dann schaute er Abel an. »Sieht aus, als hättest du Recht.« Zeit, dass ich mir den Kellermeister noch einmal vornehme. Wäre mir lieb, Abel, wenn du dich dabei etwas im Hintergrund halten würdest.«

Im Rathaus warteten bereits Fleckenstein und Hans. Der Schultheiß holte sich zunächst den Kellermeister ins Zimmer. Der Händler musste draußen warten.

»Ihr bleibt also bei Eurer Behauptung, Ihr hättet Pater Abel für einen Einbrecher gehalten?«, eröffnete der Schultheiß das Verhör.

»Wie ich schon sagte, im Dunkeln und ohne Kutte, wie sollte ich da wissen, wen ich vor mir habe?«

»Er sagt, er wäre Euch zuvor gefolgt, Euch und noch einem Mann, vom Schiff aus.«

»Das ist gelogen.«

»Und woher stammt der Kalk?«

»Jedenfalls nicht vom Schiff.«

»So, so. Und wenn wir wissen, wer der zweite Mann war?«

Abel freute sich. Waldemar hatte schnell gelernt. Hans schluckte, doch dann fasste er sich wieder. »Ihr wisst nichts, Schultheiß. Gar nichts wisst Ihr. Das habt Ihr nur so daher gesagt.«

»Meint Ihr wirklich, die Schiffsleute würden mich anlügen?«

Hans schwieg.

Waldemar griff in seinen Rock und holte die Aufzeichnungen des Kellermeisters und das Schnäuztuch mit dem Pulver hervor. »Wir wissen auch von dem Blutlaugensalz«, sagte er mit Blick auf die Papiere.

»Blutlaugen… was?« Der Kellermeister wurde bleich.

»Schaut mal da hinein!«, forderte Waldemar Hans auf und schob das Päckchen über den Tisch.

Hans rührte sich nicht.

»Los, wird's bald!«, Waldemar wurde lauter.

Hans kam näher und knotete mit zittrigen Fingern das Schnäuztuch auf.

»Kenn ich nicht«, sagte er nach einem flüchtigen Blick.

»Wirklich? Ihr habt's doch bei Euch im Keller eingesetzt.«

»Woher … woher wisst Ihr?«

Waldemar winkte ab. »Der Weinsticher hat Euch schon lange im Auge.«

»Wie … lange?«, stotterte Hans.

»Weinsticher!« Waldemar sah den Mann an und hob die Augenbrauen.

»Äh … lange genug. War mir von Anfang an klar, dass es das Kalken allein nicht sein kann. Bis … ja, bis ich dann … äh …«

»Das genügt, Weinsticher. Also, wie wär's mit einem Geständnis?« Der Schultheiß hatte sich zurückgelehnt und verteilte scheinbar gedankenverloren mit dem Zeigefinger das Salz auf dem Tisch. »Würde sich mildernd auswirken«, schob er nach.

Der Schreiber musste sich sputen. Hans redete wie ein Wasserfall. Er habe Fleckenstein in Frankfurt kennengelernt, als er von einem Bekannten auf das Miltenberger Messschiff eingeladen worden sei. Er sei damals ohne Arbeit und hoch verschuldet gewesen. Als Student der Medizin habe er eine Vorliebe für chemische Experimente entwickelt. Zu seinen Lieblingsversuchen habe es gezählt, Weine mit allerlei Geschmacksrichtungen herzustellen. Diese Weine seien bei den studentischen Festen beliebt gewesen. Eines Tages habe er versucht, Mandelgeschmack im Wein zu erzeugen. Ihm sei bekannt gewesen, dass Blutlaugensalz zwar geruchlos war, in Lösung aber Mandelduft freisetze. Was er damals nicht gewusst habe, war, dass aus dem Mittel nach einiger Zeit Blausäure entstehe. Ein Kommilitone wäre fast daran gestorben. Man habe ihn für dieses Experiment umgehend von der Universität gewiesen. Damals habe er schon beobachtet, dass mit Blutlaugensalz behandelter Wein besser schmecke als das Ausgangsgetränk. Der Wein sei runder und stünde viel klarer im Glas.

Das alles habe er Fleckenstein erzählt. Sie hätten viel getrunken an diesem Abend und Rupprecht habe ihn danach noch zweimal aufgesucht. Jedes Mal habe er das Gleiche erzählen müssen. Dann habe dieser ihm den Vorschlag gemacht, seine Schulden zu übernehmen, wenn er mit ihm nach Miltenberg kommen und für ihn arbeiten wolle.

Hier in Miltenberg habe ihm alles zur Verfügung gestanden, was er brauchte, um herauszufinden, mit wie viel Blutlaugensalz er arbeiten müsse, um einen schönen, klaren Wein mit harmonischem Geschmack entstehen zu lassen, der trotzdem nicht die Gesundheit gefährde. Auf Letzteres habe er besonders großen Wert gelegt, betonte er. Es habe deswegen auch viele gescheiterte Versuche gegeben. Der Durchbruch sei erst durch Zufall gelungen, als er vor dem Schönen mit Blutlaugensalz den Wein kalkte. Er habe auch festgestellt, dass es vor allem das Eisen sei, das sich aus den Zugschrauben der Fasstürchen und den Eisendübeln löse und für die Trübungen im Wein verantwortlich sei. Auch Traubenmühlen und Pressen würden von Eisen zusammengehalten, das durch die Weinsäure gelöst werde. Bei Frostweinen sei die Blauschönung, wie er den Vorgang nannte, besonders wirksam, weil sie sowohl den Frostgeschmack als auch die fuchsige Farbe verschwinden lasse.

Die ganze Zeit über hatte sich Abel, wie gefordert, im Hintergrund gehalten. Stumm war er hinter Hans gestanden und hatte dessen Ausführungen gelauscht. Wann würde Waldemar die entscheidende Frage stellen?

»Rupprecht Fleckenstein wusste also, was in seinem Keller vor sich ging?«, fragte Waldemar.

»Es war seine Idee!«

»Er behauptet, er sei so gut wie nie im Keller gewesen.«

»Stimmt. Er hat sich nie die Hände schmutzig gemacht. Aber er wusste über alles Bescheid.«

»Wer wusste noch davon?«

»Endlich«, flüsterte Abel.

»Niemand.«

»Wirklich niemand? Und die Männer, die Euch bei der Arbeit geholfen haben?«

»Habe im Keller immer nur mit Tagelöhnern gearbeitet, und nie mit den gleichen. Da hat keiner etwas gemerkt. Die entscheidenden Dinge habe ich sowieso alleine gemacht.«

»Woher hatte dann Götz das Blutlaugensalz?«

»Götz? Von ihm habt Ihr das also?«

Abel war überrascht. Das Erstaunen des Kellermeisters klang ehrlich. Sollte er sich getäuscht haben?

»Ja, durch den Winzer sind wir auf Euch gekommen«, klärte Waldemar Hans auf.

»Das kann nicht sein. Rupprecht hat mir immer nur soviel Salz zur Verfügung gestellt, wie ich gerade brauchte. Ich habe es immer selbst unter den Wein gerührt. Da ist nie etwas in falsche Hände geraten.«

»Vielleicht habt Ihr es nur nicht bemerkt?«

»Das Salz wird immer nur einmal eingesetzt, im Frühjahr, einige Tage nach dem Kalken. In der nächsten Woche wäre es erst wieder soweit gewesen. Nein, von mir kann es nicht stammen. Und im letzten Jahr hat er sowieso nicht bei mir gearbeitet. Götz war ja erst seit kurzem Tagelöhner.«

»Vielleicht hat er sich im Lager bedient?«

Hans schüttelte den Kopf. »Rupprecht hält das Salz ständig unter Verschluss.«

»Auch jetzt?«

»Er muss welches haben. Ich wollte es, wie gesagt, in der nächsten Woche einsetzen.«

»Wo hält er es versteckt?«

Hans hob die Schulter. »Bei Gott und allen Heiligen, Schultheiß, ich weiß es nicht.«

»Und es wusste wirklich kein anderer von diesem Salz? Die Witwe Götz sagte aus, Ihr Mann hätte es von seiner Arbeit bei Euch nach Hause gebracht.« Abel konnte sich nicht länger zurückhalten.

»Von mir hat er es nicht. Ich sagte doch schon, dass ich das Salz nur einmal im Jahr gebrauche und es heuer erst kommende Woche einsetzen wollte.«

»Wo wart Ihr eigentlich am Montagabend?«

»Wieso fragt Ihr?«

»Überlegt genau, was Ihr sagt!«

»Spätestens wenn es dunkel wird, bin ich zu Hause. Es sei denn, ich habe im Keller zu tun …«

»Und wo wart Ihr vorgestern Abend?«

»Donnerstag? Augenblick, soll das heißen …«

Der Kellermeister fuhr hoch und schrie Waldemar an: »Schultheiß, habt Ihr das gehört? Muss ich mir das gefallen lassen, dass mir der Pfaffe zwei Morde anhängen will? Ich habe Wein geschönt, etwas außerhalb von Recht und Gesetz, gut. Aber ich habe niemanden umgebracht, hört Ihr!«

»Waldemar, könnte ich dich sprechen? Unter vier Augen!«

Abel beachtete Hans nicht. Der Schultheiß schaute den Freund unwillig an, stand aber dann doch auf und ging mit ihm zum Fenster. »Was soll das?«, zischte er, als sich Abel neben ihn stellte.

»Lass Hans laufen. Fleckenstein ist unser Mann!«

»Was fällt dir ein, Abel. Er hat gestanden.«

»Die Weinpanscherei, ja. Aber er ist kein Mörder.«

Der Schultheiß atmete tief durch. »Abel, die Morde sind Sache des Amtmannes. Sobald er aus Mainz zurück ist …«

»Hör zu, Waldemar, bei beiden Toten ist das Salz gefunden worden. Es konnte nur von Hans oder Rupprecht stammen.

Schau dir den Kellermeister an, der hat keine Ahnung. Nimm dir Rupprecht vor, jetzt gleich! Bitte!«

»Jetzt ist also Fleckenstein der Mörder. Sag mal, Abel, wen willst du mir noch als Täter anbieten?«

»Waldemar, diesmal bin ich mir sicher. Götz hat bei Fleckenstein das Salz entdeckt, glaub mir. Er hat ihn zu erpressen versucht. Du weißt ja, was die Witwe von dem Weinberg gesagt hatte, dass Götz ihn wieder zurückbekomme, oder so ähnlich. Womöglich hat er gewusst oder zumindest geahnt …«

»Oder, oder, oder. Abel, der Amtmann zerreißt mich in der Luft, wenn er nach Hause kommt und sein Freund sitzt im Gefängnis.« Waldemar schaute zum Fenster hinaus.

»Hol Fleckenstein herein«, bat Abel erneut. »Du musst ihn sowieso verhören. Hans hat ihn beschuldigt. Dann bringst du wie beiläufig das Gespräch auf die Morde. Frage ihn nach seinem Alibi für die beiden Tage. Mal sehen, wie er sich verhält.«

»In Gottes Namen, ein letztes Mal«, seufzte Waldemar und gab dem Schreiber ein Zeichen.

Doch als der Mann die Tür öffnete, war der Weinhändler verschwunden.

XV

»Los, ihm nach!«, rief Abel, rannte aus dem Raum und suchte die Treppe, die hinaus auf die Straße führte. Der Händler hatte gelauscht, davon war der Mönch überzeugt. Und Fleckenstein musste jetzt verhindern, dass seine Mittäterschaft nachgewiesen werden konnte. Er würde wichtige Spuren vernichten.

Nachdem Hans seinen Herrn beschuldigt hatte, die treibende Kraft beim Panschen gewesen zu sein, war Abel die Bedeutung des gelben Salzes schlagartig bewusst. Innerhalb weniger Jahre war Rupprecht Fleckenstein zum reichsten Bürger der Stadt aufgestiegen, hatte sich die Freundschaft des Amtmannes erworben, war neuerdings Magistrat und sicherlich bald auch Schultheiß von Miltenberg. Und all das gründete auf Betrug, der aufzufliegen gedroht hatte, weil Götz und Weihrich von eben diesem Salz wussten. Möglicherweise hatten die beiden ihn erpresst. Fleckenstein war der Mann, der von dem Tod der beiden profitierte. Nur wenn es gelang, ihn der Panscherei zu überführen, konnte man ihm auch nachweisen, warum er die beiden ermordet hatte.

Abel schaute sich um, ob Waldemar und der Weinsticher folgten — und prallte unten an der Treppe gegen einen Mann. Sofort tat die Kopfwunde wieder weh. Er wollte den Kerl zurechtweisen. Doch als der Mönch ein kleines Mädchen bei ihm sah, sagte er nur: »Mann, passt auf, wo Ihr hintretet!«

»Wollte nur zum Schultheiß.«

»Keine Zeit«, knurrte Waldemar, der nachgekommen war. »Kommt später wieder.« Dann schob er Abel weiter und gab auch dem Weinsticher ein Zeichen, ihm zu folgen. »Eine Malefizperson sondergleichen, dieser Bender«, sagte Waldemar, nachdem sie auf der Straße standen. »Hat wohl wieder Streit mit seinen Nachbarn.«

In der Frühe waren erneut Pilger angekommen und Waldemar hatte Mühe, sich neben Abel zu halten. »Wenn wir nichts finden, Abel, dann bin ich die längste Zeit Schultheiß gewesen … Und aus deiner Niederlassung wird endgültig nichts.«

»Wir werden etwas finden, verlass dich darauf. Nicht umsonst ist Fleckenstein so schnell verschwunden.«

»Und wenn du dich doch täuschst?«

Abel schaute den Freund von der Seite an. »Haben wir eine Wahl?«, fragte er. »Wenn wir ihm jetzt die Zeit lassen, belastendes Material verschwinden zu lassen, haben wir nur die Angaben von Hans. Streitet Rupprecht weiterhin alles ab, steht Aussage gegen Aussage. Der Amtmann wird dann schon dafür sorgen, dass seinem Freund nichts passiert. Willst du das wirklich?«

»Wir müssten bei ihm ja nur das verflixte Salz finden, dann hätten wir ihn.«

»Genau!«

Dann war kein Durchkommen mehr. Singend schob sich die Prozession der Pilger durch die Hauptstraße und folgte den Fahnenträgern Richtung Marktplatz. Waldemar zog Abel und den Weinsticher in ein Seitengässchen. Sie eilten zum Main hinunter. Der Pfad außerhalb der Stadtmauer, am Fluss entlang, war zwar ein Umweg. Aber sie kamen hier trotzdem schneller voran, als wenn sie sich durch die Pilger drängelten. Zwei Tore weiter kehrten sie wieder in die Stadt zurück und schwenkten in die Tränkgasse ein.

»Versuchen wir's erst über den Hof«, schlug Abel vor und

eilte auf das Tor von Fleckensteins Anwesen zu. Diesmal war es offen. Männer waren dabei, Wellen auf eine Karre zu laden. Ein Knecht trat aus dem Stall und winkte der Magd am Waschbottich zu. Waldemar hielt einen der Männer mit den Reisigbündeln an und fragte nach dessen Herrn. »Bei de Ärbet«, sagte dieser und deutete auf den rückwärtigen Hauseingang. Abel musste sich beherrschen, um nicht hineinzustürmen. Die Leute sollten nicht zu früh aufmerksam werden. An der Tür angekommen, ließ er Waldemar sogar den Vortritt. Dieser trat ein, ohne anzuklopfen, blieb aber gleich hinter der Tür stehen. Abel spähte ihm über die Schulter. Sie standen in einem Raum, der noch größer war als Lothars Kontor. Die den Fenstern gegenüberliegende Wand schloss mit Schränken für die Geschäftsbücher ab, doch waren diese zum Teil entleert. Viele der Bücher lagen verstreut auf dem Boden. Der Schreibtisch war mit Papieren übersät. Frei im Raum stand ein Kanonenofen, dessen Abzugsrohr unter der Decke zur Wand führte. Vor diesem Ofen, der angeschürt war, stand Rupprecht Fleckenstein. Er blätterte in einem Geschäftsbuch, riss einige Seiten heraus und stopfte sie ins Feuerloch.

»Ich sehe, Ihr friert«, sagte Waldemar.

»Was geht's Euch an«, antwortete Fleckenstein, ohne aufzusehen, riss weitere Seiten aus dem Buch und steckte sie in den Ofen.

»Aufhören! Sofort!«, rief Abel und drängte an Waldemar vorbei. Er musste aufpassen, wohin er trat — rings um den Ofen lagen Bücher auf dem Boden. Er stieß Fleckenstein zur Seite, schob den Ärmel der Kutte zurück und griff ins Ofenloch. »Was fällt Euch ein?«, rief der Händler. »Schultheiß, was soll das, warum greift Ihr nicht ein?«

Abel hörte nicht hin. Er fischte eine Hand voll Papier heraus, ließ es zu Boden fallen und trat das Feuer aus. Noch einmal griff er hinein, dann schlugen die Flammen aus dem Ofenloch. Abel warf die Klappe zu und bückte sich nach den angekohlten Zetteln. »Mal sehen, was der Herr verschwinden lassen wollte.«

»Finger weg, Pfaffe!« Fleckenstein packte den Mönch an der Kutte und riss ihn zurück.

»Fleckenstein, lasst los!«, rief Waldemar. »Ihr werdet verdächtigt, gegen das Weingesetz der Stadt Miltenberg verstoßen zu haben.«

»Eine unverschämte Lüge. Ich habe es schon gestern Nacht gesagt, ich weiß von nichts. Hans hat mich genauso hintergangen wie Euch!«

»Um das zu klären, sind wir hier.« Waldemar drehte sich um. »Weinsticher, die Leute dort draußen sollen aufhören zu arbeiten. Schickt sie weg und schließt das Tor. Niemand geht hier rein oder raus ohne meine Erlaubnis. Dann schaut Euch draußen um. Ihr wisst, was wir suchen. Wir fangen hier an.«

Fleckenstein tobte. »Das wird ein Nachspiel haben, Schultheiß! Sobald Horn wieder hier ist ...«

»Ein merkwürdiger Geschäftspartner für einen Weinhändler.« Abel reichte Waldemar eines der angekohlten Papiere. »Heinrich Mahler, Berlin, Aufstellung für Bleich- und Färbemittel«, las der Schultheiß vor.

»Das kann Euch gleich sein!«, blaffte Fleckenstein.

»Solange es legal ist, ja.«

Abel hatte inzwischen weitere Zettel durchgesehen. Sie mussten aus den Büchern stammen, die jetzt auf dem Boden lagen. Zumindest auf Anhieb sah er nichts Verdächtiges. Es waren Rechnungen, Listen von Weinankäufen und Geschäfts-Korrespondenzen — darunter ein weiterer Brief an das Berliner Handelshaus. Aber auch dieser war stark verbrannt und ließ beim ersten Überfliegen nichts Auffälliges erkennen. Abel hob auch die restlichen Seiten auf und legte sie zu den Papieren auf dem Schreibtisch. »Wirst alles genau durchsehen müssen«, sagte er zu Waldemar.

Abel musterte Fleckensteins Kontor. In einer der beiden Fensternischen befand sich der steinerne Urban, von dem Lothar ihm erzählt hatte. Das war wirklich ein schönes Stück: Lebensgroß, im ortsüblichen roten Buntsandstein, leicht voranschreitend stand die Figur auf einem eineinhalb Spannen hohen Sockel. Das bartlose Gesicht mit den nach oben blickenden Augen und der kühnen Nase, der Faltenwurf des Gewandes, das alles war so erhaben und fein von Meisterhand gearbeitet. Mit der linken Hand hielt der Heilige einen Traubenstock umfasst, unter den rechten Arm hatte er eine Bibel geklemmt. Tiara und Papstmantel wiesen ihn eindeutig nicht als den Patron der Winzer aus. Abel verstand, warum Fleckenstein den Heiligen trotzdem behalten wollte. Bestimmt konnte Waldemar ihm sagen, wer der Künstler war. Die Abtei hätte Verwendung für ihn, wenn die Arbeiten am Konventbau erst einmal begonnen hatten.

Doch wo könnte das Salz versteckt sein? Wie Hans berichtet hatte, brauchte man davon nur einige Lot auf ein Fuder Wein. Abel überschlug die Anzahl der Fässer, die er in Fleckensteins Keller gesehen hatte. Selbst wenn Hans jedes einzelne Fass behandeln wollte, mehr als zwei, drei Maß von dem Salz würde er nicht brauchen. Das heißt, die Menge, die der Kellermeister für das Schönen eines Jahrganges benötigte, war nicht größer als ein Bündel, das ein Handwerkerbursche auf der Walz an seinem Wanderstab trug. So etwas ließ sich überall verstecken.

Abel nahm sich zuerst den Schreibtisch vor, riss die Schubladen auf und klopfte die Tischplatte ab. Kein Geheimfach. Waldemar begann, in den noch in den Schränken verbliebenen Geschäftsbüchern zu suchen. Die ersten Bücher stellte er noch ordentlich zurück. Das eine oder andere schlug er sogar auf und blätterte darin. Doch je länger er suchte, umso fahriger griff er nach ihnen. Bald legte er sie wahllos aufs Bord oder ließ sie sogar zu Boden fallen. Jedes Gefäß drehte er um, ja sogar die leeren Flaschen schüttelte er, die da und dort zwischen den Büchern standen. Nichts! Nach dem Schreibtisch durchsuchte Abel die Ecken, hob den Läufer an und klopfte die Dielen nach einem Hohlraum ab. Auch hier nichts.

Fleckenstein sprang zwischen dem Mönch und dem Schultheiß hin und her, bückte sich nach den Büchern, stellte sie zurück und schob die Schubladen wieder zu. »Was sucht Ihr eigentlich?«, schrie er wiederholt. »Ist Euch klar, was das für meinen Ruf bedeutet? Wer kommt mir für den Schaden auf?« Doch weder der Schultheiß noch der Mönch gaben ihm Antwort.

Abel durchwühlte eine Truhe unter dem Fenster. Umsonst. Vielleicht die Wände? Sie waren bis auf Hüfthöhe mit Holz verkleidet. Sollten sie die Schalung herunterreißen lassen? Nein, Fleckenstein musste das Salz ja ohne auffälliges Umbauen verstecken und ohne großen Aufwand auch wieder hervorholen können. Das hieß, das Versteck musste zwar sicher, aber auch halbwegs bequem zugänglich sein. Trotzdem tastete Abel die Bretter ab. Jedes einzelne nahm er sich vor.

»Ich schau mal nach dem Weinsticher«, sagte Waldemar mit der Miene eines Bestatters und verließ den Raum.

Abel war mit Fleckenstein alleine. Er bemühte sich, von dem Mann keine Notiz zu nehmen und suchte weiter. Endlich kam Waldemar zurück. Abel sah ihm an, dass auch der Weinsticher nicht fündig geworden war. Der Freund warf sich in den Besuchersessel. »Wir brauchen mehr Leute, sonst suchen wir noch morgen. Es sei denn«, und hierbei schaute er Fleckenstein an, »es sei denn, Ihr verratet uns, wo Ihr das Blutlaugensalz versteckt haltet.«

»Blutlaugen… was?« fragte dieser mit der gleichen Ahnungslosigkeit, wie es sein Kellermeister getan hatte.

»Lassen wir das Spielchen«, entgegnete der Schultheiß. »Wir wissen von dem Salz. Hans gab zu Protokoll, dass er es immer nur von Euch erhalten hat. Wo habt Ihr es versteckt?«

»Alles gelogen. Jedes Wort«, entrüstete sich der Weinhändler. »Wird Zeit, dass der Amtmann zurückkommt und dem Spuk ein Ende bereitet.«

In Waldemars Gesicht zuckte es. »Aber vorher lasse ich den Hof niederreißen, wenn Ihr weiter schweigt«, sagte er tapfer.

»Ich warne Euch, Schultheiß! Ein letztes Mal, ich war selbst davon überrascht, was in meinem Keller vorging. Ich weiß nicht, was Hans dort getrieben hat, und ich kenne auch kein Blutsalz, oder wie das Zeug heißt.«

In diesem Augenblick flog die Tür auf und der Weinsticher trat ein. Er trug einen Sack über der Schulter, der genauso aussah wie diejenigen, die man im Keller gefunden hatte. »Kalk«, sagte er. »Fünf Säcke, unterm Stroh versteckt.« Dabei beugte er sich nach vorne und warf die Last Waldemar zu Füßen. Der Boden bebte, als der Sack auf die Diele krachte, und eine Wolke aus Kalkstaub hüllte die Männer ein.

Abel wedelte mit den Händen vor dem Gesicht und unterdrückte den Husten. Dann trat er einen Schritt zurück und klopfte den Staub von der Kutte. »Dieser Auftritt war unnötig«, sagte er und schaute den Weinsticher von unten her an. Plötzlich stutzte er. Wie Puder hatte sich der Kalk auch um den Fuß des Sandsteinsockels gelegt. Doch an einer Stelle schimmerte es gelblich hervor. Abel ging in die Knie und betrachtete den Boden näher. Er beugte sich noch tiefer und blies den Staub vorsichtig weg. Er hatte sich nicht getäuscht. Was da vor ihm lag, sah aus wie das gesuchte gelbe Salz. Es waren nur wenige Körner, aber genug, dass sie ihm aufgefallen waren. Wieso hatte er sie nicht gesehen, als er den Boden nach einem Versteck abgesucht hatte? Abel erhob sich und schaute an der Sandsteinfigur vorbei auf Fleckenstein. Bewegungslos stand dieser in der Fensternische und beobachtete den Mönch. Die Pupillen in seinen Augen zuckten.

»Hier!«, sagte Abel zu Waldemar und deutete auf den Boden.

»Woher?«

Abel hob die Schultern. Er streckte die Hand aus und berührte die Figur. Langsam glitten seine Finger über die Falten des Mantels nach oben. Fleckenstein kam aus seiner Nische, stellte sich neben Abel und griff nach dessen Hand.

»Die rührt Ihr nicht an!«, bellte er.

»Was soll das?«

»Hände weg!«, befahl der Schultheiß. »Oder soll ich Gewalt anwenden lassen?« Dabei winkte er den Weinsticher zu sich. Fleckenstein murrte und ließ Abels Hand los. Der Mönch fühlte weiter, tastete über den Rücken des Heiligen und griff in die Vertiefung zwischen Mantelkragen und Hals. Da war was! Deutlich fühlte er etwas Grieseliges. Er drückte seinen Zeigefinger darauf, drehte ihn um und schaute ihn an. Gelbe Kristalle hatten sich in die Fingerkuppe eingegraben. Abel blickte hinauf zur Decke. Diese war in Holz gearbeitet und in zahlreiche, gleichgroße Kassetten unterteilt. »Scheint von der Decke gefallen sein«, sagte er zu Waldemar. Er holte den Stuhl, der am Schreibtisch stand, und stieg hinauf, um zu prüfen, wie viel Salz sich hinter dem Kragen angesammelt hatte. Als er sich mit der Hand an der Tiara abstützte, gab der Kopf plötzlich nach. Vor Schreck wäre Abel fast vom Stuhl gefallen.

»Um Gottes Willen!«, rief der Schultheiß.

Das hatte Abel nicht gewollt. Die schöne Figur wollte er nicht zerstören. Doch dann hielt er inne. So fest hatte er doch gar nicht gedrückt, dass der Hals brechen konnte! Er betrachtete die Figur. Wenn man nicht wusste, wie der Kopf zuvor auf der Statue gesessen war, fiel gar nicht auf, dass er jetzt etwas schräg stand. Abel nahm ihn in beide Hände und versuchte ihn zu richten. Da schnappte er zurück und saß wieder fest.

Jetzt hatte Abel begriffen. Er packte noch einmal zu und bewegte den Kopf hin und her. Dann hob er ihn an. Leise knirschend löste er sich vom Rumpf. Abel stieg herunter, legte ihn auf den Schreibtisch und betrachtete ihn näher. Der Hals ging in einen kreisrunden Stumpf über, der sich wie der Verschluss einer Flasche auf die Figur des Heiligen aufsetzen ließ. Das war exzellente Steinmetzarbeit.

»Was haben wir denn da?«, hörten sie den Weinsticher rufen. Die Freunde fuhren herum und sahen, wie dieser bei der Steinfigur stand und aus der Öffnung des Halses ein Leinensäckchen hervorzog. Dabei fielen weitere Salzkörner zu Boden. Er reichte das Säckchen dem Schultheiß. Dieser warf einen Blick auf den Inhalt und gab es an Abel weiter. »Gratuliere!«, sagte er.

Abel griff hinein und holte eine Handvoll Blutlaugensalz heraus. Ein Lächeln huschte über sein Gesicht. »Wusste ich's doch«, flüsterte er und hielt Fleckenstein das Pulver hin. »Euer Haus, Euer Kontor, Eure Statue. Und Ihr habt von all dem nichts gewusst?« Bleich stand der Mann vor ihm. Doch statt einer Antwort stieß er den Mönch zur Seite, gab auch dem Schultheiß einen Puff in die Rippen und hastete zur Tür.

»Ihm nach!«, schrie Waldemar den Weinsticher an. Aber dieser war bereits losgestürmt.

Abel und Waldemar eilten hinterher. Fleckenstein rannte über den Hof und rüttelte am Tor. Als Waldemar dies sah, verlangsamte er seine Schritte und hielt auch den Freund zurück. »Nicht nötig, Abel. Habe ja alles abschließen lassen.«

Inzwischen hatte der Weinsticher Fleckenstein erreicht. Er packte ihn am Kragen und führte ihn zurück. Am Tor klopfte es und ein Mann rief nach dem Schultheiß. Dieser gab dem Weinsticher ein Zeichen, sich darum zu kümmern, übernahm den Händler und schob ihn zurück in das Kontor.

»Also, jetzt heraus mit der Sprache!«, befahl er.

»Kann ich mich setzen?« Fleckenstein zitterte am ganzen

Körper. Mit unsicheren Schritten ging er auf den Sessel zu. Er setzte sich auf die Kante, stützte das Kinn in beide Hände und schwieg. Dann holte er tief Luft und begann zu reden.

Ja, sein Kellermeister habe die Wahrheit gesagt. Es stimme, dass er diesen von Frankfurt hierher gebracht habe. Auch habe er ihn beauftragt, neue Wege zum Schönen von Wein zu suchen. Ruhig und leise gab Fleckenstein Auskunft. Nur einmal wurde er laut, als der Schultheiß ihm vorwarf, allzu sorglos das Gesetz gebrochen zu haben. »Ihr elenden Philister«, schrie der Händler. »Ihr blutleeren Amtsbüttel. Behindert nur den Fortschritt. Schon die Römer, ach was, bereits im alten Ägypten hat man versucht, Wein zu verbessern. Mit ihren Rezepturen und dem, was später noch erfunden wurde, kann man ganze Bücher füllen. Und niemandem hat es geschadet. — Wisst Ihr, was alles im Bier ist? Nichts wisst Ihr, und es ist auch besser so. — Aber beim Wein, da soll alles von der Rebe weg natürlich sein. Nichts darf geschehen, was aus einem sauren Gesöff ein halbwegs vernünftiges Getränk machen könnte. Reine Willkür. Gebt mir eine Geldstrafe. Sperrt mich ein, meinetwegen. Ihr werdet den Fortschritt nicht aufhalten.«

Fleckenstein hatte sich wieder erholt. Aber er war rot im Gesicht und an den Lippen bildeten sich Schaumbläschen. »Da!«, schrie er, sprang auf, griff in die Höhlung der Figur, holte ein weiteres Säckchen hervor und warf es dem Schultheiß an die Brust. »Konfisziert sie, die größte Erfindung im Weinbau, seit Gott die Welt erschaffen hat!«

»Lasst den Schöpfer aus dem Spiel!«, unterbrach Abel den Händler. »Es geht nicht nur um Panscherei, es geht auch um Mord!«

Fleckenstein stand da, mit offenem Mund, und starrte den Mönch an. »Mord? Was redet Ihr da?«

»Götz wusste von dem Salz und hat Euch damit erpresst. Deshalb musste er sterben.«

»Ihr habt den Verstand verloren, Pfaffe. Habe den Kerl nie gesehen, wusste nicht einmal, dass er für mich gearbeitet hat.«

»Wo wart Ihr am Montagabend zwischen der *Komplet* und Mitternacht?«

»Wo ich wann war? Ha, Schultheiß, muss ich mir diese Fragerei gefallen lassen?«

»Antwortet!«

Abel schickte einen dankbaren Blick hinüber zu Waldemar, dann wandte er sich wieder Fleckenstein zu. »Also, wo seid Ihr in der fraglichen Zeit gewesen?«

Fleckenstein schluckte. »Wann, sagtet Ihr? Am Montagabend? Im Riesen, bei Weihrich, zu Hause im Bett, was weiß ich.«

»Denkt nach. Vielleicht fällt Euch auch ein, wo Ihr Euch vorgestern Abend aufgehalten habt, während des Gewitters.«

»Vorgestern? Gewitter? Was soll das? Beschuldigt Ihr mich jetzt auch noch des Mordes an Weihrich?«

»Wo seid Ihr gewesen?«

»Zu Hause. An beiden Abenden.«

Die Tür ging auf und der Weinsticher trat ein, hinter ihm der Schreiber aus dem Rathaus. Dieser näherte sich dem Schultheiß und räusperte sich.

»Was gibt's?«

Der Schreiber neigte den Kopf und flüsterte seinem Herrn etwas ins Ohr.

»Was? Schon wieder dieser Kerl?« Waldemar fuhr herum und schaute zur Tür. Dort stand der Mann, den Abel von der Rathaustreppe gestoßen hatte. Neben ihm war auch das Mädchen. »Hab ich nicht gesagt, das Tor bleibt zu?«, bellte Waldemar. Wieder flüsterte der Schreiber etwas. Abel bemerkte, wie dem Freund der Ärger aus dem Gesicht wich und er staunend zur Tür blickte. »Stimmt das?«, fragte er den Mann.

»Herr Schultheiß, ich hab's für mei Pflicht gehalde, Euch zu unterrichte. Ob's stimmt? Überzeucht Euch selbst.« Bei diesen Worten griff er mit seiner Rechten nach dem Kopf des Mädchens und schob es nach vorne.

»Warum kommt Ihr erst jetzt?«, fragte Waldemar.

»Mit Verlaub, Herr Schultheiß, hab's selber erst erfahrn. Bin gleich zu Euch, aber …«

»Schon gut. Schon gut. Erzählt!«

»Also, das war so: Es war Donnerstagabend, während dem Gewitter. Wir saßen alle in der Stube, ich, Agnes, mein Weib, die zwei Buben und die Kleine da. Wir hatten Angst um unsere Trauben und beteten den Rosenkranz. Nur die Kleine hing ständig am Fenster. Zuerst hab ich ihr eine hinter die Ohren gelangt, aber die Agnes hat gemeint, ich soll sie lassen, weil sie doch noch ein Kind ist.«

»Ja, und wie? Weiter!« Waldemar erhob sich.

»Wie wir also am Tisch sitzen und beten und unser Klärle das Unwetter begafft, sieht sie, wie ein Mann Weihrichs Haus verlässt, genau in dem Augenblick, als es blitzt. Sie kennt den Mann, denkt sich aber nix dabei. Erst jetzt, wo jeder rätselt, wer während des Sauwetters beim Zunftmeister gewesen sein könnte, und rumgefragt wird, ob wirklich niemand was gesehen hat, da ist es ihr wieder eingefallen, das mit dem Mann.«

Der Schultheiß ging vor dem Mädchen in die Hocke.

»Klara also heißt du?«, fragte er.

Das Mädchen nickte.

»Weißt du, wer ich bin?«

Wieder nickte das Kind.

»Woher?«

»Von Papa.«

»Und du weißt auch, dass du mir die Wahrheit sagen musst?«

Erneut senkte Klara den Kopf.

»Du hast den Mann also erkannt?«

Wieder nur ein Nicken.

»Hast du ihn zuvor schon einmal gesehen?«

»Ja.«

»Wo?«

»In seim Hof.«

Der Schultheiß schaute hinauf zu ihrem Vater.

»Stimmt«, sagte dieser. »Ich bring sei Fässer in Ordnung. Die Klee iss öfters debei.«

»Und wie sah der Mann aus?«

»So!«, sagte das Mädchen und zeigte über den Schultheiß hinweg direkt auf Fleckenstein.

Waldemar Wolf erhob sich und schaute den Händler an. »Sagtet Ihr nicht, Ihr wäret zu Hause gewesen?«

»Die lügt. Alle lügen!« Fleckensteins Stimme überschlug sich. »Die lügt, die lügt!«, schrie er erneut und wollte sich auf das Mädchen stürzen. Doch der Schultheiß stand ihm im Weg. Fleckenstein stieß ihn mit der Schulter zur Seite. Weiter kam er nicht. Mit zwei Schritten stand der Weinsticher vor dem Kind und schlug dem Händler die Faust ins Gesicht. Der heulte auf und presste die Hand auf seine Nase. Der Weinsticher riss ihm den Arm zurück und drehte ihm diesen auf den Rücken. Blut floss von der Nase auf den Boden.

»Aufhören!«, schrie Fleckenstein und wand sich. »Verfluchter Hund, lass mich los!« Doch der Weinsticher warf den Mann auf den Boden und drückte ihm sein Knie auf den Rücken. Abel hatte inzwischen die Kordel von seiner Kutte gelöst und war dem Weinsticher zu Hilfe geeilt. Gemeinsam banden sie dem Widerborstigen die Arme auf den Rücken.

»Warum sollte das Kind lügen?« Ruhig, als wäre es sein tägliches Geschäft, stellte Waldemar die Frage, während Abel das Blut in den Schläfen pochte.

»Ich höre!«

Doch Fleckenstein schwieg.

»In Eurem Keller wird Wein geschönt. Ihr habt behauptet,

nichts davon gewusst zu haben. Aber es war gelogen. Ihr wollt Götz nicht gekannt haben, obwohl er auf Eurem Hof gearbeitet hat. Mit dem Salz hier in Eurer Statue habt Ihr ebenfalls die Unwahrheit gesagt. Jetzt behauptet Ihr, zu Hause gewesen zu sein, als Weihrich ermordet wurde. Aber dieses Kind hier hat gesehen, wie Ihr dessen Haus verlassen habt, just zu der Zeit, in der laut Physikus der Zunftmeister ermordet wurde. Meint Ihr nicht, dass es Zeit wäre, uns die Wahrheit zu sagen?«

Rupprecht Fleckenstein lag immer noch am Boden. Unter seinem Gesicht hatte sich eine Blutlache gebildet. Der Weinsticher drückte ihm das Gesicht in die Pfütze. Fleckenstein schrie wie am Spieß. Die Nase musste gebrochen sein. Der Schultheiß gab dem Vater Klaras ein Zeichen, mit seinem Kind den Raum zu verlassen. Abel wandte sich ab und dachte an seine Kopfwunde.

Der Weinsticher zog die Hand zurück. »Mistkerle!«, schrie Fleckenstein und schniefte. »Verfluchte Mistkerle, alle beide. Wollten mich erpressen.« Er versuchte aufzustehen. Der Schultheiß half ihm. »Mich erpressen!«, schrie Fleckenstein erneut und spuckte Blut auf den Boden. »Ich hab alles bezahlt, die Versuche mit dem Salz. Zig Fuder Wein haben wir weggeschüttet, alles auf meine Kosten! Und dann kommt dieser Taugenichts von Winzer und hinterher auch noch sein Zunftmeister, der selbst die Häcker bescheißt, und halten frech die Hand auf. Nicht mit mir!« Wieder zog Fleckenstein das Blut durch die Nase und spuckte es auf den Boden. Auch dort, wo das Gesicht nicht verschmiert war, war die Haut dunkelrot. Er schniefte erneut und die Schultern begannen zu zucken.

»Ein Kind«, schluchzte er. »Ein Kind. Alles nur wegen einem Kind!«

XVI

Es war schon Mittag vorbei, als Pater Abel Fleckensteins Hof verließ und den Weg zu Lothar einschlug. Nachdem das Protokoll unterschrieben war, hatte Waldemar den Händler abführen lassen. Er hatte es auch übernommen, dessen Dienerschaft zu unterrichten. Sobald er mit allem fertig wäre, wollte er nachkommen. Wieder so ein warmer Tag, dachte Abel, und blickte zum Himmel. Kein Wölkchen war zu sehen. Inzwischen wusste man in der Stadt über Fleckenstein Bescheid. An jeder Ecke standen Leute beieinander. Wenn sie den Mönch sahen, hielten sie inne und schauten ihm nach.

Die Pilger waren bereits weitergezogen. Am Marktplatz schlug ein fahrender Händler gerade seinen Stand ab. Abel dachte an Marie — er hatte noch etwas gut zu machen. Er tat, als käme er rein zufällig vorbei und ließ sich von dem Händler ansprechen. »Einen Rosenkranz, ehrwürdiger Vater? Ganz aus Ebenholz«, lockte der Mann. Abel winkte ab und musterte die Auslage. Rasiermesser lagen zwischen Eisennägeln und Ketten. Daneben, in irdenen Tiegeln, sah er Ingwer, schwarzen Pfeffer und andere Gewürze. Von oben hingen Sensenblätter und Seidentücher herunter, sodass Abel sich bücken musste, um auch den Rest zu sehen. »Was habt Ihr sonst noch?«, fragte er.

»Kommt darauf an, was Ihr sucht, Pater.«

»Nichts für mich. Für eine Frau.« Abel hätte sich am liebsten geohrfeigt. Wie konnte er nur ... Der Händler grinste, als wüsste er Bescheid, und griff unter die Theke.

»Ist für die Frau des Schultheißen«, sagte Abel und ärgerte sich noch mehr. Wieso glaubte er, dem Kerl hier etwas erklären zu müssen. Trotzdem ergänzte er: »Bin dort zum Essen eingeladen.«

»Hier, eine Puderdose, aus feinstem Porzellan«, säuselte der Mann. Abel schüttelte den Kopf. Er hatte ähnliches schon einmal für den Abt besorgt und wusste, wie teuer so etwas war. »Vielleicht doch einen Rosenkranz? Oder hier, ein Schal, echte Chinesische Seide.« Abel zog die Nase hoch. Er kannte Chinesische Seide und würde sich diesen Fetzen nicht aufschwatzen lassen. Außerdem lagen im Hause Gutekunst Stoffe genug, um die halbe Stadt einzukleiden. Nein, er brauchte etwas Ausgefallenes, das aber nicht zu teuer sein durfte, damit Marie es auch annehmen konnte. »Wie wär's mit Gewürzen?« Abel beugte sich nach vorne und schnupperte über die Tiegel. Nein, das war nicht das Richtige.

»Ich hab's!«, rief der Händler und verschwand in seinem Wagen. Abel hörte, wie Kisten gerückt und Deckel zugeschlagen wurden. Dann kam der Mann wieder zum Vorschein. »Hier, ganz neu, aus Frankreich. Hatte es schon weggepackt. Hm, was riech ich da? Rosenduft! ... Oder hier, Zitrone. Oder doch lieber Minze?« Der Mann hatte eine Schachtel auf die Ablage gestellt und hielt dem Mönch ein Seifenstück nach dem anderen unter die Nase. Wenn der Kerl nur nicht so laut wäre! Abel schaute sich um. Aber er sah niemanden, der ihm bekannt vorkam. »Hier, das nehm ich«, entschied er. Der herbe Duft sagte ihm zu. Bestimmt würde er auch Marie gefallen.

»Ah, Sandelholz«, gluckste der Händler. »Eine feine Nase, der Herr.«

»Gebt schon her. Was kostet es?«

»Einen Gulden. Weil's Ihr seid, Pater.«

»Was? Einen ganzen Gulden? Hier, die Hälfte reicht.«

»Wollt Ihr mich ruinieren?«

»Einen halben Gulden, oder Ihr könnt die Seife behalten.«
»In Gottes Namen«, seufzte der Händler. »Dafür betet Ihr aber ein *Vater Unser* für mich.«
»Zwei, wenn Ihr Euch beeilt.«
»Hab's schon gehört«, begrüßte Lothar den Freund und strahlte. »Komm, setz dich her und erzähl!«
Abel berichtete, wie sie Hans vernommen und das Salz entdeckt hatten.
»Fleckenstein hätte vorsichtiger sein und das Zeug verschwinden lassen sollen«, meinte Lothar.
»Götz hat ihn damit erpresst, Fleckenstein hat es zugegeben. Der Häcker muss ihn beobachtet haben, wie dieser das Salz versteckte. Jedenfalls hat er von der Figur gewusst und sich seinen Reim darauf gemacht. Aber Fleckenstein wusste nicht, dass Götz auch etwas davon gestohlen hatte, sonst hätte er ihn sicherlich nach dem Mord durchsucht.«
»Das Felsenmeer jedenfalls war der richtige Ort, den Mitwisser zu beseitigen«, schob Lothar ein.
»Ja. Und es war dann besonders raffiniert, den Toten so hinzulegen, dass der Verdacht auf Hofmeister fallen musste. So kam Fleckenstein selbst als Mörder nicht in Frage und er konnte Hans weiterhin im Keller arbeiten lassen. Wenn …, ja wenn bei Götz nicht das Salz aufgetaucht und die Witwe damit nicht zu Weihrich gegangen wäre.«
»Und wenn Benders Tochter nicht im richtigen Augenblick aus dem Fenster geschaut hätte.«
»Ja, ein Zufall zuviel. Weihrich hat Fleckenstein zu sich kommen lassen. Er hatte sich denken können, wofür dieser das Salz brauchte und wer den Götz ermordete. Damit hatte er Fleckenstein in der Hand. Also musste dieser auch den Zunftmeister beseitigen.«
»Wenn du nicht so hartnäckig nachgeforscht hättest, wer weiß, ob die Wahrheit jemals ans Licht gekommen wäre.«
Lothar hob sein Weinglas und prostete Abel zu.

In der Küche hörte Abel Geklapper. »Marie weiß es auch schon«, lächelte Lothar. »Heute Abend wird gefeiert. Ich lasse gleich nach Waldemar schicken …«

»Nicht nötig. Der kommt sowieso.«

»So ist's recht. Ich gehe schon mal den Wein aussuchen. Kommst du mit?«

»Ich bleibe lieber hier, Lothar. Brauche etwas Ruhe.«

»Dann bis gleich.«

Kaum war der Freund verschwunden, stand Abel auf und schlich zur Küche. Er legte das Ohr an die Tür und hielt den Atem an. Es schien nur eine Person im Raum zu sein. Abel drückte den Griff herunter und trat ein. »Ach Sie, Marie! Wollte nur etwas Wasser holen.«

Marie strahlte. Sie wischte sich die Hände an der Schürze ab, lief auf den Mönch zu und küsste ihm auf die Wange. »Die ganze Stadt spricht von dir.«

Abel schreckte zurück und stieß mit dem Kopf an das Türblatt. Sie duzt mich, immer noch, dachte Abel, während seine Wunde schmerzte.

»Tut mir leid. Ich hätte aufpassen sollen.« Marie stellte sich auf die Zehenspitzen und tastete den Verband ab. Er spürte ihre Fingerkuppen durch den Stoff. Am liebsten wäre er für immer so stehen geblieben. Als sie ihm über die Tonsur strich, drehte er den Kopf weg und sagte: »Schon gut.«

Sie standen jetzt einen Schritt auseinander und schauten sich an. »Vater will, dass wir feiern«, meinte sie und wischte sich erneut die Hände an der Schürze ab.

»Ich … du, Marie, was ich sagen wollte, … gestern Morgen, beim Frühstück, das war nicht so gemeint.«

»Gestern! Beim Frühstück? Was meinst du?«

»Als du auf und davon bist und die Tür zugeknallt hast.«

»Ach so. Schon vergessen.«

Vergessen? Abel glaubte, sich verhört zu haben. Er hielt die Arme hinter dem Rücken verschränkt und schob die Seife von einer Hand in die andere. Ob er sie ihr trotzdem schenken sollte? Doch welchen Grund könnte er ihr jetzt noch nennen? »Dann ist's ja gut«, hörte er sich sagen. »Was gibt's eigentlich zu essen?«

Marie spitzte die Lippen und wiegte den Kopf. »Lass dich überraschen. Und jetzt hinaus, ich habe zu tun!« Sie packte den Mönch an den Schultern, drehte ihn um und schob ihn zur Tür hinaus. Abel hatte Mühe, das Stück Seife zu verbergen.

Sie hatten bis spät in die Nacht hinein gefeiert und Marie war die ganze Zeit bei ihnen gewesen. Nur ungern hatte Abel am nächsten Morgen den Wallach satteln lassen.

Marie küsste ihn zum Abschied erneut auf die Wange. Er wünschte sich, sie würde diese Gepflogenheit beibehalten. Lothar ließ es sich nicht nehmen, trotz Schmerzen, ihn zu Fuß durch die Stadt zu begleiten.

»Ich hoffe, die Sache mit dem Hofmeister wird den Leuten eine Lehre sein«, sagte Abel zu Lothar, nachdem sie um die Ecke gebogen waren und er Marie nicht mehr winken konnte.

»Täusch dich nicht, Abel. Der Aberglaube gehört zum Menschen wie die Schmerzen der Frau zur Geburt. Das ändert niemand mehr.«

»Aber sie müssen doch gesehen haben, wohin so etwas führt. Es hätte schließlich nicht viel gefehlt und ein Unschuldiger wäre ermordet worden.«

»Vergiss den Neid nicht, Abel. Der ist oft schlimmer als der Unverstand.«

»Trotzdem, es wird nicht ohne Wirkung bleiben, glaub mir!«

Immer wieder mussten die beiden Freunde Grüße erwidern. Beinahe ehrfürchtig machten die Leute Platz und die Männer zogen die Mützen vom Kopf.

»Du bist jetzt berühmt, Abel«, sagte Lothar und lächelte.

»Ich sehe nur, dass man uns freundlich grüßt. Vielleicht sind die Leute auch nur froh, dass ich endlich die Stadt verlasse.«

»Gut möglich, dass dir einige Häcker gram sind, weil sie fürchten müssen, künftig auf ihrer Brühe sitzen zu bleiben. Aber vergiss nicht, du hast zwei Morde aufgedeckt.«

»Selbst wenn die Verbeugungen ehrlich gemeint sind, ich würde gerne darauf verzichten, wenn stattdessen der Baumpelzer noch hier wäre.«

»Er wird erfahren, was geschehen ist, und zurückkehren.«

Im Vergleich zu dem Städtchen Amorbach, das vor den Toren der Abtei lag, ging es hier zu wie auf dem Jahrmarkt. Sie kamen an einer Backstube vorbei. Eine Frau trieb gerade einen Nagel in den Pfosten der Haustüre, bückte sich nach einer Holztafel und hängte sie auf. Sie grüßte Abel. Dieser hielt neugierig seinen Wallach an.

»Gell, Pater, Sie wolle aach ihrn Seeche gebbe?«

»Ich, meinen Segen? Für was?«

»Dass es net brennt, bei uns.«

Abel betrachtete das unbeholfen geschnitzte Bildnis des heiligen Florian in den Händen der Bäckersfrau.

»Hilft geche Feuer«, erklärte diese. »Man muss es nur in die Flamme werfe. Des löscht, ganz ohne Wasser.«

»Woher habt Ihr das?«

»En Pilcher hot mers verkaaft.«

»Soviel zum Aberglauben«, hörte Abel den Freund hinter sich sagen.

»Komm«, sprach der Mönch zu seinem Pferd. Er hob der Frau die Hand zum Gruß, verabschiedete sich herzlich von Lothar und jagte zur Stadt hinaus.

Bodo war, wie so oft, der erste in der Abtei, der den Cellerarius bemerkte. Abel fand in der Satteltasche ein Stück eingetrocknete Blutwurst und warf sie dem Tier zu. Dann ritt er weiter über den Hof, sprang ab und übergab den Wallach dem nächstbesten Knecht. Er wollte umgehend den Abt unterrichten. Doch der Stallbursche hielt ihn fest. »Cellerarius, Bruder Gärtner wünscht Euch zu sprechen.«

»Frater Barnabas? Warum?«

»Weiß nicht. Sollte nur die Augen offen halten und Euch benachrichtigen, sobald Ihr aus Miltenberg zurück seid.«

Was konnte der Alte von ihm wollen? Wollte er ihm doch helfen, den Obstbau hier voranzubringen? Gleichviel, er musste warten. Külsheimer war wichtiger.

Abel fand den Abt im Kreuzgang. Er wusste, dass es diesem nichts ausmachte, beim Beten gestört zu werden.

»Habt Euch wacker geschlagen«, empfing ihn der Abt.

Wo hat der Mann nur seine Quellen, fragte sich Abel und sagte laut: »Dann wisst Ihr also schon alles.«

»Nicht alles. Nur wie es zu der Verletzung kam.« Külsheimer deutete auf Abels Wunde und grinste. »Erzählt!« Der Abt nahm den Weg durch den Kreuzgang wieder auf.

»Hervorragende Idee übrigens, das mit dem Baumpelzer«, sagte Külsheimer, nachdem Abel geendet hatte. Der Cellerarius glaubte seinen Ohren nicht zu trauen.

»Himmelschreiend, das Unrecht, das sie Hofmeister angetan haben«, fuhr Külsheimer fort. »Und ein immenser Schaden für unsere Abtei. Wir werden einen Ausgleich einfordern!«

Der Abt musste die ungläubigen Blicke seines Cellerars bemerkt haben. »Abel, ich sehe, Ihr begreift nicht«, sagte er. »Euer Vorschlag mit dem Obstbau ist wirklich gut. Wichtiger aber ist unsere Niederlassung in Miltenberg. Wir werden dem Amtmann und auch dem Miltenberger Magistrat unsere Forderungen präsentieren. Und sie werden nicht gering sein. Ihr müsst ja nicht schwindeln, Abel, aber Ihr werdet es schon so aussehen lassen können, als hätten wir dem Baumpelzer schon zugesagt.«

Külsheimer blieb stehen und legte seine Rechte auf Abels

Schulter. »Kommen die Miltenberger unserem Wunsch nach einem eigenen Hof in der Stadt entgegen, werden wir selbstredend unsere Ansprüche ... Ihr versteht, Cellerar?« Der Abt legte den Zeigefinger auf seinen Mund. »Gut«, sagte er dann. »Schreibt mir doch mal etwas zusammen. Auf hundert Gulden hin oder her kommt es mir nicht an.« Külsheimer holte das Brevier unter seinem Arm hervor und nahm seinen Rundgang wieder auf. Abel neigte den Kopf und verließ den Kreuzgang.

Vom Turm her schlug es zwölf. Es war Zeit für das Mittagessen. Auf dem Weg ins Refektorium sah Abel Frater Barnabas, der den Gang entlangschlurfte. Beinahe hätte er den Gärtner vergessen.

»Du wolltest mich sprechen?«

»Ah, Cellerarius, Ihr!« Der Frater gab Abel ein Zeichen näher heranzukommen. »Muss Euch etwas zeigen«, flüsterte er. »Kommt in den Prioratsgarten, nach dem Essen.« Sprach's und tastete sich mit seinem Stecken weiter.

So wie die Mitbrüder Abel musterten, teils neugierig versteckt, teils unverhohlen offen, musste es sich auch im Kloster herumgesprochen haben, was er in Miltenberg erlebt hatte. Er dankte dem Ordensgründer, dass dieser verfügt hatte, das Mittagsmahl schweigend einzunehmen. Allein Pater Wolfram stand am Pult, bereit, mit der Lesung zu beginnen, sobald der Abt das Tischgebet gesprochen und seinen Segen erteilt hätte. Abel hielt den Kopf gesenkt und schaute lustlos auf seinen Teller. Er riss ein Stück Brot ab und tauchte es in den Brei aus Blutwurst und Kraut. Das in Sülze gegossene Schweinefleisch rührte er nicht an. Nur an dem Weinbecher nippte er hin und wieder — und wunderte sich ein wenig, dass heute die doppelte Menge ausgeschenkt wurde.

Beim Essen hielt sich der Abt streng an das, was der Ordensgründer erlaubt hatte: Zwei Speisen zur Hauptmahlzeit, dazu eine *hemina sini*, mäßigen Weingenuss. Nur an besonderen Festtagen, wie in der Karwoche oder am Vortag des ersten Adventsonntags, gab es noch die *Caritas*, einen zusätzlichen Trunk als Stärkung. Die Mönche mussten an diesen Tagen mit einem besonders beschwerlichen liturgischen Dienst aufwarten. Warum aber auch heute, wo es doch ein ganz gewöhnlicher Sonntag war?

Kaum hatte der Abt mit einem Dankgebet das Essen beendet, erhob sich Abel und eilte hinaus in den Prioratsgarten. Er war überrascht, wie schnell die Apfelbäume zu blühen begonnen hatten. Am Dienstag noch waren die Blütenknospen geschlossen gewesen. Nur der rosafarbene Schimmer über den Bäumen hatte die bevorstehende Blütenpracht angekündigt. Jetzt, innerhalb weniger Tage, waren die frühesten Sorten voll erblüht und überall summte und brummte es.

»Die Blüte ist die schönste Zeit im Jahr, nicht wahr?« Lautlos war der Bruder Gärtner von hinten an Abel herangetreten. Hier in seinem Garten konnte er sich auch ohne seinen Stock bewegen. Vielleicht sahen seine trüben Augen in der Sonne auch mehr als in den halbdunklen Gängen der Abtei.

»Wie ruhig es ist«, entgegnete Abel. »Nur die Bienen.«

»Ich hoffe, es bleibt noch lange so.« Wieder spielte der Gärtner auf die Pläne zur Erweiterung der Abtei an.

»Du kannst dich auf mich verlassen, Frater Barnabas. Aber sag, was wolltest du von mir?«

»Komm mit!«

Der Alte drehte sich um und schritt den Hauptgang entlang, der den Obstgarten in zwei gleichgroße Hälften teilte. Auf halber Strecke mündete der Weg in eine kreisrunde Fläche. Barnabas ließ das Wasserbecken in der Mitte zu seiner Linken liegen und wandte sich dem Pfad zu, der im rechten Winkel zum Hauptgang von dem Rondell wegführte. Mit sicheren Schritten ging er zwischen den Buchsreihen entlang, direkt auf die Klostermauer zu, die den Garten nach Süden und Westen hin einschloss. Dort, am Ende des Weges, stand ein Gartenhaus. Es war ein betagter Holzbau. Efeu hatte das Haus nahezu vollkommen überwuchert. Nur die Tür und die beiden daneben liegenden Fenster waren freigeschnitten. Wollte der Alte mit ihm über ein neues Gartenhaus verhandeln? Er würde ihn enttäuschen müssen — der Konventbau hatte absoluten Vorrang.

Barnabas schritt auf die Tür zu und klopfte zweimal kurz gegen die Scheiben. Dann öffnete er und bedeutete auch Abel einzutreten. Der Cellerar musste sich bücken, um nicht anzustoßen. Er betrat zum ersten Mal diesen Raum. Es hatte ihn bisher nicht interessiert, was der Bruder Gärtner hier alles lagerte. »Schon lange nicht mehr aufgeräumt«, sagte er mit einem Blick auf das Durcheinander. Zwischen Obstkisten und Holzstangen lagen zerbrochene Bienenkörbe, aus einer Handkarre ragten Spaten und Hacken hervor. Dazwischen stand ein Bottich, zugepackt mit leeren Säcken und an den Wänden lehnten Gerätschaften, deren Gebrauch und Namen Abel unbekannt war. Nur der Tisch, gleich neben dem Fenster, war aufgeräumt, sah man von dem Strohkörbchen mit den Essensresten ab. Der hintere Teil der Hütte war durch einen Bretterverschlag verstellt. Alles roch muffig. »Kannst herauskommen«, sagte Barnabas.

Abel glaubte seinen Augen nicht zu trauen. War er das wirklich? »Ihr? Hier?« Dem Mönch hätte beinahe die Stimme versagt.

»Wie Ihr seht!« Der Baumpelzer breitete die Arme aus und lachte.

»Wie lange schon?«

»Seit vorgestern«, sagte Barnabas.

»Weiß der Abt davon?«

»Nein.«

Abel musterte den Obstbauern. Haare und Bart waren gestutzt, dazu trug er die Kutte eines Laienbruders. »Ich glaube, wir haben einiges zu besprechen«, sagte er zu ihm.

»Wie wär's mit einem Gläschen Wein?« Barnabas ging zu dem Bottich, warf die Säcke zurück, griff mit beiden Händen hinein und zog drei Gläser und eine Flasche hervor.

»Doch kein Großheubacher?«, fragte Abel und deutete auf die Flasche. Als er sah, dass Hofmeister grinste, musste er lachen. Er lachte und lachte, bis er sich verschluckte und der Husten ihm den Atem nahm.

Die Zitate aus den Miltenberger Hexenprozessen auf den Seiten 116–119 dieses Buches sind mit freundlicher Genehmigung von Wilhelm Otto Keller entnommen aus:
Wilhelm Otto Keller (Hg.), *Hexer und Hexen in Miltenberg und der Cent Bürgstadt. »Man soll sie dehnen, bis die Sonn' durch sie scheint.«*, Miltenberg 1989.

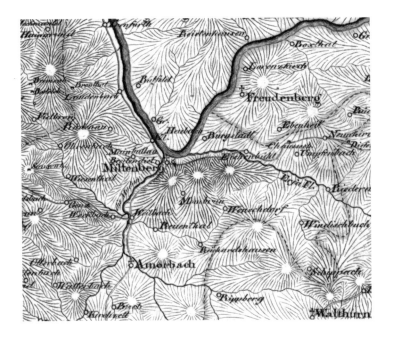

Die Mainregion bei Miltenberg und Amorbach, Kartenausschnitt aus: Gottfried Meister, *Chorographische Karte des Großherzogtums Hessen,* um 1819; mit freundlicher Genehmigung der Universitäts- und Landesbibliothek Darmstadt; Signatur: H 87.

Zum Autor

Roman Kempf, geboren 1953, stellt mit *Schöner Wein* seine Erzähl-Premiere vor.
Der Autor, ein diplomierter Gärtner, informiert zu den sachlichen und historischen Hintergründen seiner Kriminalgeschichte auf der Website www.romankempf.de.
Roman Kempf lebt in Großheubach am Main.

Der Band *Schöner Wein* erhielt im Jahr 2008 den Siegerpreis der Kategorie »Bestes Wein-Literaturbuch in Deutschland«, der im Rahmen des internationalen »Gourmand World Cookbook Awards« verliehen wird.

Impressum

Bibliografische Information
Der Deutschen Bibliothek
Die Deutsche Bibliothek verzeichnet
diese Publikation
in der Deutschen Nationalbibliografie;
detaillierte bibliografische Daten sind im Internet
über http://dnb.ddb.de abrufbar.

ISBN 978-3-939462-04-0
Erste Auflage 2007
Vierte Auflage 2009
Alle Rechte vorbehalten
Copyright LOGO VERLAG Eric Erfurth
Obernburg am Main 2007
Rosenstraße 6
D-63785 Obernburg am Main
Telefon (0 60 22) 7 19 88
Fax (0 60 22) 20 69 41
E-Mail: info@lvee.de
Website: www.lvee.de

Covergrafik: Roter Gutedel

Druck: AZ Druck und Datentechnik, Kempten
Printed in Germany

Stefan Zweig
Adam Lux

Der Mainzer Jakobiner Adam Lux, geboren 1765 in Obernburg am Main, stellt sich in der Französischen Revolution gegen die Gewaltherrschaft von Marat und Robespierre. Sein Tod in Paris 1793 unter der Guillotine wird Thema in Literatur und Geschichte. Stefan Zweigs Lesedrama *Adam Lux* bezeugt einen frühen Demokraten, dem Jean Paul nachrief: »Und kein Deutscher vergesse ihn!«

Stefan Zweig — *Adam Lux. Zehn Bilder aus dem Leben eines deutschen Revolutionärs*. Essays von Franz Dumont und Erwin Rotermund, Materialien.
ISBN 978-3-9803087-7-9, 208 Seiten, Broschur

»Ein Enthusiast der Freiheit, tollkühn, nie fanatisch, eine verwirrende Gestalt ...« *Die Zeit*

»... verdienstvolle Neuausgabe ...«
Süddeutsche Zeitung

Karl Immermann
Die Wunder im Spessart. Waldmärchen

Im modernen Märchen wird der glücklich, der seiner Intuition folgt. Karl Leberecht Immermann reist im Jahr 1837 durch den Spessart und entdeckt abseits des Weges verwunschene Idyllen. Dort spielt sein Waldmärchen *Die Wunder im Spessart* — die beiden Helden Petrus und Konrad suchen nach dem richtigen Leben. Eine hellsichtige, spannende Erzählung zwischen Romantik und Realismus.

Karl Immermann — *Die Wunder im Spessart. Waldmärchen.* Essay von Barbara Mahlmann-Bauer, Illustrationen von Ulrichadolf Namislow, Materialien.
ISBN 978-3-9803087-8-6, 128 Seiten, Broschur

»Der im Mittelalter spielende Text ist für die Region von besonderem Reiz.« *Frankfurter Allgemeine*

»… zwischen irdischer und überirdischer Welt …«
Die Zeit

Ludwig Bechstein
Eine Nacht im Spessartwalde. Wandergeschichte

Sagen faszinieren durch die Fülle und Poesie der Bilder. In ihren einprägsamen und abgründigen Inhalten bleiben sie virulent. Ludwig Bechstein unternimmt im Jahr 1842 eine Sagenreise von Thüringen durch Franken in den Spessart. In einem Gasthaus dort spielt die witzig-wache Novelle *Eine Nacht im Spessartwalde* — ein Förster erzählt Sagen aus dem Spessart und von Main und Tauber.

Ludwig Bechstein — *Eine Nacht im Spessartwalde. Wandergeschichte.* Essay von Eric Erfurth, Illustrationen von Konrad Franz, Materialien.
ISBN 978-3-9803087-9-3, 176 S., Broschur

»... sorgsam ediertes, modern illustriertes Büchlein.«
Die Zeit

»... ein kulturelles Kleinod für die Region ...«
Main-Echo